白豚貴族ですが前世の記憶が生えたのでひよこな弟育てます

IX

やしろ

TOブックス

イラスト keepout
デザイン 團 夢見(imagejack)

story

前世の記憶が生えたことで鳳蝶は、弟レグルスを本邸に住まわせ教育を受け持つことに。神々や大人たちに助けられながら、豊かな地を弟に譲るため、産業を興す会社 Effet・Papillon を設立したり、領地の軍権を掌握したりと、荒れた領地をコツコツと改革中。

characters

菊乃井伯爵家

レグルス

鳳蝶の母親違いの弟。五歳。好きなものは、にぃに。母方の実家で育てられたが、実母が病死。現在は、菊乃井家で鳳蝶の庇護の下で暮らしている。

鳳《あげ》蝶《は》

主人公。麒凰帝国の菊乃井伯爵家の現当主。七歳。前世の記憶から料理・裁縫が得意。成長したレグルスに殺される未来の映像を見る。その将来を受け入れているが……？

宇都宮アリス

メイド。レグルスのお守役として菊乃井家にやってきた少女。

ロッテンマイヤー

メイド長。鳳蝶の乳母的な存在。愛情深いが、使用人の立場をわきまえて鳳蝶には事務的に接している。

鳳蝶の父

（覚えてない）

菊乃井家と離縁。厳しい辺境砦で軍人として生きている。

鳳蝶の母

（名前不明）

宇気比により、腐肉の呪いにかかり祈祷を受けて生きながらえている。

菊乃井家を取り巻く顔ぶれ

奏

菊乃井家の庭師・源三の孫。この世界においては、鳳蝶の唯一の親友。

アレクセイ・ロマノフ

鳳蝶の家庭教師。長命のエルフ族。帝国認定英雄で元冒険家。鳳蝶に興味を惹かれ、教師を引き受けている。

百華《ひゃっか》

大地の神にして、花と緑と癒しと豊穣を司る女神。六柱の神々の一人。鳳蝶の歌声を気に入り、兄弟を目にかけている。

氷輪《ひょうりん》

月の神にして夜と眠り、死と再生を司る神。六柱の神々の一人。鳳蝶の語るミュージカルに興味を持っている。

ヴィクトル・ショスタコーヴィッチ

麒凰帝国の宮廷音楽家。エルフ族。アレクセイの元冒険者仲間。鳳蝶の専属音楽教師。

イラリオーン・ルビンスキー（イラリヤ・ルビンスカヤ）

通称ラーラ。エルフ族。男装の麗人。アレクセイ、ヴィクトルとは元冒険者仲間。

ネフェルティティ

金銀妖瞳《ヘテロクロミア》で羊角の令嬢。北アマルナ王国の王女。鳳蝶との婚姻を目指している。

ロスマリウス

魔術と学問と海の神。六柱の神々のうちの一人。鳳蝶を一族に迎え入れようと画策中。

イゴール

空の神にして技術と医薬、風と商業を司る神。六柱の神々の一人。鳳蝶に興味津々。

菊乃井家を取り巻く顔ぶれ

艶陽《えんよう》・・・太陽神にして朝と昼、生命と誕生を司る神。六柱の神々のうちの一人。

源三《げんぞう》・・・菊乃井家の庭師。元凄腕の冒険者。

紡《つむぐ》・・・奏の弟で、源三の孫。

ヨーゼフ・・・菊乃井家の動物の飼育係。

ござる丸・・・鳳蝶の魔力を受けて歩けるようになったマンドラゴラ(大根)。

タラちゃん・・・氷輪が鳳蝶に与えた蜘蛛《くも》のモンスター。

ポニ子・・・菊乃井家のポニー。

颯《はやて》・・・妖精馬《ケルピー》。ポニ子の旦那。

グラニ・・・ポニ子と颯の間に生まれた子ども馬。

アンジェラ(アンジェ)・・・隣国の元孤児。菊乃井家でメイド修行中。

シエル・・・アンジェラの姉。菊乃井少女合唱団で練習中。

ソーフィヤ・ロマノヴァ(ソーニャ)・・・アレクセイ・ロマノフの母親。

ルイ・アントワーヌ・ド・サン=ジュスト(ルイ)・・・隣国の元財務省官。現在は菊乃井家の代官。

エリック・ミケルセン・・・隣国の元官史。現在は菊乃井少女合唱団の経理。

ユウリ・ニナガワ・・・異世界からきた元役者。現在は菊乃井少女合唱団の演出。

晴《はる》・・・「蒼穹《そうきゅう》のサンダーバード」という二つ名を持つ冒険者。

バーバリアン

獣人国出身のジャヤンタ、カマラ、ウパトラの冒険者3人組。

エストレージャ

鳳蝶に忠誠を誓ったロミオ、ティボルト、マキューシオの冒険者3人組。

菊乃井少女合唱団『ラ・ピュセル』

凛花《りんか》、シュネー、リュンヌ、ステラ、美空《みそら》のアイドル5人組。

同情するなら以下自主規制

お茶会の朝が来た。

いっけなーい！　大炎上、大炎上！

私、菊乃井鳳蝶！　今年で七歳の菊乃井伯爵家当主！

ある日、ルマーニュ王国にあるアースグリムの街で、漆黒のベルジュラックという冒険者さんを拾ったの！

そうしたらこの冒険者さん、以前ルマーニュ王国の王都にある冒険者ギルドで不当な扱いを受けてたんだって！

それなら菊乃井で働きませんかってスカウトしたんだけど、それを聞きつけたルマーニュ王都の冒険者ギルドから、菊乃井にある冒険者ギルドに横やりが入った。

何か滅茶苦茶失礼だったから、売られた喧嘩を高値で買って差し上げたの！　優しいよね、私！

関係諸機関にせっせと油を撒いたお蔭か、小火が世界規模の大火災に！

困ったルマーニュ王国の王都冒険者ギルドは、事態を収拾するために冒険者達から広く信仰を集める武と戦いと火の神であるイシュト様を崇める火神教団へと仲裁を依頼した。

けど、この火神教団が曲者。

イシュト様に世界を捧げるとか勝手な野心を抱いて、恐喝・闇討ちその他色々。更には大昔、子どもを攫って残虐な魔術をかけたり、人心を操るような薬を用いたりで、世界中から敵とみなされた古の邪教と繋がりがあった。

自らへの信仰を歪められ、同朋である信徒達の気持ちも踏み躙る奴らに、イシュト様も激おこ通り越してガチギレ。

「踏み躙り磨り潰して粛清せよ」なんてご本人様から命じられちゃって！

正しくイシュト様を信心する人の代表・威龍さんとベルジュラックさんを率いて、私は冒険者ギルドの世界的な綱紀粛正と火神教団の壊滅を目論み、奴らを麒凰帝国の武闘会での決闘裁判に引きずり出した。

奴らはイシュト様の加護を受け、死してなお戦える先代の教主達の躯を操るなんて禁忌をぶつけて来たけども、そんなのには絶対に負けないんだから！

召喚魔術で死者の魂を導いてくれる月の神龍・嫦娥をお招きして、教主様達を解放することに成功。

かくして私達は武闘会の優勝も掴んで、やったね大勝利！

……って言いたいところだけど、まだ話は終わってなくて。

この作戦を練ってる間に、実は私の所にもう一つ問題が持ち込まれていた。

帝国には皇位継承権を持つ皇子が二人いる。

第一皇子・統理殿下と第二皇子シオン殿下は仲のいい兄弟で、関係性に問題はなかった筈なのにここ数年でそれが変わってきてしまった。二人を何とか守りたいと、統理殿下の婚約者でお世話になってるロートリンゲン公爵閣下の娘さんのゾフィー嬢と、シオン殿下と仲良しの、私の歌仲間で帝国を代表する歌姫・マリアさんに二人の話を聞いてほしいとお願いされたのだ。

国の乱れは領の乱れにもつながる。

貴族としても放っては置けない問題ではあるけど、本心は首を突っ込みたくない。

そう思ってたら、アッチから来ちゃったんだよね。

話を聞いてみれば、統理殿下と私はちょっと似てるし、シオン殿下とも何か通じるところはあるし。うちのひよこちゃんは二人にピヨピヨと良い笑顔でお話しちゃうし。

あれよあれよと巻き込まれて、皇子殿下が二人で主催するお茶会に参加することになっちゃったから、もう大変⁉

次回「統理殿下もシオン殿下も、ずっ友だよ！　お茶会で花咲く友達の輪！」お楽しみに⁉

——なんて死んだ魚の目になって、脳内で現実逃避したってお茶会はやって来るんだ。ちくしょうめ。覚悟を決めても鬱陶しいものは鬱陶しいんだ。けどお茶会が開かれるのは午後で、午前中には園遊会がある。

この園遊会は、武闘会と音楽コンクールで活躍した者達と貴族を集めて行われる短時間のお茶会みたいなものだ。

去年はエストレージャとバーバリアン、それからマリア嬢とラ・ピュセルが招かれたんだよね。

今年は歌劇団の団員全員とマリア嬢、武闘会の優勝者である威龍さんとベルジュラックさんが招かれている。

私？

招かれてるよ。

貴族としても、優勝者としても。そんな私の保護者はロマノフ先生が務めてくださる。

というか、この園遊会で私の陞爵《しょうしゃく》が発表されるからなんだけどね。

案の定というか、私の陞爵に異議を唱える貴族が現れた。

理由は一杯あるよね。例えば私が七つで、伯爵なのも異例の話なのに侯爵ってどうなのか、とか。

これを理由に異議を唱える貴族は二派あって、一派は大人になってからまとめて陞爵する方が良いっていう派閥。

これはヴィクトルさんを通じて宰相閣下から聞いたんだけど、まだ年端もいかない私にそこまでの重荷を背負わせるのは……って本気で思ってくれているとか。

息子さんや娘さんが私と年が前後するらしくて、そんな苦労させてやらんでくれっていう感じらしい。

領地経営ってしんどいし、綺麗ごとでは済まない。

それに加えて私がやったのは大掛かりな政治闘争なわけだから、大人も尻込みするような事を子どもにやらせた上に、更に苦労を重ねさせるっていただけないんだとか。

威龍さん率いる新生火神教団に関しても、何とかして手分けして監視も手伝うし……と申し出てもくれたみたい。

中には新生火神教団の監視を最初に打診されて断ったけど、「菊乃井伯が背負うくらいなら請け負う」って直談判しにいってくれたお家もあるんだとか。

で、残りの一派は単純に私にこれ以上の力を付けられたくない派だ。

グダグダと文句を言うもんだから、宰相閣下が「卿らに菊乃井伯と同じことが出来るのかね？出来るのならば示してくださらんか？」って言って黙らせたらしい。

そうだよ、やってよ。

大人がやってくんないから、私がやってんじゃん！

「おやおや、随分ご機嫌斜めですねぇ」

「だって、今陞爵してもいい事何もないのに……！」

「人造迷宮《ラビリンス》の管理費で収入が増えるじゃないですか」

「新生火神教団の維持費とお引っ越し代が先ですよ」

そうなんだよー。

もう早速新生火神教団の信徒さん達は、威龍さん達のアナウンスに従って続々とアルスターの人造迷宮に移り始めている。

在家の信者さん達もそうだ。早いうちに菊乃井に居を移した信者さんを頼りに、うちの領にお引っ越ししてきてるらしい。

人口が増えるのはいい事なんだけど、あまり急激だと問題が起こりやすくなる。その辺は威龍さんに説明して、信者さん達を抑えてもらってるんだよね。

割譲されるアルスターの整備を急いでやんなきゃ。お蔭で菊乃井の建築業界はちょっとした好景気が来るって予想されてるけど、これも上手い事ルイさんにコントロールしてもらわなきゃだ。

人が増えれば治安維持につながる費用も増えるし、他にも農地やらなんやらもいる。

アルスターの人造迷宮と菊乃井を直で結ぶ道なんかも整備しなきゃなんないし、そもそも義務教育に使うお金だってまだまだ足りてないんだ。

切実にお金が欲しい。

「苦労してるって同情するなら、金をくれ！」

「あ、もらえますよ。報奨金もちゃんと交渉しましたからね」

「優勝賞金とかでなく？」

「別口で、ですよ」

「ぃよっし！」

やったー！

万歳すると、ロマノフ先生の顔に苦笑が浮かぶ。

「なんというか、最近華やかだから忘れがちでしたが、菊乃井家はそう言えばお金がないお家でしたね」

「そうなんですよ。菊乃井家、最近好景気だから忘れがちだけど！」

そう、歌劇団とEffet《エフェ》・Papillon《パピヨン》のお蔭で何とか上向きだしたけど二年前はド貧乏だったんだよ。

今だって、やりたいことをやるにはお金が足りない。

そんな話をしていると、ゆらりと人影が二つ。見ればベルジュラックさんと威龍さんが立っていた。

待ち合わせは空飛ぶ城の正門前。

二人だけでなく歌劇団の団員のお嬢さん達や楽団員、ユウリさんにエリックさんも園遊会に呼ばれている。

だから此処で合流することになってたんだけど、大人数だからヴィクトルさんと一緒に先に歌劇団の人達には園遊会に行ってもらったんだよね。

威龍さんとベルジュラックさんは私と一緒に、ロマノフ先生に皇居まで連れてってもらうんだ。

因みにラーラさんは午後からレグルスくんをお茶会に連れて来てくれることになってる。

ベルジュラックさんはその神狼族特有の銀狼の耳も尻尾も隠さない。

皇居に行くって事で、服装は戦闘時とは替えて公の場所にも着て行けるようなナポレオンジャケットを用意した。

威龍さんにしても普段着ている功夫服を、前世でいうところの男性用チャイナ服に改造したものを着ている。

二人の服はEffet《エフェ》・Papillon《パピヨン》で試みに用意した貸衣装だ。これの受けが良さそうなら、貸衣装部門とかも考えようと思ってたり。

「おはようございます。ベルジュラックさん、威龍さん」

「おはようございます、お二人とも」

「おはようございます、主様。ロマノフ卿」

「おはようございます、伯爵様とロマノフ様も」

穏やかに二人が返す。

園遊会では二人にも注目が集まるだろう。

中には神狼族の従者を得るためにベルジュラックさんに近づく人もいるだろうし、威龍さんに旧火神教団について意地悪い事を言う者もいるはずだ。

なるべく二人から離れないようにしないと。

歌劇団の事は気になるけど、あちらはヴィクトルさんがいるし、エリックさんはルマーニュの元官吏。貴族との渡り合い方は心得てるから、何とか切り抜けてくれるだろう。

「それじゃ、行きますよ」

にこっとロマノフ先生が笑ったかと思うと私の手を取る。空いた片方でベルジュラックさんの手を取れば、ベルジュラックさんは威龍さんと手をつないだ。

そして一瞬の浮遊感があったかと思えば、皇宮の、それも園遊会の受付に移動していて。

私達の姿を見た皇宮のメイドさんや従僕さん達がやって来て、園遊会が開かれるお庭へと案内してくれた。

案内された先にはもう、ヴィクトルさんが歌劇団の皆と一緒に並んでる。

ロマノフ先生に率いられて庭にやって来た私にヴィクトルさんが気付いて、お隣にいたマリア嬢に声をかけた。ちらっと私を見て、マリア嬢が笑顔でそっと手を振ってくれる。

「御機嫌よう、マリアさん」

「御機嫌よう、鳳蝶様」

相変わらずお美しいけど、今日のドレスは水色でお花のコサージュが胸元を綺麗に飾っている。

マリア嬢、本当にお洒落なんだよね。

素敵だなと思っていると、ヴィクトルさんが何か悪戯を思いついたように笑う。そしてつんつんとマリア嬢を突いた。

するとマリア嬢が、はにかんだような顔をする。

「どうしたんですか？」

不思議に思ったから聞いてみると、ヴィクトルさんがにこやかに口を開く。

「マリア嬢があーたんに聞きたい事があるんだって」

「聞きたいこと、ですか？」

「はい。あの……大きな猫ちゃんのことなんですけれど」

大きな猫？

なんのことよ？

頭に疑問符を浮かべていると、ベルジュラックさんが「火眼狻猊《かがんさんげい》のことでは？」とボソッと呟く。

ああ、そうか。あんまりゴロンゴロン犬みたいに腹を見せるから忘れてたけど、あれ猫だったわ。

それが聞こえたんだろう、マリア嬢が頷いた。

「あの大きな猫ちゃん、お名前は決まりまして？」

「あ、某もちょっと気になっておりました」

威龍さんの言葉にマリア嬢だけでなく、ヴィクトルさんの後ろにいた歌劇団のお嬢さんや楽団の人たちも頷く。

そう言えば、ラシードさんに「世話するのに名無しじゃやりにくい」って言われて決めたんだったっけか。

マリア嬢に猫の名前が決まったことを告げると「どのような？」と聞き返される。

皆、猫好きだよね。

「えぇっと、城の門番をやってもらおうと思って『ぽち』って」

そう言った瞬間、皆微妙な顔になったんだけどなんでさ？

顔だけでなく雰囲気まで微妙な感じになった頃、遠くの方の来場者が騒めく。

皇帝陛下や妃殿下がいらしたんだろう。

なのでお辞儀をして陛下と妃殿下をお待ちしていると、和やかな話し声が聞こえてくる。久しぶりに会った貴族や、地方から出て来た貴族を中心にお言葉をかけていらっしゃるみたい。

そのざわめきが近づいてきたなと思うと、ぴたりと声が止まる。

私の俯いた視線の先には凄く上等そうな靴とマント。

いつかの再現に若干目から光が消えそうになっていると、宰相閣下から面を上げるよう声がかかった。それも私だけでなく、ロマノフ先生やヴィクトルさん、歌劇団のお嬢さん達や楽団員、ユウリさんにエリックさん、ベルジュラックさんと威龍さん、それからマリア嬢にも。

来ちゃったよ……。

ロマノフ先生やヴィクトルさんはそうでもないけど、他は皆神妙な面持ちで顔を上げる。

すると皇帝陛下と妃殿下が穏やかに微笑んでいらした。

そうして陛下が穏やかに唇を解かれる。

「此度の菊乃井歌劇団の公演、見事であった」

「ありがとう存じます」

優雅にお辞儀するヴィクトルさんに倣《なら》って、歌劇団の面々がお辞儀する。男役のお嬢さんは紳士の、娘役のお嬢さんは淑女の礼をとると、陛下が感心したような顔をされた。

「そうか、普段から男性を演じる者は男性である事を心掛けているのだな」

その言葉にヴィクトルさんが陛下に、菊乃井歌劇団の総監督としてユウリさんを紹介する。

ユウリさんが優雅にお辞儀すると、陛下も妃殿下も目を細めた。

帝国の初代皇妃殿下は歴史書によれば渡り人だそうで、同じ世界か違う世界か判らないけど、そこから来た人と言われると思う事があるみたい。

「菊乃井歌劇団は、劇団を支えてくださるお客様との位置が大変近い歌劇団です。お客様は劇場にひと時の夢を求めておいでになります。街中でお客様と団員がすれ違う事もあるほどです。仮にお客様が物語の中の端麗な皇子に憧れを抱いたとして、その後に街中で少女の姿をした演者を見た時にどう思われるでしょう？　がっかりされるかもしれないし、そうならないかもしれない。けれど少しでも残念な想いをされることがないように、公演のあとでも夢を見続けられるようにすることこそ我らの務めと心得ます」

「なるほど、芸術というものは奥深い。役者というものも、中々難しい仕事であるな」

「演者にとっても、観客にとっても、その日その時の舞台は一生に一度きり。そのたった一度の輝きを、永久に心に留めてもらうためで御座います」

胸を張るユウリさんに、劇団員たちも力強く頷く。

陛下も穏やかに頷かれると、妃殿下がにこやかに頷かれた。

ゆったりとした仕草で、美しく微笑まれると妃殿下が歌うように言葉を紡がれる。

「来年も一生に一度きりの、素晴らしい舞台を見たいものですこと」

「光栄なお言葉では御座いますが、それは我らがオーナーの次第に御座います」

妃殿下に視線を向けられた劇場支配人のエリックさんが物おじすることなく答える。

たとえ誰が相手でも、歌劇団は安売りしないって決めてるから、自分達からは売り込まない。そういう方針で行くことは私も承知してるからだけど、陛下も「もっともよの」なんて言ってくださって。

「なればそなたたちの主に、とくと頼んでおこう」

「恐悦至極に存じます」

劇団関係者全員が頭を下げる。結構な人数の礼はそれなりに迫力があると思っていたら、宰相閣下がにっと笑った。

「では、後ほど来年の手はずを話し合う事に致しましょう。のう、菊乃井侯爵」

小さくない声でそんな事を言うもんだから、辺りがざわつく。

往生際が悪いって思われるだろうけど、本当に陞爵とか勘弁してほしい。でも公の場所で、しかも陛下がいらっしゃるところで「侯爵」と呼ばれてしまえば、辞退するわけにもいかない。

ひっそりとため息を吐くと、陛下の眉が八の字に下がる。

「……菊乃井伯鳳蝶」

「は」

「邪教を信心し世に混乱を齎《もたら》そうとする輩を誅罰《ちゅうばつ》したこと、並びにレクス・ソムニウムの天空城を継承し、帝国に古の偉大なる魔術師の技術を齎したこと、菊乃井歌劇団の素晴らしい芸術を以て記念祭に花を添えた事。その功を以て、其方を侯爵へと陞爵する。詳しくは後に文書で知らせる。これからも帝国のために励むがよい」

「……身に余る光栄で御座います」

本当に余ってる。七歳の伯爵もあり得ないけど七歳の侯爵なんかもっとあり得ない。

陛下も妃殿下も私も皆微妙な顔と雰囲気だけど、それが解るのは関係者。この場合私や陛下や妃殿下、宰相閣下にロマノフ先生とヴィクトルさんだけ。

当然、ベルジュラックさんと威龍さんには伝わらないので、二人からソワっとしたあからさまに喜んでますって視線が突き刺さる。

おまけに二人して「おめでとうございます！」なんて言うもんだから、歌劇団のお嬢さん方からも明るいざわめきが起こった。

こんな嬉しくない「おめでとうございます」なんて初めてだけど、それはお国との関係であってお嬢さん達やベルジュラックさんや威龍さんには関係ないもんね。

覚悟を決めて「ありがとう」と笑って背後に手を振れば、益々ざわめきが大きくなり拍手まで起こった。

その拍手の最中《さなか》、ベルジュラックさんと威龍さんにも陛下からお声がかかる。

「この度の戦い、見事であった。その方らにもそれぞれ褒美を授ける。それは菊乃井侯爵に預ける故、主より後ほど受け取るがよい。胸のすく戦いであった」

「は、有難きしあわせ」

「お畏れ多い事で御座います」

二人ともラーラさんから礼儀作法を仕込まれてるからか、お辞儀する仕草も実に背筋が伸びて凛々しい。此方を注目してる貴族の御婦人方からも、感嘆のため息が聞こえてくる。

まあね、かっこよくて礼儀正しい人は素敵だよ。それは男女問わない魅力ってやつだ。でも好意的な視線ばっかりではなくて、やっぱり胡散臭《うさんくさ》い物を見るようなものもある。それに気づいた宰相閣下が、威龍さんをさりげなく庇《かば》う位置に立つ。

陛下も少しだけ眉を顰《ひそ》めたかと思うと、穏やかに威龍さんに語り掛けた。

「世の中の旧火神教団に対する視線は厳しかろう。しかし其方が率いる者達は、悪しき企みに利用されていただけと聞く。誤解が早く解けるよう、我らも気を配ろう」

「……有難き幸せ。我らは仲間としてともに修行に励んでいながら、邪教の存在にも企みにも、諭されて漸く気付けた愚か者で御座います。この上は一から出直し、世の信頼を得られるよう、我らを受け入れてくださった土地の民の安全のために尽くしたいと存じます」

「うむ、その意気やよし。ところで、新たな教団名は決まったのか？」

「は、我らの新たな修行地は山の上の遺跡。そこから武神山派と号しようと思います」

「そうか」

「はい。伯爵、いえ、菊乃井侯爵閣下の一字をいただこうとしたのですが『反省するのは良いけれど、戒め過ぎるのは苦しくなるだけだ』と仰り」

威龍さんの残念そうな言葉に、陛下も妃殿下も「なるほど」と頷いた。しかしその眼には何だか面白そうな光が宿ってる。

ロマノフ先生から聞いてるんだろうな、本当の理由を。

だって自分の名前が由来の宗教団体とか、ちょっと重いじゃん。それに姫君になんて言って良いか解んないし。

微妙な顔をしそうになっていると、静かに妃殿下が私の前に立たれる。そして陛下とお顔を見合わせると、従僕が音もなく近寄って来た。従僕がお盆を妃殿下に捧げると、妃殿下はその捧げられたお盆の上に載った手紙を取り上げて。

「北アマルナ王国からのお手紙です。中身は必要ですから検めましたが、菊乃井侯爵宛のものです」

「え？」

「あちらの御妃からお預かりしましたの。侯爵に渡してほしい、と。ネフェルティティというお嬢さんをご存じかしら？」

なんでここでその名前が……？

なるほど、北アマルナ王国の王妃殿下が彼女の名前を知っている筈だ。

園遊会もつつがなく終わり、歌劇団の皆やベルジュラックさん・威龍さんとは一旦お別れ。

予想通り、ベルジュラックさんに探りを入れて来たのもいるし、威龍さんに絡もうとしたのもいた。

どれも私と目があったらそそくさと逃げて行ったけど、本当に彼らを讃えようとして近付いてきた貴族は色々と二人を激励してくれたみたい。

勿論私にも、賛辞とともに「何か力になれることがあれば……」という言葉もくれた。

向けられる視線は好意的な物と様子見的な物が大半、敵意は微量。顔見せとしては上々かな。

因みに午前の園遊会にもレクス・ソムニウムの衣装を着てたけど、当たり障りなく緑にしておいた。

どうも帝都の人たちの間で私は着道楽扱いされてるみたい。

いや、現実逃避してる場合じゃないな。

去年の夏、コーサラで出会った金銀妖瞳《ヘテロクロミア》で羊角の令嬢・ネフェルティティ嬢。彼女はなんと北アマルナ王国の王女殿下だった。

この度、友好の証しとして両親が帝国を訪れるというので手紙をくれたらしい。

そっかぁ、ロイヤルだったかぁ。

色々奏くんやレグルスくんと祖母の書斎で調べていたけど、そんな気はしてたんだよねぇ。

彼女の手紙には、金銀妖瞳の偏見を晴らすために色んな事を調べたり、識字率を上げるためにまず必要な事は何か、王女としての教育を受けつつ日々目標に向かって歩いている事を伝えてくれた。

それからござる丸の花からは、何故かにょきっと手足の生えた蕪《かぶ》が生まれたそうな。それもやっぱりマンドラゴラで、鳴き声が「みぎゃ！」とか「みぎょ！」って聞こえるって。目や口はござる丸と同じで位置がよく解らないみたい。

結びにはいつか胸を張って会える自分になれたなら会いに行くとあった。

うん、きっといつかの記念祭で会えるんだろう。それまで私も、何か誇れる人間にならなきゃな。

読み終えた手紙をポケットにしまうと、ほっと息を吐く。

ロマノフ先生の目が、悪戯っ子のように光った。

「で、感想は？」

「うん？　感想ですか？」

「ええ。ネフェル嬢のお手紙と、彼女の正体について」

「ああ……。驚きはあまりないですね」

皇子殿下達のお茶会まで間があるので、宮殿の中の待機室のような部屋が開放されている。そこでレグルスくんを待ちながら手紙を読んでた訳だ。

実のところ奏くんが調べ物の最中に「は！　ネフェル姉ちゃん王女なんじゃね？　おれの直感がそう言ってる！」と叫んだ事があって、「まさかねー」って笑ってた事があるんだけど、奏くんの直感でしょ？

当たってるんじゃないかなぁって何となく思ってたとこはある。

そう言えば、ヴィクトルさんが「なるほど」と頷いた。

「カナたんの直感じゃ、信じる一択だよねー」

「頼りになりますね、奏君」

「はい」

うん、奏くんは頼りになりますとも。

私達兄弟にとって奏くんほど頼れる友達はないよ。的確に助言はくれるし、口を出す時は手も貸してくれるし。

きっとこれからどんな人と知り合っても、奏くんはずっと親友だ。

翻って。

私は胸元に手を当てて、衣装に魔力を通す。すると緑だった布地の色が、第一皇子殿下の瞳と同じ紺色に変わる。

「このお茶会、旗色をはっきりさせる舞台でもありますが、将来の皇帝陛下の側近というか腹心候補を選定するための場でもあります。学友の見定め、ですね」

「学友ねぇ……」

私と統理殿下は年が離れてるから、私が幼年学校に入る年に殿下が最終学年だったかな？

そうなるとご学友っていうのはちょっと難しい。第二皇子殿下とだって辛うじて先輩後輩っていう感じだし。

それに私は侯爵、腹心だのご学友だのそういうのは今更だ。

ただ、殿下の腹心だの側近だのになる誰かが、こっちに敵意を向けるような人材であっては困る。

殿下もまさかそういうのを側近やらには選ばないだろうけど、国内の権力バランスってのも配慮して人選はするものだ。

身元調査的な事は此処に至るまでに終わっているだろう。それでどういう人選になるのか……。

ちょっと気になったから先生に訊いてみると、少し考えてロマノフ先生は口を開く。

「縁故採用とか多いですよ」

「縁故採用？」

「はい。従兄弟とか、大臣の息子とか孫とか、ですね」

「ああ、なるほど」

まあ妥当か。

納得していると、ヴィクトルさんが肩をすくめる。

「そういう意味ではあーたんやれーたんも選考に入ってるんだよ？」

「え？　どうしてです？」

「けーたん、皇子殿下達の魔術の師だもの。という事は、彼ら二人は僕の孫弟子に当たるんだよ。あーたんもれーたんも、広い意味では皇子殿下達と同門なんだから。ましてあーたんは皇帝陛下の弟弟子でもあるわけだし」

「へ⁉　弟弟子って……あ！」

ヴィクトルさんの爆弾発言が私の脳内で炸裂した。そう言えば去年ロートリンゲン公爵閣下のお宅で「鷹司佳仁」氏とお会いした時、ロマノフ先生は「とある皇太子殿下に『皇帝になって出直せ』って啖呵《たんか》をきった」って話を教えてくれたんだっけ。

あの啖呵を切った皇太子殿下が今の皇帝陛下だったんだ！

あれだ、きっと皇帝陛下も私と同じように無茶ぶりされたに違いない。そりゃ先生の事「怖いエルフ」っていう筈だよ。

うぐうぐとロマノフ先生を見れば、「あはは」と軽く笑って先生に膨れた頬っぺたを突かれる。

なのでぶちりと無茶ぶりに抗議すると、益々ロマノフ先生が笑った。

「たしかに陛下にも厳しく指導しましたけどね、私は全く出来ない事をやらせた事はありませんよ。ギリギリを攻めているだけです。クリアした後は同じことにでくわしても動じなくなったでしょ？」

そう言われたらそうだし、課題を乗り越えた後はたしかに色々出来る事が増えてるんだよね。

思わず同意してしまったら、ヴィクトルさんが噴き出した。

いや、私の事は良いんだよ。ちょっと居心地が悪くなったから話をわざと戻す。

縁故でなら私もレグルスくんも側近・腹心の候補に挙がるだろうけど、そうでないなら決め手はなんだろう？

尋ねればヴィクトルさんが教えてくれた。

「才能も物をいうね」

「才能、ですか？」

「うん。例えば難しい論文を書いて認められたとか、剣の腕が立つとか。それはでも、その子の師も重視されるよね」

「師が高名だと、その師が認めた才能の持ち主という事で候補に挙がりやすくなります。これに関して言えば、レグルスくんはお声が掛かってもおかしくはない」

「え？」

不意に出て来たひよこちゃんの名前に、私はついキョトンとしてしまう。

するとヴィクトルさんが「まだ話してなかったっけ？」と、首を捻った。それにロマノフ先生が「本人が言わないモノを言って良いものかと」と返す。

ちょっと意味深なやり取りに首を捻っていると、ヴィクトルさんが口を開いた。

「あーたん、前にソーニャ伯母様と君のお祖母様のつながりの話を聞いたでしょ？　その時伯母様と一緒にいた人がいたって言ってたよね」

「ああ、はい。その方のお弟子さんが源三さんでしたよね」

「そうです。その時、母と一緒にいた人なんですけどね。これが中々凄い御方で。武神が『無双の頂に登った証しとして無双一身と号せよ』と言われた方で、その剣術は『無双一身流』として、その方の数多のお弟子さんに引き継がれたそうです」

けれど、その剣士さんから直接奥義会得と免許皆伝を許されたのはたった一人だったとか。

「それが、源三さん……」

「はい。その無双一身の剣士は卜伝殿《ぼくでん》と言ったそうですが、源三さんがもう剣士として満足に戦えないと聞いた時涙を流して『惜しいかな！　彼奴《きゃっ》は我を超え行く漢《おとこ》であったものを！』と嘆いたそうですよ。それからも弟子をとられたけれど、奥義はけして伝えなかったとか。何でも『我が流派は彼奴が認めたものが継ぐ』って言ってらしたとか」

「そんなに……！」

「でね、私この間源三さんに聞いたんですけど、そろそろレグルスくんに『奥義をぼちぼち伝えていこうかと思っとります。免許皆伝も考えないといかんですな』って」

「僕も最近れーたんのステータスに『無双一身流』っていうのが見え隠れしてきちゃってどうしようかと思ってたんだよね」

え、すごいじゃん！

「レグルスくん、凄いじゃないですか！」

心の底から叫ぶと、ぴかっと部屋の中心が光る。

その中心に大小二つの人影が浮かんで、やがて輝きが収まると濃い金髪がふわりと振れるのと、プラチナブロンドが美しく光を弾くのが見えた。

「にぃに、れーのこと呼んだー？」

きゅるんと青いおめめを光らせて、元気にレグルスくんが飛びついて来た。

仁義なきお茶会

ラーラさんと一緒に現れたレグルスくんは、きちんとお茶会用の衣装に着替えていた。

長四角の袖は、私の服とお揃い。色も今日はあらかじめ合わせていたように紺色にして揃えた。

背中には菊乃井家の紋章である大ぶりのダリアと、レグルスくんの旗印を刺繍して。私の服の方にも実は私の旗印が刺繍してある。

準備は万端。

時間になったので先生達とはお別れして、二人の皇子殿下のお茶会会場の離宮の庭へと向かう。

大人の参加は許されない。遠巻きに見守るだけだ。

そのかわり、子ども達が何かやらかしても「無礼講」として問題にしない事が確約されている。だって参加者、ちっちゃい子もいるんだもん。

殿下方のご学友に選ばれそうなお家の子たちにとっては戦場だけど、そうでもない年頃の子たちにとってはご近所領のお子さんと友好を深める会でもあるし、将来幼年学校に通う時の顔つなぎの場でもある。

私はどっちかと言えば後者。

ご近所のお友達になれそうな人と知り合いになれたらいいなって感じ。レグルスくんもそう。皇子殿下達とは個人的にもうお友達なんだから、今、焦る必要はない。

ってな訳で、会場につくと形式は立食パーティーに近い感じで、席は用意してるけど各々好きにテーブルを移動してねって方式みたい。

庭にはテーブルと椅子がセッティングされてて、テーブルの上には綺麗なお菓子や飲み物が用意されてる。温かいものが飲みたいときは、近くにいるメイドさんに頼めばいいようだ。

まだ殿下がたはお出でじゃないけど、会場は結構な賑わい。

そこにレグルスくんと踏み込めば、ピタッと和やかな会話が止まり、視線が私達兄弟に集中する。視線に含まれる敵意は微量。好意というか好奇心はたっぷりと。

さてさてどう反応するのが正しいのだろう。ちょっと考えている間に、レグルスくんが私の手を引いた。

「あにうえ？」

にぱぁっと輝く笑顔のレグルスくんに呼ばれて、いつまでも難しい顔なんかできない。同じく笑顔で「なぁに？」と答えれば、何処からか「きゃー」と悲鳴が上がった。

なので、その笑顔を不自然に見えないように顔に張り付かせて、悲鳴が上がった方に向ける。

「御機嫌よう？」

なるたけ穏やかに、かつ優雅に。更には「敵意はありませんよ、警戒しないでくださいな」っていう思惑を乗せて。

これ【魅惑《チャーム》】の応用。

皇宮にはハニトラを防ぐために魅了系魔術を防ぐ結界的なものはあるんだけど、私が使ってるのはどちらかと言えば緊張の緩和、ようはリラックス効果の出る物。害意がないからスルーされるみたいで、男の子も女の子も口々に「御機嫌よう！」と機嫌よさげに返してくれた。

初めてくる場所で好意的に迎えられるって、本当に精神衛生に重要だわ。

レグルスくんも私に倣って「ごきげんよう」とお辞儀すると、ほわっと場が和んだ。よし、掴みはオッケー。

ワイワイとまた賑やかに子ども達が話し出すと、気さくに私達兄弟を話の中に招いてくれた。

話題は色々。歌劇団のショーの話や、Effet《エフェ》・Papillon《パピヨン》のドレスや冒険者の服の話に、武闘会の話やらが中心で、皆目をキラキラさせて聞いてくれる。

レグルスくんにもお茶を勧めてくれたり、空飛ぶお城の事を聞いたりで、私が警戒していたような家の事情をあてこする事もない。中にはレグルスくんの着ている服に興味津々の子もいたようでお袖を触らせてあげてたりで、ひよこちゃんも楽しそう。

レグルスくんはよく町で遊んでるから、同年代の子たちとお話しするの楽しいよね。

笑顔で応対を心がければ大概の人間は敵意を抱き続けられない。でも物事にはなんにでも例外がある訳で。

輪の外側から向けられる数少ない敵意の視線が徐々に鋭くなっていく。

でも、知らんわ。

無礼講と最高権力者からお達しのある場所で、家の権力を振りかざそうとする愚か者に向ける視線はない。

あえて無視していると、視線に気づいてるレグルスくんが私に小首を傾げて見せる。でも笑顔を見せれば私があえて視線を無視してるのが伝わったようで、レグルスくんがこくっと頷いた。賢い。天才。流石次期無双一身流継承者（推定）。

とは言え、そろそろあっちの許容量に限界が来そうだ。

歯ぎしりしてそうな雰囲気が伝播してきて、輪の外側にいる子ども達がひそひそ話をしながらそちらを窺う。

それでも私がそちらを見ない事に業を煮やしたのか、あちらがとうとう動き出した。

ざわっとあまり良くない雰囲気で子ども達の輪が割れる。そして道が出来ると、第一皇子殿下と同じくらいの背の少年がこちらに来るのが見えた。

しかし人が急に動くとそれについていけない人も出る。

此方に来ようとした少年に、色白でふくよかな小さな女の子がぶつかりそうになってよろめく。

レグルスくんと同じ歳かそれより小さいくらいの女の子だ。

ちょっと当たってしまったのか、少年が煩わしそうに女の子を払った。

転んでしまう！

私が動くより先に、レグルスくんが私の横を駆け抜けていく。そして颯爽と倒れそうになった幼女を、お姫様をエスコートするがごとくに支えた。

「だいじょーぶですか、おじょうさん？」

「あ、は、はひ」

きりっとした表情のレグルスくんに見つめられて、色白な女の子の頬っぺたが桜色に染まる。

あら、あらあら、あらあらあらあら。

まるでお芝居におけるヒーローとヒロインの出会いじゃありませんこと、奥さん⁉　奥さんて誰だよ。

いやー、良いモン見たわ。

あまりにエモくて素敵なひよこちゃんの活躍に、周りの人たちもほうっと感嘆のため息だ。

そんな王子様とお姫様な二人に見惚れていると、レグルスくんがそっと女の子の手を引いて私の近くに寄って来る。

「あにうえ、ごれいじょうのドレスが……」

「うん？　ちょっと待ってね」

声を掛けられて、彼女と目線を合わせるため屈む。するとお嬢さんが涙目になっていた。

「ああ、ドレスのレースが汚れちゃったんだね。大丈夫、任せて」

「あにうえがどうにかしてくれるから、なかないで」

「君！」

「あの、わたくし……」

「ちょっとだけドレスに触れますね」

「おい！　君！　話しかけているのに無視とは、無作法じゃないか!?」

何かハエがうるせぇな。

それよりお嬢さんのドレスのレースが一大事。お嬢さんのドレスの裾に少しだけ手をかざして、水の魔術でそこだけ洗って風と火で乾かして。

レースが元の鮮やかな色味を取り戻して、お嬢さんの顔にも笑顔が戻る。

お嬢さんがドレスの裾をほんの少し持ち上げて、育ちの良さを窺わせるお辞儀で礼を告げた。

「ありがとうございます」

「どういたしまして」

「はい、どういたしまして」

「おい！　聞いているのか⁉」

レグルスくんと私もお嬢さんの礼に応えたところで、ハエが私の肩に手を伸ばす。それを身体を一歩引くことで避けた。

「無作法な。お里がしれますよ？」

「な⁉」

しれっと言ってやれば、煽り耐性がまだ低いのか少年が顔を真っ赤にする。

ぎッと睨みつけてくるけど、これなら城の番猫・ぽちの「ご飯下さい」って目の方が圧があるくらいだ。

そもそもデカい声で話しかけてくんな。誰だよお前、何処中だコラ？

不愉快をお互いに前面に出して睨み合っていると、少年の取り巻きなのか同じくらいの年の子どもが小さく「公爵家のご嫡男に、伯爵がかみつくなんて……」とぼそぼそ呟く。

公爵家の嫡男ねぇ？

少年がニヤニヤと私を見るけど、私は別段表情を変えない。

貴族の子女は当主より下の位とみなされる。この理屈でいうと公爵家の嫡男は侯爵と並ぶんだよね。そりゃ伯爵相手だとこういう態度になるんだろうけど……。

勝ち誇ったように少年が口を開く。

「私はシュタウフェン公爵家の嫡男・フリードリヒだ」

「そうですか。私は菊乃井侯爵家当主鳳蝶です」

「こ、侯爵!?」

「はい、午前の園遊会で正式に陞爵しました」

にこやかに笑う私に、少年とその取り巻きが息を呑む。

貴族なんて「ヤ」のつく自由業みたいなもんで、マウントの取り方を間違えたら戦争だ。

どう落とし前付けてくれるんだ、この野郎?

侯爵家の当主と、父親が公爵なだけで自身は無位無官の人間ならば、どちらがより権威を持つかなんて知れている。

少なくとも作法上の無礼を働いたのは私ではない。

無礼講だって場所で、親や家名を利用して他者を威圧するような下品な振舞いをしたんだから、この場の勝利者は誰か既に決まってる。

私だよ、臑齧《すねかじ》り。

アッチの方が背が高いから見上げる立場になるけれど、気分としては見下げているのが解ったのか、ぎりっと少年が奥歯を噛んだ。

周りの子ども達は、私達の睨み合いを固唾を呑んで見守っている。

そんな緊張感の走る庭に、「あらあら」と明るい声が響いた。

高くも低くもなく、耳に優しいその声に自然と子ども達の垣根が割れて。

「御機嫌よう、皆様。本日は良い日和ですこと」

「……これは、ロートリンゲン公爵家のご令嬢。ご機嫌麗しゅう」

穏やかに声をかけて来たのは、紺色のドレスに身を包んだゾフィー嬢だった。

「まあ、ご令嬢などと他人行儀な。そのような呼び方をされると、私も閣下とお呼びしたくなりますてよ?」

「……やめてください、ゾフィー嬢」

「ええ、鳳蝶様。今日はとても沢山の方がお集りですね」

朗らかに、こちらに一切の不快感を与えない声の大きさ。見事な貴婦人の振る舞いに、その場の険しかった雰囲気が一気に華やぐ。

私と睨み合ってた何とか公爵家のご嫡男すら置き去りに、ゾフィー嬢は私とレグルスくんの傍にいた幼いお嬢さんに目を留めた。

「まあ、梅渓公爵家の和《なごみ》様。お久しゅう?」

「あ、はい。あのゾフィーおねえさまにおかれましては、ごきげんうるわしゅう」

梅渓ってもしかして、宰相閣下のとこだろうか?

私はちょっと貴族教育が間に合ってなくって、大貴族の家族関係にわりとかなり結構疎い。だってお付き合いしてるの、ロートリンゲン公爵家ぐらいなんだもん。

なので成り行きを見守ろうとすると、私と相対していたどこぞのご嫡男の顔から血の気が引いているように見えた。

同格の公爵家とはいえど、宰相を務めるお家っていうのは別格だ。そこの家のお嬢さんを払いのけて、そのドレスを汚させたんだもんな？

意地の悪い気持ちで様子を見ていると、ゾフィー嬢が「お怪我はなくて？」と和嬢に声をかけた。弾かれたようにご嫡男が声を荒らげる。

「少し当たったくらいで大袈裟な！」

これ、年の頃からして第一皇子殿下か第二皇子殿下のご学友候補だよな？

こんなんで帝国大丈夫なんだろうか？

若干遠い目をしていると、ゾフィー嬢が怪訝な顔をした。

「あら、貴方が和様にぶつかられましたの？」

「ぐ、っ」

「私は和様が涙目でいらしたから、もしかして転んでしまわれたのかと思ってお声がけしただけですのに」

こういうの、前世では語るに落ちるって言うんだっけか？

って言うか、ゾフィー嬢ことの最初から見てたんじゃないの？

そういう意図を視線に込めてゾフィー嬢を見れば、彼女は意味ありげに扇子を広げる。

緊張感が庭に戻って来たのを察したのか、和様と呼ばれたお嬢さんが慌てて言葉を紡いだ。

「あ、いえ、あの、わたくしがかってによろけただけで……！」

「そう？　でも涙目になる程の事があったのではなくて？」

「それは……わたくし、よろけたときにドレスのすそにあるレースをふんづけてよごしてしまいましたの。せっかくきょうのためにしたてていただいたのに、かなしくて。でも菊乃井様にきれいにしていただけましたので！」

「そうでしたの」

にこにこと表面上進むご令嬢同士の会話に、ご嫡男の顔色が益々悪くなる。

和嬢は意図してたわけじゃないだろうけど、このご嫡男様は小さな公爵家のご令嬢に当たっただけでなく、ドレスも汚させてしまうなんて非礼な事をしたって止めを刺したわけだ。

そんなつもり全然ないけど、やっぱゾフィー嬢を敵に回すの良くない。この程度の会話で、ご嫡男とゾフィー嬢の力関係をはっきりさせたんだから恐れ入る。

ついでに今まで萎縮していた子ども達も、自分より小さいお嬢さんにこの少年が働いた無作法を咎める顔つきになった。

いやぁ、強いなゾフィー嬢。

ご嫡男の取り巻き連中はすっかり意気消沈して、彼から一歩下がってる。つまりもう兵士は戦意喪失してて、こちらはまだ戦えるんだから戦況は推して知るべし。

ギリギリと歯ぎしりが聞こえてきそうなご嫡男の形相に、私はそろそろ潮時だろうなと思った。

これ以上は面子を粉砕骨折させることになる。やり過ぎは良くない。

そう目配せすると、ゾフィー嬢も頷く。

それと同時に「第一皇子殿下、第二皇子殿下、ご入場」と侍従から声がかかった。

ざわっと子ども達が騒めいて、ご嫡男や私達からあっさりと注目が離れる。

「チッ」と行儀の悪い舌打ちが聞こえたけど、情けだ。聞こえないふりをしてやるから、さっさと失せろ。そんな意図を込めてちらりと視線をながしてやれば、ご嫡男は取り巻きを連れてさっさと第二皇子殿下の方向へ。

でも第二皇子殿下は近付いて来る彼らに気付かなかった振りをして、さっさと兄君と近くにいる子たちに歓迎の声かけを始めた。

なるほど。

「あの方々が、殿下のお悩みの種ですの」

「さもありなん、ですね」

「複雑な系譜のゆえですわ」

「?」

ゾフィー嬢の呟きに、何のことかと首を捻る。

すると、「昔話として聞いてくださいませね」と、ゾフィー嬢の前置きがあって。

現皇妃殿下のエリザベート様と前皇妃殿下のソフィーナ様はそれは仲の良いご姉妹であらせられたけれど、実はお父上が違う。

現皇妃殿下のお父上は前シュタウフェン公爵で、前皇妃殿下のお父上は若くして亡くなられた前シュタウフェン公爵の兄上だとか。

その前のシュタウフェン公爵、皇帝陛下の義祖父に当たられる方は、陛下の臣としては優秀だったみたいだけど、父親としてはどうだったのか。二人の息子にかなり差をつけて育てたのは、その世代では有名な話なんだそうな。

しかし、運命は皮肉的かつ因果は巡る。

大事に育てた嫡男は若くして病に倒れ、粗雑に扱ってきた次男が公爵家の跡を継いだ。その時、前シュタウフェン公爵は兄の妻だった人を「路頭に迷わせるわけにはいかない」と、そのまま自身の妻にしたのだとか。

良い話に思うだろ？

「殿下方のお祖母様にあたる前シュタウフェン公爵夫人ユーディト様は、夫の喪に服したいと出家を望まれたそうです。でも妻にならないなら、自身の娘でないソフィーナ様を公爵家で養育する気はないと言われたそうで、泣く泣く前シュタウフェン公爵の妻になったそうです」

「……ご心痛を察することしか出来ませんが、相当な想いをなさったのですね」

「私にも想像することしか出来ませんが……」

そして育てた娘は見事女性においては最高位の皇妃という地位についた。

だが、前シュタウフェン公爵はそれが許せず、ソフィーナ様を正妃にするなら自身の娘であるエリザベート様を側室にとねじ込んだそうな。

結局のところ、シュタウフェン公爵家がシオン殿下を皇帝にしたいのは、前シュタウフェン公爵の自身を虐げた父親への復讐が根幹にあるのだろう。

そうゾフィー嬢は締めくくった。

うん、迷惑だな。

でも気持ちは解らんでもないのが複雑なところだ。

「貴族の家って皆こんなか。揉め事ばっかり……」

呟いたのが聞こえたのか、ゾフィー嬢も綺麗な笑顔のまま。

「当家も父と叔父が……。その節はお世話になりました」

「いえいえ、こちらこそ色々とご指導賜っております」

乾いた笑いを浮かべる私と、目が若干死んでるけど笑顔なゾフィー嬢に、ひよこちゃんと和嬢のおめめが行ったり来たりを繰り返す。

そんな事をしていると、レグルスくんと和嬢の視線がばちっとかみ合った。

すると和嬢が「あ!」と手を打った。

「わたくし、菊乃井さまにおれいとおわびをもうしあげたくて、りょうちからでてまいりましたの」

「おれい、ですか?」

「はい。きょねんのなつのコーサラでのこと。わたくしのせいで、菊乃井様はなつやすみをはやくきりあげなくてはいけなくなったと……」

ああ、そう言えばそんなことがあったな。

モンスターに襲われたバーバリアンの雇い主さんのトコの下の娘さんが怖がって、早くお家に帰りたがってるからとかなんとか。

それでバーバリアンと現地解散で、私達は菊乃井に戻ったんだっけ。

思い出した。

レグルスくんも思い出したみたいで「ああ」と頷く。

「あのときはごめいわくをおかけして……」

「よいのです、おじょうさん」

レグルスくんがきりっとしたお顔で、和嬢の小さなお手々をとる。

何だかひよこちゃんが普段より大人びて見えて、ちょっとびっくりだ。

「あなたがごぶじでよかった！」

かぱっとおおらかにレグルスくんが笑う。それを見た途端、和嬢の丸くてもちっとした頬っぺたが、みるみると染まって桃のようだ。

私はもしかして、女の子の胸にキューピッドの矢が刺さった瞬間を目撃したんじゃ……？

うーん、なんか既視感《デジャビュ》。

レグルスくんが女の子に優しいのは良いんだけど、この「よいのです」って言い回しがちょっと気にかかる。

何処か芝居がかってるっていうか……って、あ！

ぽんと心の中で手を打つと、つんっとお隣のゾフィー嬢に腕を突かれる。

彼女の意図を察して、私はワザとらしい咳払いを一つ。

「レグルスくん、ご令嬢の手をあんまり握ってちゃダメですよ」

「あ、しつれいしました！」

ぱっと手を離したレグルスくんに、ご令嬢は桃色の頬で小さく「いいえ」とはにかむ。

「それでは和様、私とお茶でも飲みに参りましょうか？」

「あ、はい。では菊乃井様、ありがとうございました」

「それでは少し外しますね」

にこやかなご令嬢達は、淑女の礼を置いてお茶のテーブルへと去ってしまった。

残った私達兄弟も、近場の席へと座る。

テーブルの上にはサブレーやビスケット、キッシュなんかがおいてあって、それぞれ流石皇宮って感じに華やか。

近くにいたメイドさんに紅茶を頼むと、私はレグルスくんに話しかけた。

「レグルスくん、さっきの……」

「ん？　ひめさまがおんなのこにはやさしくしなさいって。どうしたらやさしくしたことになるかよくわかんなかったから、アンジェにきいたら『おねーちゃんみたいにしたらいいとおもう』っていうから、シエルくんのまねしてみたの。へんだった？」

「うぅん。でもレグルスくん普段から女の子にも男の子にも優しくしてるから、いつものレグルスくんでいいと思うな」

「うん、れ、じゃない、えぇっと、ぼくも？　わたしも？　うーん、よくわかんないけど、そうおもう。なんかへんだった！」

「そっか。頑張ってくれたんだね、ありがとう」

フワフワの金髪を梳るように撫でれば、レグルスくんがふわふわ笑う。

ひよこちゃんはひよこちゃんなりに、社交ってのを頑張ってくれてるんだな。本当に良い子。

こんな良い子に何かする奴がいたら、ぜったいに尻どころか強制永久全身脱毛の刑に処してやる。

ほわほわと和んでいると、サクサクとこちらに進んで来る足音が聞こえた。そわっと周囲がさざめく。

これは多分来たなと思って振り返れば、そこにはにこやかな第一皇子殿下と第二皇子殿下が。

レグルスくんを促して椅子から立ち上がれば、「やあ」と第一皇子殿下が手を上げた。

「来てくれて嬉しいぞ、鳳蝶」

「お招きに与り……」

「いいよ、そういう堅苦しいのは。なぁ、シオン?」

「はい、兄上。レグルス、この間は楽しかったね。今日も楽しんでいってほしい」

「はい！」

統理殿下の気安い態度に、周りは……学友候補の年頃の少年たちが一気に騒めく。

これは計算。

私は既に第一皇子殿下を支持している事が明らかで、おまけにシオン殿下とレグルスくんも親し気アピールをしてくれるから、家族ぐるみのお付き合いをしてるって判断されるだろう。

それに私とレグルスくんが揃って統理殿下の目と同じ色の服を着ているのだから、これが何を意味するか、解る子ははっきりとわかった筈だ。

そして解った子は、これをはっきりと親に伝えるだろう。あとは伝えられた親がどうするか……。解んなかった子の家？　知らんがな。

基本的に大半の貴族の家は、第一皇子殿下が次の皇帝陛下になることに何の反対もしてないんだから波風は立たない。

波風が立つのは第二皇子殿下を神輿にしようとしていた家だ。

私と事を構えるか、それとも……。

自惚れてる訳じゃないけど、神龍を召喚する、古代の魔術師の遺産を受け継ぐ、そして世間的には正義の味方の私を敵に回すってどうなん？

まして私の後ろには、陛下に弓引くこと以外を許された人たちがいるっていうのに。

少なくとも今、平和な帝国にあえて乱を起こすことを望む貴族の方が少ない筈だ。第二皇子殿下を担ごうとした貴族もそこまで望んでやってるとは思えない。

いや、シュタウフェン公爵は解んないけどな。

でも公爵家って言ってもそれだけだ。大公家って訳じゃない。皇統に口出す権利なぞ、あるものか。

そんな事を考えつつ辺りを見回せば、穏やかな表情で和嬢を連れたゾフィー嬢がこちらに歩いて来る。

そして気付いた統理殿下が「ゾフィー！」と、親し気に彼女の名を呼んだ。

「会えて嬉しいよ、ゾフィー」

「御機嫌麗しゅう存じます、殿下。でも昨日もお会いいたしましたのに」

「やあ、ゾフィー嬢。兄上、今日は貴方が紺のドレスを着てくれるってソワソワしてたんだよ」

「まあ」

うーん、いちゃいちゃが始まったぞ。

正直色恋とか遠い物語の世界の話にしておきたいのに、こうまで近場でやられるとちょっとウザい。

目から光を消していると、肩をすくめつつシオン殿下が私の傍にやって来る。

「……政略結婚なのに政略結婚だって忘れそうになるよね」

「え？　政略結婚なんです？」

「うん。ほら、母上の実家が兄上にとって獅子《しし》身中《しんちゅう》の虫だから、違う後ろ盾が必要でね」

「ああ……」

それにしたって、そうは見えない。というか、ゾフィー嬢の統理殿下を見る目が夢見てるみたいに熱っぽいんだよね。

統理殿下がゾフィー嬢を好きなのかと思ったけど、これは存外逆なのかな。

そうぼそっと言えば、シオン殿下が頷く。

「ゾフィー嬢は僕や君と同類だもの」

「……ああ」

そらそうだわ。

妙に納得できて思わず目を逸らすと、今度はレグルスくんと和嬢が目に入る。

私が視線を下げたのに釣られてか、シオン殿下も目線を下げた。

「ああ、梅渓家の……和嬢だったね？　楽しんでる？」

「は、はい。とても……」

にこっと笑った和嬢に、シオン殿下も笑い返す。

そんな私たちの会話が耳に届いたのか、統理殿下が和嬢に声をかけた。

「おお、梅渓の！　久しぶりだな、元気にしていたか？」

「はい、おひさしぶりでございます」

声かけされた和嬢は立派に淑女の礼を以て殿下に応える。

すると何を思ったか、隣にいたレグルスくんと和嬢に視線を行き来させて。

「レグルスと仲良くなったのか？」

「あの……はい」

「そうか。なら和嬢もどうかな？　勿論宰相から許可が取れたらだし、そもそも鳳蝶が良いと言ってからだけど」

「え？」

いきなり水を向けられて、驚く。

ゾフィー嬢も、他の子たちも何が統理殿下の口から出るのか気にして、私に視線が集まった。

勿論こちらに近づく機会を逃した、シュタウフェン公爵家のご嫡男様の憎々し気な視線も。

こほんっと統理殿下が咳払いすると、シオン殿下もニコニコと私を見てる。

「いや、夏の事なんだが」

「はぁ」

「今年はロートリンゲン公爵家に避暑に行かせてもらう事になった。それでだ、その避暑に訪れている期間に菊乃井にも訪問させてもらえないかと思ってな」

「えー……」

いきなり何言ってんだ。

そう思っても顔に出さないようには出来たみたい。

ゾフィー嬢がぽんっと手を打った。

「お友達の家に遊びに行くというのは、よくある事ですわね」

「そう、それだ。ゾフィーの家にようやく泊りに行って良いと許可がもらえた。それなら近くの友人の家にもいきたい。そう思って父に伝えてみたんだ。そうしたら『菊乃井侯爵がいいと言ったら』と」

「僕も一緒にゾフィー嬢の家に行くし、兄弟で訪ねていければいいな、と」

「なるほど。それなら私もご一緒しとう御座います。ご近所のお友達のお家に私も遊びに行きたいです」

圧が強い。

これ、政治的なアピールなんだろうか？　それとも、個人的な興味？

意図を測りかねていると、レグルスくんが私の袖を引く。

「どうしたの？」

「シルキーシープのおやくそく……」

「ああ」

そう言えば夏にはアースグリムに絹毛羊の王たちの毛刈りに行く約束をしてたっけ？

「あの、ちょっと夏にはお約束があってですね……」

「それが終わってからでどうだろう？　こちらにも準備があるし、そちらにもあるだろう？」

「う、うーん。家の者と相談してからでも良いですか？」

「勿論だとも。ああ、本当に都合が悪かったら断ってくれていいから」

さてさて、どうしようかな？


平穏、戻る……？


行啓《ぎょうけい》は行幸《ぎょうこう》より遥かにかかる費用負担は少ないが、それにしたって全くお金がかからない訳じゃない。

それでもまだ立太子も済んでない皇子殿下二人であれば、さほど仰々しくなくていい筈だ。

でもなぁ……。

お茶会は無事に乗り切った。

今後私がぶつかりそうな家門の見定めは出来たわけだし、ゾフィー嬢のお蔭で近隣の男爵・子爵・伯爵家、ないしは同年代の離れた領地の人達とも顔つなぎが出来た。

なんかちょっとビビられてた節はあったんだけど、話してみると中々面白い子が多くて、中には文学に興味があって、自分でも詩作してたり物語を書いたりしてる子もいて。

今度書いた物語を見せてくれるそうだけど、そういう子は菊乃井歌劇団に興味津々で緊張が解けたら色々語ってくれた。

うん、その調子で沼って私に萌え語りを聞かせてほしい。

で、だよ。

長く領地と帝都を行ったり来たりして、領地の事が疎かになってる事を理由にして、私達は空飛ぶ城と共にお茶会が終わった後、レグルスくんのお母さん・マーガレットさんのお墓参りをしてすぐに帝都を辞去した。

菊乃井のお屋敷に戻ったあと、私はさっさと服を普段着に着替えて寝ちゃったんだよね。

辛うじて先生達には「殿下方から避暑のついでに訪問したい旨を打診された」ってのは伝えたんだけど、それだけ。

ロッテンマイヤーさんに着替えを手伝ってもらいながら、私は寝てたらしい。

朝凄く早く起きて、ぬぼーっとしてたらロマノフ先生に抱えられお風呂に浸けられて、ラーラさんに前日分のマッサージをしてもらって今ここ。

朝ご飯の食卓にいる。

心配そうに、私の顔を見つつレグルスくんが口を開いた。

「にぃに、もうだいじょうぶ？」

「うん、もう大丈夫だよ。昨夜は一緒にご飯食べられなくてごめんね？」

「うぅん。ねむいときにねるのがいちばんはやくげんきになるって、まえにひめさまがいってたから」

「ありがとう。もう元気だし、暫くはゆっくりできるからね」

「うん！」

にぱっとひよこちゃんが笑う。はー、癒されるぅ。これがあるから私、あの魑魅魍魎共と戦えてるんだろうな。

元気に、でもお行儀よくもりもりご飯を食べるレグルスくんを見てると、心底そう思う。

けど、その癒しに浸ってられもしないんだ。

今日のスープは空豆のポタージュ、一口飲むと仄かに甘い。

「皇子殿下方の事ですが……」

はい、来た。

ロマノフ先生が穏やかに、私を見てる。

「えぇっと、来るのは菊乃井家としては問題ないよ。けーたんに確認したんだけど、お忍びに近い形の訪問にするから盛大な歓待とか必要ないって」

「費用に関しても、接待費として幾許か支給するって。あと梅渓のご令嬢は日帰りで……だって」

「日帰り？」

「うん。これは僕が面倒見るから大丈夫だよ」

ヴィクトルさんとラーラさんの言葉に私は小さく頷く。

先生達は私が体力の限界で寝た後、殿下達の言葉の意味を確かめてくれたんだな。助かる。

それなら、返事は「どうぞお出でください」としようか？

そう言えば、ロマノフ先生が頷いた。

「ではこの話はこちらでロートリンゲン公爵も交えて進めておきますから、一旦忘れて大丈夫ですよ」

「はい、よろしくお願いします」

そんな訳で問題は一つ解決。

いや、持ち込まれた皇子殿下達の話は終息でいいだろう。

他に今ある問題は威龍さん率いる教団のお引っ越しと、ベルジュラックさんの件だ。それについてどうなってるのか尋ねれば、ロマノフ先生とヴィクトルさん・ラーラさんが顔を見合わせる。

そしてラーラさんが私を見た。

「アースグリムのギルド長覚えてる？」

「はい。ベルジュラックさんを庇ってたご婦人ですね」

「うん。今度のルマーニュ王都のギルド長は彼女だそうだよ。もう早速着任してて、シラノを嵌めた連中もお縄にしたって。賠償金をきちんと用意しておくし、ギルドとして謝罪したい旨の連絡がきたよ」

「そうなんですね」

「でも謝罪はシラノが『不要』って断ってたし、賠償金はアースグリムに寄付するって。あそこの人たちが匿ってくれてたから、そのお礼に使ってほしいそうだよ」

「そうですか。彼がそう決めたなら、私はそれで構いませんよ」

火神教団が出て来たせいで大幅に予定が狂ったけど、ベルジュラックさんの復讐もなんとか落とし前が付いた。

彼は今回の顛末《てんまつ》を報告するため、一度一族に帰るそうだ。必ず戻ってくると何度も言ってたけど、それはでもやりたいことがあったら二の次で良いっていってある。

火神教団については、各国の調査団がその跡地に調査に入っている。

今回不届きものに歴代の教主のご遺体を好きに使わせてしまった反省から、霊廟をどうするかって話になったんだけど、その話の途中に霊廟に雷が落ちて火災が起こった。その火は不思議な事に、燃え盛る様相を見せたけど霊廟以外の建物に燃え移る事はなかったそうな。

まあ、つまり、火神の思し召しなんだろう。

自身の名前も仲間の名前も記憶から消され、周囲は彼らを番号で呼び、何一つ彼ら自身の存在に関する記憶は渡さない。彼らから彼ら自身を消去させる、形を変えた抹消刑《ダムナティオ・メモリアエ》を受けた罪人たちは、然るべき場所に送られ然るべく罰を与えられた。

そして冒険者ギルドは粛々と監査を受け始めている。

ヴィクトルさんが眉間にしわを寄せて。

「菊乃井のギルドも指導が入るって、サン＝ジュスト君が言ってたよ。皆働きすぎって」

「おのれ、人員不足……！」

お金もなければ人も足りないのが菊乃井だ。

ぐっと握りこぶしを固めて、諸々を呪っているとロマノフ先生が首を横に振った。

「それだけじゃないですね。最近ギルドがごった返してて、建物自体を替えないとかなり狭そうですよ。あれじゃ人員を増やしたら業務を行う空間が狭くなるだけです」

「そんなに繁盛してるんですか？」

「ええ、とても」

なんてこった、次から次に頭が痛い。

その辺のことも何とかしなくちゃ。

でもそういう事を一人で考えるのは効率が悪い。

何事も解んない事は聞く、或いは相談するのがいいだろう。

という訳で、久しぶりに街に視察に行きがてらルイさんに現状を聞きにいくことになった。

颯に乗ってぽくぽくと。

轡《くつわ》は相変わらずロマノフ先生が取ってくれるんだけど、レグルスくんの乗るポニ子さんの轡はラシードさんが取ってくれている。

イフラースさんが最初申し出てくれたんだけど、ラシードさんが「俺がいく」って押し切ったんだよね。だから彼はラシードさんの後ろで、アズィーズとガーリーをまとめて連れてる。

宇都宮さんは今日はエリーゼとアンジェちゃんと、必需品の買い出しだ。

うちは相変わらず出入り業者を置いてない。菊乃井の経済を盛り上がらせる一環として、商店街

全てのお店をうちの御用達商人にしてるから。

この商店街に商業ギルドも参入したいらしいんだけど「ギルドを置くことは許しても、菊乃井の商店街のお店全てに加入の強制は許さんよ？」って申し渡してから、その話は棚上げ状態になってる。

モノの値段を談合で決められて、それを強制されるのは困るからなんだけど、痛いとこでも衝いたんだろうか？

今のところ商業ギルドに加入してなくて困った事ってないから、別に良いんだけど。

商業ギルドに加入してる商人が菊乃井にきて商売する分には、何にも咎めないし拒んでもないんだから。

「ところで、絹毛羊の毛刈りどうすんの？」

「ああ、うん。どうしようね？　アースグリムに行って星瞳梟《スターアイズオウル》の翁《おきな》さんに都合を聞いてみた方がいいですかね？」

何の気なしにラシードさんが絹毛羊との夏の約束の事を口にする。それはレグルスくんからも言われて気になってる事だ。

ロマノフ先生に尋ねると「そうしましょうか」と返って来る。

ならそうしてもらおうかと言いかけた時だった。

前方で大きな荷物を背負った男の人が、大きく目を開いてこっちを見てることに気付く。

浅黒い肌のオジサンで、ブンブンとこっちに手を振ってかけてくる。

「坊チャン、オ久シブリネ！　ナンデコンナトコイルノ⁉」

帝都のマルシェでスパイスを売ってもらってからのお付き合いな、商人のジャミルさんだ。

手を振り返そうとすると、隣でラシードさんが手を振る。

「ジャミルのおっちゃん！　おっちゃんこそ何で⁉」

ん？　んん？　どういうことかな？

その男とスパイスの出会いはざっと十年ほど前。

とある国で軍役についていた男は、些細な事で死にかけた。それまで男はエリート街道を真っ直ぐひた走って、それ以外の道など目にも入らなかったそうな。

しかし、ほんの些末な事が原因でその出世街道から外れて、自棄を起こした彼は国を飛び出したという。

紆余曲折色々あって、辿り着いた先で滅茶苦茶美味しい料理に出会ったそうで。

そこは生の魚を食べさせるのが名物で、取れたばかりの魚を丁寧に捌《さば》いて、身を美しく切り分けて、ピリッと辛くて鼻につんとくるスパイスを載っけて醬油を付けて食べるというただそれだけの事なのだけれど、まあそれが旨いのなんの。

「アノ時カラ、私、山葵《わさび》ノ事大好キニナリマシタ。山葵、最高。デモ世ノ中、美味シイスパイス山葵ダケジャナイ。沢山アリマス。菊乃井ノカレーモ美味シイデス。スパイスハツマリ最高！　ソレヲ広メルノ、私ノ使命デス！」

「は、はぁ……」

「ソンナ訳デ私、スパイスハンターモヤッテマス。スパイスハンタートシテスパイスヲ追イ求メテル時、雪樹ノ一族ト出会ッテオ付キ合イシテモラウコトニナッタンデス」

「なるほど」

世の中は広いようで中々に狭い。

からんと手に収めたグラスの中で、凍らせたレモンが蜂蜜を入れた水に少しずつ溶ける。

菊乃井に新しく出来たカフェの人気メニューの蜂蜜レモン水だ。

ジャミルさんと知り合いだったらしいラシードさんとイフラースさんと、積もる話もあるだろうからと皆でお茶することにして。

菊乃井にスパイスを卸してくれる商人のジャミルさんと、雪樹の魔物使いの一族の族長の末息子のラシードさんが、帝国の片田舎の菊乃井で再会。それ何て運命。

因みに雪樹山脈にはそこでしか採れない「氷山椒《こおりざんしょう》」ってのがあるらしい。山椒というからには山椒なんだけど実も花も氷のように透明で、粉山椒にして脂の乗ったお肉やらお魚につけるとピリッと、でもサッパリするんだとか。

「ソレデ、ナンデ坊チャントイフラース君ハ菊乃井ニ？　オ家カラカナリ遠イト思ウケド？」

「それは……」

言いにくそうにラシードさんもイフラースさんもグラスに視線を落とす。

うーん、これは私が説明するべきなのかな？

結構ややこしい話だし、あんまり余人に漏らさない方が良い類いの話だとは思うんだけど。でもジャミルさんだしな。この人は菊乃井にお金がない事を知ってて、格安でスパイスを売ってくれてる人だ。信用は出来ると思う。

だけどなぁ……。

ロマノフ先生も判断に悩んでるのか、何にも言わない。レグルスくんも困った顔で私を見てるし、彼の瞳の中に映る私も同じように困った顔だ。

若干空気が重くなったのを感じたのかジャミルさんが何か言おうとするけど、言葉にならなかったのか口を閉ざす。

そんな中ラシードさんとイフラースさんが顔を見合わせ、そしてきりっとした顔つきでラシードさんが話し始めた。

それはラシードさんとイフラースさんが、アルスターの森で私と出会うまでと出会ってからの話で。

ジャミルさんは逐次相槌を打っても、決して口を挟むことなく聞いてくれた。

「……ナンテコトダ」

深く深く息を吐くと、ジャミルさんは眉間を揉んだ。

兄弟喧嘩なんてどこのご家庭にだってあるだろうけど、それが生きるの死ぬのに繋がるなんて本当に「何てことだ」だっての。

ジャミルさんは切なそうに再び溜息を吐くと、ラシードさんに「族長ハ？」と問うた。

「族長ハ坊チャンノオ母サンデショ？　ドウシテイマスカ？」

「解らない。俺、あれから帰ってないし」

雪樹の一族とコンタクトを取れそうな人を捜すのに難航していたところに、火神教団の騒ぎとか色々起こったせいで、ラシードさんには申し訳ないけどそっち方面は後回しにさせてもらってたんだよね。

ラシードさん本人も「今連絡取れても帰れないしな」って言ってたのもあるけど、後手に回ってるのはたしかだ。

「って言うか、連絡取れても俺もどんな顔したらいいか解んないし……」

「アア、ソウカ。オジサン、余計ナコト言イマシタ。ゴメンネ？」

「うぅん。おっちゃんは心配してくれたんだろう？　謝んないでくれよ」

お互いに気まずげにして、ジャミルさんとラシードさんは黙る。

暫くみんなで黙っていると、ジャミルさんが何かを思いついたのか、少し躊躇いながら口を開いた。

「オジサンガ知ラセテアゲヨウカ？」

「え？」

「オジサン、菊乃井デ取引ガ終ワッタラ『氷山椒』採リニイクツモリダッタカラ、ソウショウカ？」

それは願ってもないことだけど、何となく嫌な感じがしないでもない。でもそれはジャミルさんではなくて、ワイバーンの行動が異様だった事に由来する。

だってこれ多分単純な兄弟喧嘩じゃなくて、もっと大きな何かが絡んでる気がするんだもん。

ましてラシードさんは、本人の知らない封印が掛けられてた身だ。

今だってイフラースさんとの約束があるから、それを彼には話していない。そしてイフラースさんも思う事があるらしく、さっきから一言も発していないんだよね。

「どうしよう、鳳蝶？　頼んでいいかな？」

ラシードさんも何か感じるものがあるのか、不安そうな目を私に向けてくる。ラシードさんって危機回避能力天然で高いんだっけ？

その彼が不安げって事は、ちょっと良くないのかもしれないな。

だとしたら……。

「ジャミルさん」

「ハイ？」

「その氷山椒って今じゃないとなくなるやつです？」

「イイエ、寧ロ秋口ガ本番デス」

「じゃあ、秋口に雪樹の一族まで私達を案内してもらえませんか？」

「エ、エエ。オジサンハカマワナイデスガ……？」

「なら、そのように。旅の手配とかお金とかこちらで持ちますから、必要な物は全て言ってくださいね」

「ア、ハイ」

コクコクとジャミルさんが頷くと、ロマノフ先生が肩をすくめる。

「前に一度ラーラが雪樹の麓まで行ったことがあるらしいですから、暇を見つけて転移魔術で私とヴィーチャも飛べるように連れて行ってもらっておきますね」

「よろしくお願いします」

「え？　ど、どういう……？」

ラシードさんとイフラースさんが目を白黒させる。ジャミルさんも呆気にとられた顔だ。

でもレグルスくんは私の意図が解ったみたいで、にっこり元気よく手を挙げる。

「れーも！　れーもいく！」

「うーん、寒いからお留守番しててほしいな？」

「やだ！　れーはにぃにのきしなんだから、いっしょにいくの！」

ぷうっとほっぺを膨らませるレグルスくんと、私のやり取りに弾かれたようにラシードさんが椅子から立ち上がった。

「ちょ⁉　え！　行くって、まさか⁉」

「乗り込みますよ。ご挨拶もしなきゃなんないだろうし」

「ご挨拶って、なんの⁉」

「そりゃ息子さんを菊乃井にもらい受けるご挨拶ですよ。必要でしょう？」

彼自身、足場を固めたら一回は帰ろうと思うって言ってたからいい機会だろう。

私の言葉に、ラシードさんは少し考え込むような素振りを見せて、それからこくんと頷く。

「そうだな。兄貴とはケリをつけないといけないし、それが遅いか早いかってだけだ。お袋や上の兄貴とも話をしなきゃいけないだろうし、鳳蝶がいてくれた方が話が早そうだ」

「ラシード様⁉」

「だって鳳蝶のがお袋や上の兄貴より強いぜ？　いてくれた方が絶対話しやすいって」

「いや、まあ、そうですけども……」

イフラースさんが「それでいいんだろうか」って顔をする。

って言うか、これってうちにもチャンスなんじゃないかな？

雪樹の一族で肩身の狭い人を早々に取り込めたら、Effet《エフェ》・Papillon《パピヨン》の生産力向上にもつながるし。

ちょっと忙しいけど、何とかなるだろう。

この件はちょっとどころか結構胡散臭いので、くれぐれも雪樹には一人で近付かないでほしい。

ジャミルさんにその様に話して、その間のツナギとしてジャミルさんには次男坊さんを紹介することにした。

菊乃井のカレーのお得意さんだし、彼は焼酎とか造ってるから、香辛料を必要とするお酒のおつまみなんかも考えてくれるかも。

丁度彼からも手紙が来てたんだよね。

次男坊さんはシュタウフェン公爵家の次男坊なんだそうだ。

『馬鹿な兄が調子に乗ってイキりたおしたって聞いて』

軽く書いてあったけど、すごく丁寧なお詫び状をいただいて。

次男坊さんの祖父・前シュタウフェン公爵は現シュタウフェン公爵を非常に厳しく育てたらしい。

まるで実父に可愛がってもらえなかった自分を慰め、また育てなおすように自身の次男を溺愛して育てた。その反面、嫡男には非常に厳しく、次男坊さんのお父さんである現シュタウフェン公爵は前公爵に頭が上がらなかったとか。

しかしその前公爵が亡くなって重しが取れた今、物凄くタガが外れて女遊びに走ってるそうだ。お蔭でポコポコ異母弟妹が出来ているという。

んで、次男坊さんのお兄さんはそんなお父さんに溺愛されて育っていて、周りは一族の子息で固めてチヤホヤされているのが日常茶飯事。

なのでお茶会の席でもそうされるのが当たり前だと思ってたんだとさ。

だけど話題の中心はお兄さんじゃなくて私。それでも私は伯爵家の当主なんだから、公爵家の長男である自分を尊重する筈だと高を括ったのが運の尽き。

尊重するどころか無視されるわ、無礼な事をする愚かな公爵家嫡男だって周りには思われるわ、家が担ごうとするシオン殿下にはそっぽを向かれるわ……。

彼の評判は同派閥の貴族のお家に正しく伝わり、遠回しにその派閥のお家の人達に「お宅の息子さん、大丈夫なんです？」と言われる始末だ。

当然ながらご長男さんは、生まれて初めて雷を落とされたそうな。それはもう次男坊さんですらドン引きする程の、相当なお叱りを受けたんだってさ。

『君の怒りに触れてウチが滅ぼうとも仕方のない事だけれど、領民には累が及ばない怒り方で収めてほしい』って文面にあったから、怒ってないのを伝えとかないとって思ってたんだよね。

なので私からは怒ってない事と「何か変わった香辛料や、それが使われているモノがあればジャミルさんに紹介してほしい」って認めて、ギルド経由の速達で次男坊さんに届けてもらった。

実際、これ、私は本当に怒ってないんだよ。

私は怒ってないんだけど、宰相閣下が愛する孫娘ちゃんを泣かされて怒ってるんだ。

ともあれ、返事は多分明日以降だろう。

そんな訳でお話し合いは終わり、ジャミルさんに次男坊さんから連絡がきたらすぐに知らせてくれるようお約束をして解散。

私達は役所に向かう。

レグルスくんの乗るポニ子さんの轡をとりつつ、ラシードさんが苦い顔で呟いた。

「なんか、貴族の家ってややこしいんだな……」

「ラシードさんのお家もそう変わらないじゃないですか」

「まぁな。でも帝国のお貴族様達よりは全然単純だと思うぞ」

「うーん、比べるようなものではないですが、雪樹って単一の一族でしょ？　帝国って多民族国家ですもん。意思統一の仕方から、民族に根差す習慣・慣例・思想・政治観、多種多様な背景があって、貴族っていうのはそういうのを代表とまではいかないけど、ある程度体現した存在でもあるから、曲げることの出来ない意地みたいなものもあるんですよね。それに折り合いをつけていくには、話し合いによる理解と衝突、妥協を繰り返さないと。競争相手を蹴落とすのだって、必要と言えば必要ですし」

「なるほど、俺は兄貴達の競争相手として見られてなかったから平和にのうのうと生きてられたのかな……」

「のうのうなんて言うもんじゃないですよ。雪樹のような厳しい環境では生きてるだけで戦ってるようなもんなんだから」

沈んだような声のラシードさんに言っても、その顔は苦いまま。過不足なく自分のやることを見つけて励んでるのに、なんでそんな自分を卑下するのかね？

ラシードさんもそういえば、私と同病なところあるんだよね。だけど末っ子として育ってきたせいか弟みが強くて、ついついレグルスくんとか紡くん側のカテゴリーに入れちゃうんだよなぁ。

「頑張って役所の書類整理とか手伝わせてもらえるくらいにはなったんでしょ？　その調子で頑張ってくれたら、私もルイさんも楽になりますから」

「そ、そうか？　ちょっとは役に立ってる、俺？」

「私の所に来る書類の優先度別仕分けの担当になったんでしょ？　ルイさんは出来ない人に出来ない事はやらせない人だから。私だって偶に、『まだまだですな』て言われるし」

「え？　そうなのか」

「うん」

それは政策の事なんだけど、やっぱりお金がないと手が届かない事が多いんだ。

皆保険制度然り、避難訓練然り、義務教育然り。

今やっと手が届きそうなのはお昼ご飯付き学校で、それはこの春から週三回で実施された。

でもここで教えてあげられるのは読み書き計算で、高等教育なんて夢のまた夢。

教育カリキュラムも手探り状態なんだ。

必須の読み書き計算の他に、ダンジョンのある地域なのでせめて逃げられるように体力づくりを兼ねた体育と、医者が少ないからまず病気にならないよう保健や安全衛生や初歩の手当とか。

先生役はブラダマンテさんや、冒険者を廃業した人たちにお願いしてる。

でもこの辺の教育カリキュラムって冒険者の初心者講座と被ってるところがあるから、その辺り合同で出来るかもしれないな。

あんまり言いたくないけど、それにつけてもお金の欲しさよ……。

「君は人の事は見えるのに、自分の事はまだ見えないんですねぇ」

「はぇ？」

大きなため息を吐いたそこから、ロマノフ先生の声が聞こえて。

「君が『識字率！』と言い出してからまだ二年に満たない。実権を得てからは更に短い期間で学校まで漕ぎ着けた。凄い事じゃないですか」

「でも、お金だってそんなにある訳じゃないし」

「二年前の今頃は更にありませんでしたよ。税収だってドンドン増えています。君の人生はまだ始まったばかりなんです、焦ることはない」

そう、だよな。

ついこの間までレグルスくんが大人になったら、その時くらいにはいなくなってると思ってたから焦ってたけど、今は何としてもそうならないようにしないといけない理由が出来た。

なら、その分長生きも視野に入れて行動しないといけないんだよな。

よし。

すぱんっといい音を立てて私は自分の両頬を叩く。

「腑抜けてる場合じゃありませんね、ないなら稼ぐ！」

「ええ、その意気ですが……。君は姿形は貴公子なのに、時々どこかの傭兵の頭領かと思うような気合の入れ方しますすね」

「そうです？」

ロマノフ先生、私の事貴公子に見えるとか思ってたのか。その方が吃驚するわ。

っていうか、見かけだけならラシードさんだってどっかの王族って言われても納得するけどな。

そう言えばケラケラとラシードさんが笑う。

「どこがだよ⁉」

「え、髪の色とか？　あと、目の色なんかも、絵本の王子様でもおかしくないし。だいたい肌の色が滅茶苦茶白いし。貴族では白い肌の方が貴ばれますしね」

「ああ、そうですね」

「え、なんで白い肌で？」

ロマノフ先生の相槌に、ラシードさんがキョトンとした顔をする。

レグルスくんも不思議だったのか「なんでー？」と、ラシードさんと自身の肌色を比べてて可愛い。

「それは静脈が透けるくらい白い肌というのは、肉体労働の必要がない高貴な人という意味があるからですね」

「え？　俺、肉体労働しまくってるけど」

「ラシードくん、れーとといっしょにおそとではたけのことしてるのに？」

ちょんちょんと白い肌を触りながら、レグルスくんとラシードさんが首を捻る。

「たしかに。この教訓は人を見かけで判断してはいけないって事ですかね」

お後がよろしい事で……と皆笑う中で、私はイフラースさんの顔が僅かに強張ってることに、何となく違和感を覚えた。

ミステリーからホラージャンルに鞍替えはさせない

結論を言えば、やっぱり冒険者ギルドは建て直した方が良いらしい。

他にも将来を見据えると、大掛かりな街の区画整理を考えた方がいいって意見が出てるそうだ。

例えば菊乃井歌劇団専用劇場。

菊乃井歌劇団は将来二部に分けるつもりでいる。

一つは本拠地の菊乃井で公演するグループ、もう一つは空飛ぶ城での出張公演を行うグループだ。

現行菊乃井歌劇団は空飛ぶ城の劇場を専用劇場としてるけど、それが遠征に出てしまうとなれば菊乃井に根差した劇場がいる。

でも小さい劇場では今のカフェ劇場と変わらないから、ここは本拠地のブランドを意識したような特別感のある劇場が。

学校もそう。

将来において菊乃井には大学レベルの学問・技術・芸術研究機関を置きたい。

学問・研究・芸術都市、菊乃井。

「私が目指してるのはその辺なのですけど」

「なるほど。芸術は劇団を中心に文学・美術・音楽などを、学問は魔術をはじめ薬学医学、農学、技術などの発展を促したい……と」

「結局芸術というのは、あらゆるものが発展して、平和で豊かでなければそれもまた発展しない類いのものなんですよね。だから安定の土台を築くために、あらゆる方面に寄与できれば……という」

っていっても、資金も人材もいないから現段階では机上の空論レベルにもなってないんだけど。

ルイさんの執務室、出してもらった紅茶に口をつけると、ロッテンマイヤーさんブレンドの味がする。

私の言葉にルイさんが首を捻った。

「冒険者はどういう扱いになるのでしょう?」

「彼らの生業にも学問は必要です。読み書き計算などの初等教育までは、冒険者志望者とその他の進路希望者とを同じ学問所に通わせていいと思います。問題はその後、過不足ない学力・体力を身に付けた後はそれぞれの専門課程に進ませる。勿論専門課程に進んだ後で、その道とは違う道に進みたくなったら変更は可能な柔軟性は必要かと思いますが」

「では冒険者の専門学校も必要、と」

「そうなりますね。でもそれは冒険者だけでなく、芸術もその他の学問も必要でしょう」

あれだな、前世のドイツの教育制度のような感じ。

前世のドイツでは六歳から十歳までは皆共通初等教育、そこから後は進学とか専門職とか就職とか決めてそれに必要な学校に通う。

菊乃井でやるなら六歳から十二歳の終わりまでは初等教育、十三歳からそれぞれの将来を考えた進学を……となるかな。

「なるほど。我が君は菊乃井を学術芸術都市として比類なきものにしたい、と」

「その土台と学問の自由を担保するためには、やっぱり豊かじゃないといけないのがなんとも、ですけど」

「それは私どもも立ち向かわなければならない問題です。抱え込むことなく、一つずつともに解消してまいりましょう」

「はい」

穏やかにルイさんが笑う。

この人には小回復の効果のあるカフスボタンを渡してあるけど、部下のエリックさんが過労で倒れるような人だったことを鑑みるに、ルイさんもその類いなんだろうな。

ちゃんと休んでるんだろうか？

そんな疑問を口にすると、ロマノフ先生が笑い、ルイさんがはにかむ。

「ハイジと同じことを言うんですね」

「ロッテンマイヤーさんも？」

「はい。無理はしていないかとよく聞かれます」

「……だって、菊乃井の人皆よく働くんですもん」

ぷちっと膨れると、ラシードさんがジト目を私に向けて来た。

「一番働いてるのがなんか言ってる」

「ねー、にぃにもずっとはたらいてるのに」

レグルスくんも眉間にしわを寄せてるのを見て、ロマノフ先生が益々笑う。

いや、私は売られた喧嘩を倍以上の値段で買い取ってるみたいなもんですし。

働いてるっていうより、気分的には殴り合いをしてるような気がしてならない。

「政治は血を流さぬ闘争でもありますゆえ。それを思えば我が君は名将といって差し支えないかと」

口から零れた言葉を拾ってルイさんが褒めてくれるけど、私は首を否定形に動かした。

「でも帝都におわす人たちは、かなり手強いですよ。特にゾフィー嬢は、流石未来の皇妃といった感じです」

「第二皇子殿下も曲者ですしね」

私の人物評にロマノフ先生が頷きつつ、補足を入れてくれる。

あれなら皇室はとりあえず安泰だ。

そう言えば、あの話したかかな？

そう思って夏の皇子殿下方の行啓の話をルイさんにすれば、彼は珍しく天を仰いで、それから大きく息を吐いた。

「……これから益々人の出入りが見込まれますな」

「観光地として菊乃井に箔が付くし、上手くやれば貴族の保養所等を誘致できるかもしれませんね」

「さしあたり、菊乃井の冒険者ギルドの整備を始めましょう。あちらも建物を建て直す必要性を考えているようで、役所で押さえている空き家などを貸し出してほしいと申請がありました」

「なるほど、ではよいように取り計らってください。それから建設にかかる人手は足りなければ、初心者冒険者の講習の一環にしてもらったらいいんじゃないかな？　あと武神山派の人たちにも依頼してみても良いかも。町に早く溶け込むには、同じ作業して同じご飯を食べるといいって聞くし」

「承知いたしました。必要であればそのように」

「はい。お任せします」

そんな訳で話は纏まって。

お茶も未だあった事だし、今後の私の予定の話になった。

まだ日時は未定だけど、絹毛羊の毛刈りに行くのは決定事項。その後で皇子殿下方とゾフィー嬢と宰相閣下のお孫さんの和嬢をお迎えする。

さらにその後が問題だ。

「ラシード君の一族に、ですか？」

「はい。ちょっと胡散臭いので彼の無事を知らせるにしても、秘密裏にやるより堂々とやった方が良い気がして」

私の言葉に、ラシードさんが大きく目を見開く。彼にも漠然とした不安はあったろうけど、はっきりと言葉にされると驚くらしい。

ちらっと横目で見たイフラースさんはラシードさんより顔色が悪く見えるけど、知らない振りだ。

「胡散臭いってどういうことだよ？」

「文字通りそのままの意味です。あまりにも兄弟喧嘩で済ませるにはおかしなことだらけでしたからね」

「それは……」

ラシードさんが俯く。

だって族長の三兄弟で、次男が三男を殺そうとする理由ってなんだよ。

これが長男を次男三男が結託して害しようとするならまだ解らなくもない。だけどそういう事じゃない。

そして次男は聞く限り、ワイバーンのような一応強い魔物を従えられる力はなかったという。更にそのワイバーンは死んだものを術で使役していた。

不可解な事が多すぎる。

けれど。

「ワイバーンの件は簡単かな？」

「え？　簡単って、なんか解ったのか⁉」

「解ったっていうか、自分で捕まえられないなら捕まえてもらえばいいし、契約を譲ってもらえばいいだけでしょ」

「あ！　タラちゃん式か！」

こくっとラシードさんに向かって頷けば、ロマノフ先生もルイさんもひよこちゃんも「ああ」と納得する。

これならワイバーンが死んでても、いや、死んでる方が楽なんだ。なにせ奴らは生きてる方が命令を聞かないんだから、物言わぬ躯の方が従えやすい。

でも死んでるものを生きているように見せるような仕掛けをしてたんだから、そこにも何やら意図を感じる。

そもそもこの件に関しては、当初からイフラースさんから第三者がいる事は示唆されてた。それに関しては、彼と結んだ契約があるから私からは触れはしない。

触れはしないけど、放っておいたって私って実例がいるんだから、契約の譲渡くらいいずれラシードさんも思いつくだろう。つまり、この件に第三者の介入があったという事も。

それならこっちで誘導して、一人で突っ走らないようにする方がラシードさんを守れる。

駄目押しに「もしそうだったら、この件は結構厄介な問題を孕むことになる」と呟けば、ラシードさんの顔色が悪くなった。

「どうして⁉　なんでそんな⁉」

「それは私にも分からないです。だってこれだって推論に過ぎないんだもの。考えられるのは、雪樹の一族に何か含むことがあって仲違いさせたい輩がいる、とか？　あとは……どこかで何らかの恨みを買ったとか」

「お、俺、恨まれるような事なんて……」

「別にラシードさんが恨まれてる訳じゃなくて、お兄さんかもしれないし親御さんかもしれないし。家族が家族の手で殺されるって悲劇でしょ？」

「それはたしかにそうですね」

混乱するラシードさんに対してルイさんも、ロマノフ先生も冷静に頷く。

そんななか、ひよこちゃんがラシードさんの服を引っ張った。

「あのね、だいじょうぶだよ」

「だ、大丈夫って何が⁉」

「ほんとうにはやくどうにかしなきゃいけないときは、にぃにすぐにどうにかしようとするもん。いまおはなししてるだけなら、だいじょうぶってことだとおもう」

「え？　そ、そうなのか？」

半分涙目のラシードさんに、私は頷いて、それからハンカチを渡す。

「貴方だけが狙いならワイバーンが死んだ時点でしくじった事は相手に伝わっているでしょう。今頃貴方を捜しているか、貴方の手がかりを捜して雪樹に探りを入れているはずだ。そうでなくて雪樹の一族に恨みを持って混乱を招きたいなら、目的を果たせたわけだからそれ以上何をする必要もないですし。だいたい族滅を狙うなら、貴方と次男の喧嘩みたいな小さいところに手を出さずもっ

と大きなものに手を出すでしょうよ」

「じゃ、じゃあジャミルさんを止めたのって……？」

「貴方が目的だった場合、ジャミルさんが殺されてその躯を使役されかねないからですよ」

ピシャッと告げれば、ラシードさんが息を呑んだ。

何にせよ迂闊には動けない。準備が必要だ。

その準備の中にはラシードさんとイフラースさんの能力強化も含まれる。

秋口までにはまだ時間があるから、役所で良く学び、私やレグルスくん、奏くん・紡くん兄弟と一緒にエルフィンブートキャンプに参加すること。

そういう話でまとめて、私達は今度こそ役所を出た。


それから数日後。

屋敷の菜園は夏の彩がちらほらと見えるようになっていた。

例年の如くナスやトマト、キュウリにフランボワーズ、それからござる丸が出してくれたサクランボが実をつけ始めている。

収穫にはちょっと早いから、雑草を抜いたり間引きしたり、結構忙しい。

暇を見つけてはロマノフ先生もヴィクトルさんもラーラさんも農作業を手伝ってくれるけど、なんと象牙の斜塔の大賢者こと大根先生・フェーリクスさんも加わってくれてる。

エルフは野に親しむものっていうけど、美形が麦わら帽子被ってタオル首に巻いて野良仕事って、ちょっとなんかこう……どうなんだ？

いや、楽しそうだからいいんだけど。

最初は戸惑ってた源三さんも、最近では私とひよこちゃんだけじゃなく、先生達にも菜園に何を植えたいか聞いてるぐらいだし。

今年、先生達はシイタケやマッシュルームを育てる気でいるそうだ。

私とレグルスくんは枝豆とトウモロコシに挑戦してる。奏くんや紡くん、アンジェちゃんも手伝ってくれてるんだ。

薬学に詳しいフェーリクスさんが自然に優しい虫よけ農薬を作ってくれたお蔭で、あまり虫食いもなく良い感じ。

皇子殿下方がお越しになる時には何か収穫出来るくらい育ってたらいいけど。

あれから行啓に関して、一つ連絡があった。

本当にお忍びのていで行くので歓迎セレモニーとかやらない方向で。ついでに野良仕事とか領地の見回りとかダンジョン制覇とか色々こき使っていいからね。その代わり空飛ぶ城にお泊りしたいんだってさ。わぁ、よかったー！

……って、よくねぇわ。

上の連中何考えてんだ、訳が解らない。

ロマノフ先生が私のスケジュールを宰相閣下から聞かれて、「朝は執務と家庭菜園での野良仕事、昼は勉強と領地の見回りの日もあれば、見習い冒険者講習を受けてる時もある」って言ったからなんだそうだけど、それについて来るって何だ？

皇子殿下やゾフィー嬢も冒険者登録すんの？　マジで？

奏くんなんかこの話をしたら「いいじゃん、手伝ってもらったら」とかゲラゲラ笑ってたっけ。

おのれ、奏くん！　あの人たちが来るときは絶対に一緒に行動してもらうんだからね！

お忍びだっていうなら、普通の友人として遇する。そこに身分なんか持ち込ませないんだから。

そんな決意を胸に秘めつつ、間引きしたキュウリを集めてレグルスくんと紡くんに渡す。

「じゃ、お願いします」

「はい、まかされました！」

「はい！」

金色の髪をふわふわ揺らしたひよこちゃんと、にぱっと笑った紡くんの弟コンビは、間引きしたキュウリを大小に分ける。

大きいのは颯やポニ子さん達、菊乃井の動物たちのご飯。小さいのは酢漬けや味噌漬けにして先生達の晩酌用になったり、私達のごはんのお供になったりするんだ。

引いた雑草は米ぬかなどなどと交ぜて肥料にするので、無駄にはならない。同じ姫君の眷属だもの、違った形で花咲けるように使わせてもらう。

そんなこんなで朝一番の農作業を終えると、ここで一旦奏くんや紡くんとはお別れ。

私達兄弟は奥庭で姫君にお会いしに行って、その間奏くんたちはフェーリクスさんと実験をしているそうだ。

次の実験は「いかに人にも自然にも優しい除草・除虫剤を作るか」らしい。

レグルスくんとお手々繋いで、ぽてぽてと奥庭に歩けば、一輪、大輪の牡丹が風に揺れている。

「姫君様、おはようございます」

「ひめさま、おはようございます！」

呼びかけて牡丹に跪けば、ゆらりと牡丹から人の姿が現れた。

「うむ、息災かえ」

「はい。姫君も御機嫌麗しゅう」

「まあ、の。七日ぶりでは変わりようもないわ」

「たしかに」

薄絹の団扇を閃かせて姫君の唇が三日月になる。

いつもならここで今歌う曲を言われるのだけれど、今日はちょっと違って。

「鳳蝶よ、末の子が羊の毛を気にしておったぞ」

「ああ……、はい」

そう言えば翁さんからの返事も、ロマノフ先生を介してこの数日にあった。

毛刈りは来週の、よく晴れた日にしてほしいとの事。

その話を姫君にすれば「然様か」と仰り、そのあと少し考えられる。

「ひめさま？」

「うむ、鳳蝶よ。妾に一つ捧げものをせよ」

「はい、私で出来る物なれば」

「そなたでなくば無理だろうとも。羊のぬいぐるみか編みぐるみか、そういうものを一つ所望じゃ」

それも、今度採れる絹毛羊の毛を使った物を。

そう口にされて、ひよこちゃんがにかっと笑った。

「えんちゃんにあげるんですか？」

「ひよこ、言わぬが花じゃ」

「わかりましたー！　アンジェやつむやブラダマンテさんにもおてつだいおねがいしていいですか⁉」

「ああ、末の子の友じゃな。よいぞ」

「だって、にぃに」

「うん。皆にも手伝ってもらおうね」

にぱっと笑うレグルスくんの頭を撫でると、姫君様も満足そうなお顔をされた。

そうだな、あの時えんちゃん様も一緒だったし、えんちゃん様になにかプレゼントするのに関われるとなれば、皆喜ぶだろう。

そう考えて、私も「承知いたしました」と頷く。

それを見て姫君が団扇をすっと閃かせた。するとずずっと重たい音を立てて、空間が僅かに歪む。渦になって割れた空間に向けて姫君がもう一度団扇を振ると、そこから何やら木の板のようなものがゆっくりとこちらに這い出て来た。

黙ってみているとそれは結構な長さがあって、幅も割とある。単なる木の板でない事は上に張られた十三本の弦を見て解った。

これって、あれだ。

「箏《こと》じゃ」

「はあ」

「やる故、励め」

「へ？」

え？　なんで？

頭に疑問符を付けているのは私だけじゃなくレグルスくんもで、二人して箏と姫君に視線が行ったり来たりする。

私達兄弟の様子に、姫君が呆れたような表情をされた。

「……そなた、楽器は一般教養ぞ？」

「え、そうなんですか？」

「うむ。妾も琵琶くらいは爪弾くし、氷輪《ひょうりん》も竪琴くらいは弾く。艶陽《えんよう》も妾が琵琶を教えておるし、海と火のは笛、イゴールは何でもやるが、ギターとやらが最近の気に入りじゃ」

「神様の一般教養……？」

どういう事？

益々謎が増えるのに、姫君は団扇を横に振って否定の意を示される。

「違う。かつては人間も楽器の一つも弾けねば貴族の風上にも置けんと言われておったのじゃ。それが戦やらなんやらで変わってしもうた。今の貴族とやらは妾からすればちと無粋よの」

「ははぁ」

「何を間の抜けた声で鳴いておる。そなたにこの箏をやる故、貴族の嗜みを身に付けよと言うておるのじゃ。弾き方はそなたの音楽教師のエルフに聞くがよい。ひよこも習うのじゃぞ」

「はい……？」

返事をするものの、レグルスくんのお顔に困惑が浮かぶ。私だってびっくりだわ。

微妙な空気が漂う中で、箏がフヨフヨと私とレグルスくんの前でゆっくりと地面に置かれる。

拒否権は無いらしい。

「時折は上達したか、確認するゆえ。しかと励めよ」

「え、あ、はい」

「はい」

それが姫君の思し召しならやってみようか。

そんな事で本日のお歌を一曲歌うと、後は箏の説明をヴィクトルさんに受けるように言われて、本日のお歌のお稽古は終了。

えっちらおっちらレグルスくんと二人で箏を担いで、いつも音楽やダンスを習ってるホールへ運ぶ。

ホールでは既にヴィクトルさんがピアノを弾いていて。

「ヴィクトルさん！」

「はい、あーたん。どうし……」

「たの」って言いかけて、ヴィクトルさんの目が点になる。

それから何度か瞬きすると、震える指先で私達が持って来た箏を指さした。

「なに貰って来ちゃったの⁉」

何って言われても、ねぇ？

音楽家と子どものポルカ

箏というのは大昔、神事の際神様にご降臨を願うために爪弾かれた楽器なんだとか。

そしてその箏を演奏するのは王族か神官かあるいは貴族で、かつてたしかに箏は貴族の一般教養だった。

「千年ぐらい前だけど」

「おぅふ！」

「それも麒鳳帝国が成立する前にあった東方国家の一般教養、だったかな」

ヴィクトルさんが眉間を揉みながら言う。

因みに、このお箏はその東方国家が工芸技術の粋を尽くして作った、楽器でありながら美術品とも言えるコレクター垂涎の逸品。

それだけじゃなく、長く天界におかれてたようで、精霊さんはお住まいだし、他にも持ってるだけでも「ドえらいこっちゃ」と思うような効果があるって、ヴィクトルさんの目には映ったそうな。

「……すごく、むかし？」

「そうだよ、れーたん。今じゃ箏自体弾ける人の方が少ないんじゃない？」

「わぁ……」

じゃあ、今の私にはあんまり関係ないじゃん。

でも、姫君は弾けるようになれって仰ってたし、レグルスくんにも弾けるようにっていってたっけ。

その辺の事をお話しすると、ヴィクトルさんが天を仰いだ。

「あー……、姫神様は本気であーたんとれーたんをご自分の御使いにするつもりなのかなぁ」

「御使いって」

「そのままだよ。地上でのご自身の代理人。姫神様はこれまで地上に神殿も置かなければ御使いも置かれなかった。だけどあーたんとれーたんにはご自身で声をおかけになるし、可愛がってもくださってる。つまり、まぁ、そういう事かな？」

「え、いや、どうなんでしょう？」

そんな事を言われたことはないんだけど。

でも代理人って言われても、私は侯爵家の当主だし出家して世俗と縁を切ることは出来ない。レグルスくんもだ。

例えばこのまま何事もなく私もレグルスくんも大人になれれば、私はレグルスくんに分家を興してほしいと思ってる。

本家の当主に自由はほぼないけど、分家ならまだ自由に動けるし、レグルスくんの好きな事をして生きてほしいんだよね。

困った時は相談だ。

思ってることをヴィクトルさんに伝えると、ふわりと頭を撫でられる。ヴィクトルさんの手は楽器を弾く人のそれだから、柔らかくて繊細だ。

「出家はしなくていいんじゃないかな。今まで通りって言うか。どっちかと言えば、これは僕達大人の方が難しい話になるねぇ」

「そうなんですか？」

「うん。例えばお見合いとかの話はかなり慎重にしなきゃいけない、とかね」

「お見合いですか？」

何でだ？

レグルスくんと顔を見合わせて首を捻る。

するとヴィクトルさんがふにゃりと眉を下げて笑った。

「神様の奥方様になった人がいない訳じゃないから。それを踏まえて、姫神様はあーたんとれーたんが大人になった時に二人をお召しになるんじゃないかって考える人もいるだろうね」

「は⁉」

「考える人もいるってだけだよ。僕は寧ろ、あーたんとれーたんの結婚を大人たちに利用させないようにしようとしてるんじゃないかなって。ほら、ロスマリウス様からお見合いが持ち込まれたって言うし、陛下のとこには外国からも釣書が届いてるって聞いてるし。それはあーたんも知ってるでしょ？」

「はい」

「君は難しくてもれーたんならって考える奴もチラホラ出て来てるしね」

「れーも⁉」

政略結婚は貴族の常だけど、いくら何でもちょっと理解が追い付かない。

レグルスくんと二人手を取って震えあがると、ヴィクトルさんが私にしたようにレグルスくんの頭を撫でる。

レグルスくんは私がよくやるからか、頭を撫でられるのが好きみたい。ヴィクトルさんの手に自分から頭を押し付けに行く。

それを私が見ている事に気が付いたのか、もじもじと「ヴィクトルせんせいのおてて、にぃにのおててにてるから」と照れる。可愛いな。

ヴィクトルさんもレグルスくんの様子に目を細めた。

「姫神様は君達二人を出来るだけ自由にさせておこうと、御心を砕いてくださってるんだと思うよ。そしてその風除け役を僕達大人にきちんとしろと仰るつもりで、この箏をお渡しになったと思うんだよね」

「えー……」

「僕達大人がこの箏を持ち出して『姫神様は菊乃井侯爵とその弟君の箏の音には応じられる用意が

おありのようですよ』って一言言えば、どんな権力者も引かざるを得ない。たとえ陛下であっても、ね」

なるほど、突然のお話にはそんな意味があったのか。

レグルスくんの顔を見ると、ちょっと難しかったのか眉間にしわがむきゅっと浮いていた。

そのしわをのばしながら私は少し首を捻る。

「じゃあ、箏を弾けるようにって仰ったのは……」

「いや、それは本当に弾けるようにならないといけないんじゃないかな」

「Ｏｈ……」

「れーも、ひけないとだめ⁉」

「そうだねぇ」

穏やかにヴィクトルさんは言うけど、たしかに姫君はしなくていい事を「しろ」とは仰らない。

となれば、箏は私達兄弟の必須科目になる訳で。

私はヴィクトルさんの服の裾をおずおずと摘まむ。

「弾けるようになりますかね？」

「うん？　大丈夫じゃないかな。何事も挑戦してみるのはいい事だと思うよ。もし違う楽器の方が手に馴染んで、そっちが楽しいなら姫神様にそう言ってみたらどうかな？　怒られはしないと思うけど」

穏やかに私の手をとってヴィクトルさんが言う。

そうだな、何事も挑戦だ。

そう思ってレグルスくんと顔を見合わせると、ひよこちゃんがキラキラとおめめを輝かせる。

「それではヴィクトルさん、よろしくご教授ください」

「ヴィクトルせんせい、おしえてください！」

「はい、任されました。じゃあ、早速やってみようか？」

「はい」

「はい！」

そんな訳で、その日の音楽の時間はお箏の演奏会とお稽古の時間になったのだ。

と言っても本格的にお稽古するには、道具をきちんと揃えないといけない。特に爪と箏。

爪はやっぱり個人個人で用意した方が良いし、お箏は姫君からいただいた物を練習用にするなんて怖いと、ヴィクトルさんが違う物を用意してくれることに。

それにレグルスくんが演奏会で他の楽器に興味を持ったので、そっちも用意してくれるんだそうだ。

龍笛《りゅうてき》なんだけど、ぴゅい〜って感じの響きが気に入ったらしい。

私達兄弟の反応にヴィクトルさんは何か感じる事があったようで、他にも楽器を何か見繕ってくれるみたいだ。

「あーたんは歌があるから良いかなって思ったんだけど、やっぱり音楽を教えるなら楽器もやってほしいとは思ってたんだよね。だけど君達忙しいから、あれこれ詰めちゃうのはなって」

「そうなんですね」

「うん。だから自分からやりたいって言ってもらえてよかったよ」

「れーもじぶんでひくの、たのしいってしらなかった！」

「そうだね。まずは楽しむことから始めようか。かなたんやつむたんにアンジェちゃんも交えて」

皆何か楽器が弾けて、それを一緒に演奏するってきっと楽しいだろうな。

想像すればワクワクするけど、それだけじゃなくて。

胸の中が逸る。

想像する未来は遠いけど、言うだけなら今はタダだ。

私は胸のドキドキをそのままに、口を開く。

「あの、ヴィクトルさん」

「うん？」

「私、これからの菊乃井の事で考えてることがあって」

「なにかな、聞くよ？」

ルイさんやロマノフ先生にも話したけど、菊乃井はこれから学術・芸術の都を目指す。

誰もが自由に学びたいことを学び、芸術や文学を愛し、技術を研究することの出来る、実りある平和な都市になるのだ。

そしてそれが未来永劫守られるように、安全で豊かで自由な都市にする。

それがこれからの目標だと話せば、ヴィクトルさんが目を細めた。

「……そうか。うん。僕はあーたんが音楽学校を造りたいって思ってることに惹かれてここに来たんだ。だけどそれだけじゃなく、それを守り未来に受け継いでいけるような場所も造ることにしたんだね。勿論、協力するよ」

「はい！」

「れーもきょうりょくする！　がんばる！」

「うん。れーたんも一緒に頑張ろうね！」

「えいえいおー！」と勝どきを上げる私達兄弟に、ヴィクトルさんは惜しみない拍手を送ってくれた。

いざ、ピクニック！

アースグリムの渓谷に、毛刈りに相応しい晴れの日が来たようだ。

星瞳梟《スターアイズオウル》の翁さんとの約束を果たすため、毎朝アースグリムに行って確かめてくれていたラーラさんから、「今日かな」という言葉があったんだよね。

アースグリムも季節は夏に向かっているから、ある程度雪は消えて過ごしやすくなっているらしい。

だから今回の毛刈りピクニックには、約束を交わした時にいたえんちゃん様以外のメンバーに加えて、タラちゃんとござる丸、それからラシードさんの使い魔の魔女蜘蛛《メイガス・タランテラ》・ライラも同行する。

イフラースさんの使い魔の奈落蜘蛛《アビス・タランテラ》、名前をアメナというんだけど、その子はお留守番。一日旅行に行くより今ハマってるレース編みを究めたいんだそうだ。

私達人間と同じく、魔物たちにも特性というか性格がある。

タラちゃんは大人しくて賢いけど、締めるとこは締める頼れる感じ。

ござる丸は快活で子どもが好きなのか、レグルスくんや奏くんだけじゃなく紡くんやアンジェちゃんとよく遊んでる。

颯はちょっとマシになったけど相変わらずヘタレ、でも愛妻家。

グラニはポニ子さんの性質を受け継いだのか、優しくて穏やかだけど勇猛果敢だ。自分より大きな菊乃井のダンジョンに出る階層ボス的モンスターに突撃して、その腹のど真ん中に穴を開けた上に頭を蹴って粉砕させてると聞く。

火眼狻猊《かがんさんげい》のぽちは図体がかなりデカいのに甘えん坊で、食事の時には子猫の大きさになって魔力をくれる人の指を吸ってゴロゴロ鳴くんだよ。

ラシードさんのアズィーズも大概甘えん坊だけど、こっちは大人に近づいて来たからかちょっと落ち着いてきた。でもやんちゃなのは変わらないみたい。同じくラシードさんの蜘蛛ライラは面倒見が良くて、アズィーズの遊び相手を務めている時もあるそうだ。

イフラースさんのガーリーはしっかり者で、何事も優等生なんだとか。お留守番のアメナは凄くマイペースで、だけど「これぞ」と思った事は究めたい一意専心派なんだって。

アメナのそういう高い集中力はEffet《エフェ》・Papillon《パピヨン》の生産力向上に大いに貢献してくれてる。

という事で、事前にヨーゼフに毛刈りの方法を教えてもらってたから、こちらは準備万端。本当はヨーゼフに一緒に来てもらいたかったんだけど、今日はウチに新しい牛さんが来ることになってたからそっちのお迎えに行ってもらう事にしたんだよね。

そんな訳で、料理長が作ってくれたお弁当を持ってばびゅんっと飛んできましたアースグリム！

前に来た時は雪で覆われていたけれど、短い夏を楽しむように緑が大地を覆ってる。

そういえば、此処の冒険者ギルドのマスターだったご婦人が、今は王都の冒険者ギルドの長になってた筈。

尋ねた私に、ラーラさんが頷いた。

「そうだよ。彼女は王都に赴任してる。今は違う人がギルドマスターになってるよ」

「どんなひと？　いじわるしないひと？」

ラーラさんの答えに、ひよこちゃんが小首を傾げる。そこは一番大事なとこだよね。

ラーラさんはクスっと小さく笑った。

「ああ、大丈夫。というか、キミ達一回会ってるよ」

「え？　そうだっけ？　覚えてる、若様？」

「えぇ……誰だろ？」

奏くんが小首を傾げるのに、私も少し考える。

あの時会った人って、そんなにいない。ベルジュラックさんとマスターと村長さんくらいだけどな。

指折り数えると、ヴィクトルさんが「その人」という。

紡くんが「はーい！」と元気に手を挙げた。

「そんちょーさん⁉」

「そう、村長さん。昔冒険者ギルドで働いてたから復帰したんだって。村長の仕事は息子さんが継いでるそうだよ」

「ははぁ」

なんでも、村長さんはあのギルドマスターの副マスターを務めてたことがあって、ルマーニュの役人にも言うべき時は物を言える村長さんだったとか。

息子さんがその気質を受け継いで立派に村長をやっていけるようになったから、自身は優雅に隠居して、趣味で冒険者業に復帰しようと思っていたところに今度の騒動。そしてアースグリムのギルドのマスターだった人が王都を仕切ることになった。じゃあ新しいギルド長の事を支えてやろうと考えてたところ、「まだるっこしい事言わないで復帰して。年上の私が隠居できない大仕事やらされてるんだから、アンタだって隠居なんかさせないんだからね！」って爽やかな笑顔で押し切られたそうな。

そうだよ、皆働けば良いんだ。私だって働いてるんだから、老いも若きも男も女も皆働け！

「鳳蝶君、薄く毒が漏れてますよー」

「は⁉」

ロマノフ先生が声を上げて笑う。

うっかりうっかり。

他所の貴族に対しては「気さくで優しい」ってイメージで売り込んでるんだから、うっかり毒を吐いちゃいけない。

抑えめにしとかないとな。

お口を手で塞いでいると、奏くんが私の脇腹を突く。

くすぐったくて身を捩ると、かぱっとした笑顔でもう一度奏くんが私を突いた。

「若様って出来る人が出来る事をやんないと厳しいけど、働き過ぎるとそれはそれでダメっていうのおもしろいな」

「私は私がしたのと同じくらいの忙しい思いを、他人がしてないのが妬ましいだけだし。それに同じことやれって言われても出来ないし・したくないから、働き過ぎの人には休憩しろ・休めって言うだけだよ」

「よく言うよ。別に同じような苦労しろとか全然思ってないくせに」

「そりゃ立場が違うもの。人それぞれ苦労とか悩みの重さは違うから、そこに大小軽重はないよ。でも出来る事を出来る人がやらないと誰の何の望みも叶わないから、変えられるかもしれない人には働いてほしい。それだけ」

「ようはただ仕事しろって言うんじゃなくて、やれることを丁度良くやれってことだろ？」

「そう、とも言う」

「へそまがりだなぁ」

そう言って奏くんは突いていた手を、くすぐる感じに変えてくる。やめてー！

ゲラゲラと笑っていると、レグルスくんがにやにやしながら「にぃにのかたきー！」と奏くんを擽り始めた。そしたらソレを見ていた紡くんとアンジェちゃんも参戦して、なんか悔しいから私はワキワキと手をラシードさんに伸ばす。

「お⁉　ちょ⁉　なんで俺を巻き込むんだよ⁉」

「そこにいるから！」

「理不尽！」

「貴族ってのは理不尽な生き物なんですよ、知らないとは言わせない！」

「知らねぇーよ⁉　いや、知った！　今知った！」

わちゃわちゃと団子になって遊んでしばらく、ポンポンと手を打つ音が聞こえた。

「さてさて、そろそろ移動しましょうか」

「楽しい事はいい事だけど、これから力仕事をするんだから体力残しとかなきゃね」

「翁とは渓谷で待ち合わせだからね。いって真珠百合の様子も確認しよう」

先生達の言葉に皆で「はい！」と元気よく返事をすると、紡くんとアンジェちゃんはアズィーズに乗せてもらう。

冬はレグルスくんも乗せてもらったけど、その時から大きくなったし大丈夫というので今回は徒歩。

「あのね、ひよさま。つむ、だいこんせんせーにいいこときいたよ」

「うん？　いいこと？」

「うん。あのおはなのみ、くろいのもあるんだって」

「そうなのか」

「アンジェ、そのくろいのほしいなぁ。えんちゃんのぬいぐるみのおめめにするの」

アンジェちゃんの言葉にちみっこ達の目が一斉に私を向く。

真珠百合の実はたしかに縫いぐるみの目にするにはいい大きさと形をしている。でも、この間そんなの見たっけ？

首を捻ると、ぽんとブラダマンテさんが手を打つ。

「その黒い実は希少種らしくて、見つけるのに条件があると聞いたことがあります」

「そうなんですか。じゃあ、闇雲に探しても見つからないかもしれませんね」

どっちにしろ行かない事には、何も始まらない。

そんな訳でまた先生達の魔術で、渓谷にばびゅんっと飛んだ。

到着したそこは、前に来た時と同じく赤や青や緑、黄色や薄桃の鮮やかな花が揺れている。

「おうおう、よく来てくだされたのう」

バササと大きな羽音。

見上げれば、瞳が星の輝く夜空のような大きな梟が現れた。

「お久しぶりです。本日はお招きいただだいてありがとうございます」

「なんの、ご足労いただいたのはこちらの方じゃ。王達も再会を心待ちにしておりますぞ」

胸に手を当てた私に、同じく羽を胸にかざす翁さん。

ひよこちゃんや奏くん・紡くんやアンジェちゃん、ラシードさんも同じく翁さんに声をかけて賑やかだ。

先生達やブラダマンテさん、イフラースさんも声をかけたけど、こっちは穏やかに。

前の訪問時にいなかったタラちゃん達使い魔の事も紹介すれば、翁さんはそのふっくらした胸を膨らませて笑う。

「なるほど、蜘蛛族とは有り難い。それにマンドラゴラも」

「どういう事です？」

「うむ。我らは野に生きる故に、極小の虫型モンスターにしがみつかれることがあっての。退治していただけるなら幸いよ」

「ああ、なるほど」

「マンドラゴラにしても、葉の一枚、茎の一本でもあれば、この春生まれた赤子が今年の冬を安心して越えられるというもの」

「おお、そうですか」

丁度良かったみたい。

貰いっ放しじゃ悪いから、なにか出来る事があれば聞こうと思ってたんだよね。

そう思っていると、レグルスくんが私の手を軽く引っ張った。

「にぃに、くろいみのこと……」

「ああ、そうだね」

「うん？　黒い実とは？」

ほんの小さなレグルスくんの囁きを聞き逃さず、翁さんがこてんと首を傾げる。

それに近くにいた紡くんとアンジェちゃんが、たどたどしくも黒い真珠百合の実が欲しい事を話す。翁さんの表情が驚きに変わった。

「なんと、あれが欲しいと？」

「ええ。少しで良いんですが」

「いや、少しと言わずにある物全て持って行ってもらっても構いませんぞ」

「いいのー？」

「やったー！」

レグルスくんもアンジェちゃんも紡くんも、両手を上げて喜ぶ。でも私は翁さんの反応が気になる。それは奏くんやラシードさんも感じたみたいで、翁さんに二人が尋ねた。

「あのさぁ、翁のじいちゃん。その黒い実ってそんなに生えないって聞いたんだけど」

「なんか特殊な条件があるって。そんな沢山あるもんなのか？」

「うむ。アレはの、我ら野に生きるものには毒なのじゃよ」

「え？　そうなんです？」

驚いた私に翁さんが教えてくれた事には、その黒い真珠百合の実は花の近くで毒性のある生物が死ぬと出来るという。

毒性のある生物の躯を養分として花が育つ時に、その生き物から吸い上げた毒が実の方に溜まって実が黒く染まるのだとか。

食べられない物だし、それを落ちるに任せるとまた毒のある実をつける花が付いてしまうから、収穫はするけど芽が出ないようにして一か所にまとめて保管しているんだって。

真珠百合は凍らせたり茹でたりすると、本当の真珠のように固まって、もう芽を出さないんだよね。ロッテンマイヤーさんやルイさんの装飾品にした時には、バレないように実を茹でるのに料理長に協力してもらったのもいい思い出だ。

毒を抜く方法はちょっと考えないといけないけど、そういう希少材料は手に入るなら欲しい。

「えぇっと、じゃあ、その黒い真珠百合の実をいただきたいんですが……何かと交換でいいです？」

「それは構わぬが……。我らには必要のないものだから、特に対価は要らんがのう？」

「でも、貰いっ放しって良くない気がするので」

「ふむ。ではその辺りは、王にあってから決めると良かろうよ」

「そうですね、まずは王様にお会いしましょう」

そんな訳で、翁さんに先導されて、針葉樹の森へとハイキングだ。

先生達の転移魔法で森まで行けなくはないんだけど、急にテリトリーの中に人間やエルフ、そのほか使い魔達が現れたら羊たちが怖がる……なんてことはないけど、こっちが電撃を問答無用で浴びせかけられる。

なので、普通に徒歩で。

疲れちゃうからアンジェちゃんと紡くんはやっぱりアズィーズの上に乗ってる。

てこてこと歩くこと暫く、森の入口が見えた。

すると森の奥の方から「メェエエエエッ！」と大きな鳴き声と共に、塊が突撃してくる。

「あ、いかん。お若いの。左右に分かれて避けてくだされ」

「なんです⁉」

「よく言うじゃろ？　走り出した羊は中々止まれないんじゃ」

「初めて聞きましたけど⁉」

「ほほう？　この辺ではよく使うんじゃが、文化の違いかの？」

「鳳蝶君、お話はそこまでで左右に散開しますよ」

「はい！」

何かよく解らないけどロマノフ先生の声が真面目だ。とりあえず塊は一直線に向かって来るから、左右に分かれて散らばれば当たらないらしい。

レグルスくんに手を引かれて避ければ、先生や奏君達も同じく散開してその塊を避ける。

するとその塊が、私やレグルスくんを通り過ぎて、近くにある大岩にぶつかった。お蔭で塊は止まったけど、大岩は粉々。

「……弱ったのう。またどこかから大きな岩を持って来ねばならんなぁ。全く坊にも困ったものよ」

「え？」

坊って言ったよ？

あの塊、坊なの？

いや、それより坊って？

ぐるぐると聞きたいことが頭を過る。

顔を見合わせると、レグルスくんも奏くんもラシードさんも困惑してるし、アンジェちゃんや紡くんもおめめが点だ。

大人の人達はどうかと思っているとロマノフ先生は笑ってるし、ラーラさんもお腹抱えて笑ってる。ヴィクトルさんはちょっと顔が引き攣《つ》ってて、ブラダマンテさんは口を手で覆ってビックリしてるみたい。イフラースさんは何か遠い目。

なにこれ？

皆思うことは一つなんだろう。視線が翁さんに集中する。

そんな困惑の視線に翁さんは首を横に振ると、「坊」と塊に呼びかけた。

その呼びかけに「坊」と呼ばれた塊が動く。

「メェェ！」

鳴いたかと思うと、その塊に四つの足が生えて、くるんと振り向けばそこには羊の可愛い顔があって。

弾かれたようにラシードさんが塊に駆け寄った。

「久しぶりって、お前……。あの時の羊の王子様か⁉」

「メェ！」

「そ、そうか。元気そうでなによりだな……」

あの時の王子様。

それってもしかして、ベルジュラックさんに助けられた絹毛羊の王様の子どもだったあの子か？

ラシードさんに声をかけると答えは「本人がそう言ってる」と返ってきた。

でもあの子羊ちゃんはどう見ても子羊ちゃんって大きさだったのに、目の前にいる塊の大きさは普通の大人の羊より大きい。具体的に言うと、羊じゃなくて牛って感じ。

絹毛羊って三か月くらい会わないだけで、凄く大きくなるんだな……。

感心していると、「大きすぎない？」とラーラさんが首を捻る。

ブラダマンテさんが、ラーラさんを不思議そうに見た。

「あら、大きすぎるんですか？」

「ああ。流石に大人になるともっと大きくなるけど、それまでに二～三年かかるんだよ。この間あった時は生まれて一年も経たない大きさだったと思うんだけど？」

「それがのう。マンドラゴラの皮を沢山食べたお蔭のようでなぁ」

「え？　これござる丸の皮の影響なんです？」

「うむ。他の子羊達も真珠百合の実は食べておるが、坊ほど大きゅうはないのじゃよ。違いと言えばマンドラゴラくらいじゃろうて」

「わぁ……」

思いがけないところでござる丸の皮の栄養価の高さを知ってしまったな。

でも塊があの時の王子様っていうのは解ったけど、それが何で突貫してくるんだろう。

羊王子は猶も「メェエメェ」とラシードさんに何かを訴えてるし。

ラシードさんも時々「そうか」とか「ふぅん」とか相槌を打ってるけど、それがふっと止まった。

それからラシードさんは緩く首を横に振る。

「うーん、それは俺だけの一存じゃ無理だな。お前も母ちゃんに聞かなきゃ駄目だろう？」

「メェ！　メェエ！」

「聞くだけは聞いてやるけど……」

困ったような顔でラシードさんが視線を私に向ける。問題が彼の手に余るのかな？

そう判断して「なんです？」と尋ねれば、ラシードさんがもう一度視線を羊に移す。

「武者修行の旅に出たいんだってさ。そんで、契約して外に連れてってくれって」

「は？」

「強いヤツに会いに行きたいらしい」

「え？　それ羊のいう事？　その子武芸者かなんかなの？」

何言ってるか、ちょっと解んないです。

そんな顔をする私の傍で「れー、つおいよ！」とか「おー、おれが相手してやろうか？」とか、弟と友達がワクワクした雰囲気を出してるのは何なんだろうな？

思春期に誰でもかかる熱病とその経験者と

基本的に絹毛羊は専守防衛。

ただしやられた時は、相手が絶滅するかもしれないってとこまでやるそうだ。禍根も遺恨も残さない、怒りに燃える絹毛羊は通ったあとにぺんぺん草すら残さないという。

それに似てるって言われてるのか、私。別にいいけど。

で、その穏やかな羊たちの中に、たまに「強いヤツらに会いに行く！　ついでに、そいつら負かして天下を取るぜ！」っていう、イキるというか何というかな気性のが生まれることがあるらしい。

「つまり、坊ちゃんがそういう？」

ゆっくり風の魔術がザリザリと、絹毛羊の王様……さっき突進してきた坊ちゃん羊のママンの毛をその肌から剃り落とす。

身体から落ちていく毛をタラちゃんやござる丸と一緒に、冬にその毛皮に埋まって過ごしていた星瞳梟《スターアイズオウル》の雛が一緒に集めてくれて。

その梟の雛がピヨピヨと鳴くのに、ママン羊さんは「メェェ」と力なく鳴いた。

「『そうなのよぉ、困った子よねぇ』だってさ」

「それはそれは……」

「メェェ！　メェェェェェ！」

「『最近なんて、そんなはずないのに「封印された右前足が疼くぜ！」とか言い出して。虎バサミに引っ掛かった時の痕があるだけで、怪我もしてないっていうのに』」

「あー……ねー……」

私とママン羊さんの間にいて通訳してくれてるラシードさんも、坊やの所業に遠い目をする。

アレだな。

厨二病っていうのは、世界も種も隔てなく罹患する物らしい。

前世の「俺」にもそれはサクッと刺さるようで、私自身はまだソレを経験してもないのに心が大分痛む。主に羞恥心的なアレコレで。

因みに前世の「俺」は、実は見えないだけで「天眼」の持ち主だったんだとさ。はー、痛い痛い。

ついでにラシードさんもそういうのがあったらしく。

「……俺、実は事情があって出せないだけで、特別な力があるんだとか思ってたことはある」

「……わぁ」

あながち間違いじゃないのが怖いとこだな。でもそれは言えないんだ。多分今後の彼の安全に関わる事だろうから。

兎も角、そんな訳で私もラシードさんも、若干ダメージを負ってしまった。

その坊やはと言えば、丸刈りにされて毛がなくなった肌の上を、優しく紡くんやアンジェちゃんに撫でられてご満悦で寝転んでいる。

レグルスくんも私の隣でちっちゃい本当に子どもですって感じの羊の毛を魔術で上手に刈っていて、鋏で刈っている奏くんと毛を見せっこしてるし、先生達も鋏片手に楽しそう。

ヨーゼフは毛刈りに一緒に行けない分、鋏の手入れと使い方をしっかり教えてくれた。私も鋏を使おうかと思ったんだけど、羊の大きさによっては魔術の方が早いんだよね。

魔術だとバリカンで刈ってるみたいな感じ。

右側の側面は刈り終わったから、今度は左側。私が移動すると、ラシードさんも星瞳梟《スターアイズオウル》の雛と共に移動する。

「メェエ」

「あー……いや、でも、それでいいのか？」

「なんて？」

「うん。『あんなに言うなら修行にでもだそうかしら？』って」

「修行ねぇ」

ママン羊さん暢気だな。

じょりじょりと毛が落ちるに従って、ママン羊さんも涼しくなってきたのか気持ちよさそうに目を細める。

するとタラちゃんとラシードさんの魔女蜘蛛《メイガス・タランテラ》・ライラがその綺麗に毛が落ちた身体に触れた。極小の虫型モンスターを極細の糸で捜して捕まえてるんだって。

毛がもっさりしていると隠れ場所があるから中々捕まえにくいらしい。落とした毛の方は後で丁寧に虫を落とさなきゃだ。

まあ、坊ちゃん羊の事は親子で話し合ってくれたらいいかな。それよりも私は欲しいものがあるんだ。

それをどうやって切り出そうかな。翁さんにも立ち会ってもらわないと。

周りを見回せば、どうやらほとんどの羊の毛刈りが終わったみたい。丁度ママンの毛も全部落とせたし。

そう言ったらラシードさんもこくっと頷いた。

「昼飯にしようぜ。王子の話もちゃんと聞いてやんないと」

「そうですね」

ラシードさんがママンに許可を取ってもらうと、私もレグルスくんや先生達にお昼の声をかけた。少し開けた場所で毛刈りをしていたから、持って来ていた敷物を広げると皆でその上に座ってお弁当を広げる。

食事をしながらママン羊さんに聞いたことを伝えると、さすっと顎を撫でてロマノフ先生が口を開いた。

「いいんじゃないです？　本当に坊やが望むなら、契約してあげても」

「え？　でも……」

「絹毛羊は大人しいからそうは思わないけど、討伐難易度のかなり高いモンスターなんだよ。ちょっとやそっとで危ない目には遭わないと思うけどね」

「まして魔物使いと一緒って事は、パーティー組んでるのと同じなんだから」

ロマノフ先生の言葉に戸惑うと、ラーラさんとヴィクトルさんが絹毛羊の情報を補足してくれる。

なるほど、それほど強いなら契約するのもありかもしれない。

「向上心のある事は良いことですものね」

「うん。強くなりたいって大事なことだよな」

「アンジェも、えんちゃんがまたあそびにくるまでにつおくなるの！　エリちゃんせんぱいとおやくそくしたから」

「つむもがんばる。つよくなったら、だいこんせんせーがフィールドワークにつれてってくれるっていったから」

ブラダマンテさんがにこやかに祈る様に手を組むと、奏くんも腕組みしながらにかっと爽やかに笑う。

アンジェちゃんはぐっと拳を握って天へ突き出し、紡くんもほっぺを赤くして小さい手を握り込んだ。

皆それぞれ理由があって強くなりたいと思ってる。もしやあの坊っちゃん羊にもそういうのがあるのかも。

イフラースさんが「自分も見習わないと」と呟くのが聞こえた。

そうだ、この人は見えない刃を大事な人の喉元へ突き付けられてる状況だもんな。

うん、決めた。

「私ちょっと、話してきます。行きますよ、ラシードさん」

「うぇ？　俺も？」

「れーもいくよ！」

驚くラシードさんを連れて、私とレグルスくんは翁さんを捜す。すると、翁さんはママン羊さんの背中に預けられていた雛梟に突かれていた。

微笑ましい光景を邪魔して悪いんだけど、割り込むべく声をかける。

「翁さん！」

「おお、お若いの。どうされた？」

「さっきの黒い真珠百合の実なんですけど」

「うん？　ほうほう、聞こうか」

「今ある黒い真珠百合の実全てと、これから出る黒い真珠百合の実は私の方で引き取ります。代わりと言ってはなんですが、王子様は責任もってこちらで武者修行させるというのはどうでしょう？」

「それはどういうことかね？」

翁さんの通訳でのそっと寝ていたママン羊さんも起き上がる。勿論傍にいた坊ちゃん羊も起きると、こちらをワクワクしたような目で見てきた。

「黒い真珠百合の実をこちらでいただく対価として、安全に王子様の武者修行を手伝います。幸いうちには私が連れている使い魔だけじゃなく、妖精馬《ケルピー》もいますし何なら獅子型の霊獣もいます。修行相手には事欠きません。それで足りなければ私もいるし弟も友人もいる。懇意にしてる強い冒険者もいるので、ルールを決めた手合わせであれば危険は少なく、でも強くはなれます」

「ほう。それはたしかに坊には良い環境じゃな。よかろう、王に聞いてみよう」

ほうほうと翁さんが話すのを、ママン羊さんも坊ちゃん羊も時折質問するように鳴き声を出しつつ聞いている。

ツンツンとラシードさんが私の袖を引く。

「何で俺を連れて来たんだよ？」

「考えがあるから、ですよ」

「考えって……？」

困惑するラシードさんを他所に、話がまとまったようで翁さんが親子羊に軽く頷く。傍にいた雛がちいちいと鳴くのに、翁さんが溜息を吐いた。そして「仕方ないのう」と呻く。

それから翁さんは私とラシードさんに向かって苦く笑った。

「王はその条件で良いと。厳しくしてもへこたれんと思うが、出来るなら可愛がっておくれと言うておるよ」

「勿論です。ね、ラシードさん」

「は⁉」

「『は⁉』じゃない。貴方が契約して主になるんですよ」

「や、待て待て。俺、絹毛羊と契約できるような魔物使いじゃないぞ⁉」

「向こうから申し出てくれてるんだから、この場合はいけますよ。はい！」

という訳で、ラシードさんの背中をレグルスくんが押せば、待ってましたとばかりに坊ちゃん羊が彼の手を舐める。それから自分の匂いを付けるようにすりすりと身体をラシードさんに擦り付けた。契約はこれで結べただろう。

するとちよちよ鳴いていた星瞳梟《スターアイズオウル》の雛がよちよち飛んで、唖然としているラシードさんの頭に乗っかった。

「悪いがその雛も引き受けておくれ。なに、星瞳梟《スターアイズオウル》の雛じゃ。よく魔術を使うから、そんじょそこらの魔物には負けんよ」

「ああ、はい。引き受けます、ラシードさんが」

「嘘だろぉぉぉぉぉぉ！」

静かな森にラシードさんの絶叫が響いた。

星瞳梟《スターアイズオウル》と絹毛羊は運命共同体。

絹毛羊の背で育った星瞳梟《スターアイズオウル》は、自身を育ててくれた羊の子を兄弟として育つ。

寿命は個体差はあれど絶対的に星瞳梟《スターアイズオウル》の方が長い。

だからというのではないけれど、自身の兄弟羊が死んでしまった後も、その羊の子や孫を見守っている星瞳梟《スターアイズオウル》は多い。

翁さんもそうで、絹毛羊の王様のママン羊さんは、翁さんの兄弟羊の孫にあたるそうだ。そして坊ちゃん羊はひ孫。なお、坊ちゃん羊を「お兄ちゃん」と呼ぶ雛と翁さんには血族関係はないそうだ。が、そこは長なので面倒を見ていたとか。

「だからあたちはお兄ちゃんと一緒にいくのだわ」

「はぁ。いや、俺はいいけど、お前らって何食べんの？　飯はどうすりゃ良いわけ？」

「お兄ちゃんは草とか木の実などだわ。あたちは同族と絹毛羊のお肉以外なら、何でも食べられるのだわ」

「虫とかネズミとかも？」

「食べるのだわ。どっちかと言うとネズミが好きなのだわ」

「おお。えぇっと、こういう時なんて言ったっけ？　善処する、だったかな？」

ラシードさんが尋ねるように私を見るから頷く。

絹毛羊の方はござる丸の皮を前に食べてたからそれでいけるとは思っていたけど、星瞳梟《スターアイズオウル》の方はノーマークだったから、ラシードさんが聞き取りしてくれてるのは有難い。

というか、この雛ちゃん人間の言葉が話せるタイプの子だったようだ。巣立ちまでにはあと二か月くらい必要らしい。

坊ちゃん羊は早速アズィーズとガーリーとござる丸に遊んでもらって、ライラとタラちゃんは大急ぎで猛禽が掴まっても大丈夫なアームガード用の布を織っている。

「でも、なんでにぃにはけいやくしなかったの？」

「ラシードさんのお家に乗り込むなら、ラシードさんの戦力も補強しないと」

「ああ、同じような雪山に住んでるんだっけ？」

こてんと首を横に倒すレグルスくんに答えれば、奏くんが首を捻る。ラシードさんは少し考えてから、口を開いた。

「雪樹はたしかに雪山だし、此処と違って春になったからって雪が解けたりしないから、絹毛羊にも動きやすいとは思うけど……」

それがなんだ？

ラシードさんの顔にそう書いてある。

私はそっと彼の抱いている星瞳梟《スターアイズオウル》の頭を撫でると、雛に声をかけた。

「お嬢さん、つかぬ事をお伺いしますけど魔術はどのくらい使えます？」

「あたちの使える魔術は多いのだわ。得意なのは攻撃系なのだわ。攻撃魔術なら人間でいうところの上級魔術まで使えるのだわ」

「回復と付与魔術も？」

「勿論なのだわ」

おお、想像以上に拾い物な件。

「私、授業の一環で雪樹について調べたんですけど……」

前置きして、先生達や大根先生のお話を聞きつつ調べた事を話す。

雪樹一帯に住む魔物は勿論その生活環境に適応して、寒さに強い魔物が多い。

自然、雪樹の一族が契約するモンスターも寒さに強く頑丈な生き物となる。ラシードさんのオルトロスのアズィーズ然り、イフラースさんのグリフォンのガーリー然り。他にもユニコーンやバイコーン、ケルベロスなんかとも契約してるらしいけど、それらも寒さに強い生き物だ。

しかしそういった魔物は防御力とか耐久力とかはかなりだけど、一部を除いて水や氷属性以外の魔術に弱い。翻って絹毛羊は物理・魔術ともに攻撃も強ければ守りも強く、彼らの必殺技は口からの放電ときたもんだ。これほど雪山制圧にもってこいな魔物もいまいよ。おまけに星瞳梟《スターアイズオウル》の雛も頼れるし。

にこっと笑えば、ラシードさんが顔を引き攣らせる。

「いや、制圧って……大袈裟な」

「何言ってるんです。貴方、決着をつけないといけない相手が雪樹にいるでしょう？　相手に対する不利は減らして、こちらの有利を増やすんですよ。まず戦場に着くまでに九割方勝ったも同然の状況にしておく。これが戦の定石ですからね」

「お、おう……？」

辛うじて頷いてるけど、ラシードさんの目が泳いでる。そこまで考えてなかったって事だろうけど、これは後でルイさんにも手伝ってもらってしっかり心得てもらわないと。

人の上に立つものが「戦う」って事は、勝たなきゃ意味がないし、そういう立場の者は勝てない戦いをしてはいけない。

とは言え、今は少し置こう。

だってブラダマンテさんがにこやかに紡くんとアンジェちゃんの手を引いて、刈ったばかりの絹毛羊の毛を持って来てくれたから。

お弁当を食べ終わって、坊ちゃん羊と星瞳梟《スターアイズオウル》の雛との契約も終えた後、毛刈り自体も終わったんだけど、今度は刈った毛を持って帰らないといけない。

皆で毛を一つにまとめて、ヴィクトルさんが作ってくれた特大収納マジックバッグに詰め込む作業をやってる訳だ。

虫型の極小モンスターを私達が魔力制御の修行の一環で退治して、それを先生達に渡して袋に詰めてもらうんだけどこれが中々難しい。

虫を瞬殺できるほどの威力で魔術を使うと、折角の絹毛羊の毛が傷む。さりとて弱い魔術だと逃がしてしまうんだよね。毛を傷めない、さりとて虫を逃がさず駆除できるくらいのギリギリを攻める。まあ、難しい。

「この魔術の使いかた考えたの、ぜったいロマノフ先生だよな？」

刈った毛を握りながら、奏くんが眉間に深く深くしわを刻む。

「なんでそう思うの？」

「にぃに、これ、すごくつかれる！」

「こういう出来るか出来ないかギリギリのところを攻めてくるのは、絶対ロマノフ先生だろ⁉」

「ヴィクトルせんせいとラーラせんせいは、できることをいっぱいやらせてくれて、できたらいっぱいほめてくれるから！」

ひよこちゃんもぶちっと膨れて、おめめが心なしか据わってる気がする。

いや、うん、そうだね。先生はいつもギリギリ攻めてくるし、大体それでぼやいてるのが私なんだけど。

「ろ、ロマノフ先生も、出来たら褒めてくれるじゃん！」

「褒めてくれるけど、出来ないかギリギリだったのを出来たから感がすごいんだけど！」

「いや、でも、出来たら次のレベルに進めるってことだし……」

それはそれでいい筈なんだけど、いい筈なんだけど……。

「っていうか、出来なかったら出来なかったで悔しいから、絶対やるんだよ！　レグルスくんも、奏くんも出来るでしょ⁉」

「やるよ⁉　当たり前だろ⁉　負けるか、絶対！」

「ぜったいまけないー！　ぜったいできるんだからー‼」

私は多分根が物凄く負けず嫌いなんだよね。レグルスくんも奏くんも、その辺は多分似てるんだ。

なので気合を入れるために大声を出す。

「よっし！　二人ともやるよ！」

「「おー!!」」

魔力をじりじりと加減しながら極々微小な電流を、刈ったばかりのほやほや羊毛に流せばポトポトと小さな虫型モンスターの死骸が地面に落ちる。

星瞳梟《スターアイズオウル》の雛がラシードさんの腕の中から飛び出して、その死骸を「おやつなのだわ」と嬉しそうに啄み始めて。

「あー……俺も交ぜて」

「おう、ラシード兄ちゃんも負けんなよ？」

「そうだよ、ラシードくんもできるんだから！」

「やるからには不退転ですよ！」

「お、おう……。つか、鳳蝶この間の武闘会の時より気合入ってんな？」

「人に負けるのも腹立ちますけど、自分に負けたらそれより腹立つからですよ！」

私達のやる気に中てられたのか、ラシードさんが引き攣った笑いを浮かべる。

けれど「やる」って言ったからには彼もやる気なようで、羊の毛をいくらか握ると徐々に電流を通していった。

するとよちよち歩きで星瞳梟《スターアイズオウル》の雛がラシードさんの足元にやってくる。

「この虫を沢山食べられたら、しばらくあたちのご飯の心配はいらないのだわ」

「マジか、やるわ。使い魔に腹いっぱい食べさせてやれないなんて、魔物使いの名折れだからな」

「がんばるのだわ、マスター！」

「おう、任せろ！」

俄然やる気が出てきたラシードさんに、私もレグルスくんも奏くんも顔を見合わせる。

立場が人をつくるってこういうことなんだなぁ。

そんな事を考えながらの虫退治は、ロマノフ先生の予想時間を遥かに上回る早さで日没より大分前に終了したのだった。

未来に進む野心

「いやぁ、君達は本当にギリギリ出来なさそうなラインを設定すると、ギリギリでクリアしてきますね」

あははとロマノフ先生の笑い声に、思わず私もレグルスくんも奏くんもラシードさんもジト目だ。

魔力制御っていうのは本当に疲れる。

でも針の孔を通せるほどの正確な制御ができると、魔力を凝縮して下級の攻撃魔術や回復魔術でも、上級のそれと遜色ない威力が出せるんだ。

これが出来ると出来ないとが、魔術師の二流と三流を分けるそうな。一流の魔術師なら出来て当たり前。

それなら魔術師以外出来なくてもいいと思うだろ？

ところがどっこい、魔術師でなくても魔術が出来るに越したことないし、武器に魔術を纏わせて攻撃に使う時、魔力制御が繊細だと威力の微調整が出来るわけだ。

やって損になる勉強はないって事だね。

きちんと虫を落とした絹毛羊の毛は、翁さんとの約束通り一部をアースグリムに持って行って冒険者ギルドに卸した。そこから商業ギルドとの取引で、行き先が何処になるか決まるらしい。

翁さんが去年まで毛刈りを託していた職人さんは、この冬の間に身体を壊して、もう毛刈りは出来ないそうだ。

「来年の事はまた考えないといけない」と、翁さんは寂しそうにしてたっけ。

でも信頼できる人間を探すのって中々大変だよね……。

もしも来年までに毛刈りの人が決まらなかったその時は、私達が責任を持って毛刈りに来る。そうでなくても時々は坊ちゃんと雛の様子を知らせるためにちょくちょく顔を見せに来ると約束して、私達は家路についた。行きにはいなかった、絹毛羊の王子様と、その妹分である星瞳梟《スターアイズオウル》の雛を連れて。

んで、翌日私達がしなきゃいけないのは一緒に帰って来た絹毛羊の王子様と、星瞳梟《スターアイズオウル》の雛のお部屋を造ることだった。

前の日は妖精馬《ケルピー》やポニ子さん、アズィーズ達がいる厩舎に入ってもらったんだけど、流石に手狭なんだよ。

それにヨーゼフが連れて帰ってきてくれた牛さんも、何だか大人しい種類のモンスター牛だったらしく結構大きくて、もう厩舎を建て替えた方が良いんじゃないかって話になった。

うち、動物園ならぬ魔物園造れそう。

でもそれも良いかな。だって魔物の生態を知るって冒険者にも生物学的にも有意義なことだし。特に冒険者は魔物とでくわすと命がけなんだから、弱点とかを知らないより知ってる方が良いだろう。

「たしかに、そうだろうなぁ」

「だからって無暗に魔物に戦いを挑むのは違うと思うんです。けど已むなく戦うなら少しでも生存確率を上げるために魔物の生態を知っておくのは大事かな、と」

「うむ。そういう事であれば、冒険者には魔生物学の初歩は学ばせておく方がいいだろう。よし、吾輩も初心者冒険者講座に協力しよう」

「ありがとうございます」

ギコギコとノコギリで木の板を切断すると、その断面をフェーリクスさんが魔術で綺麗に整えてくれる。

その板はレグルスくんと紡くんによって、源三さんやヨーゼフと一緒に作業してる奏くんの元へ運ばれるのだ。

何してるのかっていうと、厩舎用の木材を切ってる。

私、工芸A＋＋なので。私、失敗しないので。

釘を使わない前世でいう「木組み」って建築工法用の材木を作ってるのを、フェーリクスさんに手伝ってもらってるとこ。

この建築法はロマノフ先生の案というか、エルフ式建築法なんだよね。耐震やら免震に優れてるんだってさ。

そのための木材をロマノフ先生やヴィクトルさん、ラーラさんがエルフの里に調達に行ってくれて、フェーリクスさんがパーツの加工の仕方を私に教えてくれてる。

奏くんは源三さんの幼馴染のモトお爺さんから、鍛冶だけでなくドワーフの建築工法や技術を教えてもらってるらしく、それも厩舎に活かしてくれるそうだ。

その最中にうちで暮らす魔物たちの生態の話をフェーリクスさんとしてたんだけど、魔生物学が発展しないのは何でだって話になって。

研究者がまず少ないし、そもそも研究対象のモンスターを観察できるところがないからっていうのが主な理由なんじゃないか。それならウチみたいな所で研究できればいいねっていう話になったんだ。

でも研究場所があったとして、その研究が何らかの利益を出さない事にはスポンサーがついてくれない。

じゃあ魔生物学ってまず誰のためになるのかって考えたんだけど、そこはほら。

うちはダンジョンを抱える領地で、冒険者達の始まりの場所を目指してる訳だから、まず菊乃井で活用すべきじゃないかと。

即ち、冒険者達に初歩の魔生物学を教えて、彼らの生存確率を上げる手段にしてもらう。そういうことで冒険者達に教えたらどうだろうって、フェーリクスさんにプレゼンしてた訳だ。

「そうさな、吾輩だけでなく弟子達も受け入れてもらえるだろうか？」

「お弟子さん、ですか？」

「うむ。少し前に菊乃井に腰を据えたことを、斜塔に残る弟子に伝えたら『ここの堕落にはもうウンザリなので、そちらに引っ越したい』と泣き付かれてしまってね」

ちょっと考える。

そりゃ学者さんが向こうから来てくれるってありがたい事なんだけど、菊乃井はどうしても田舎だ。研究環境が整ってるとは言い難い。唯一ずば抜けて整ってるのがレクス・ソムニウムの研究室だけど、あれはフェーリクスさんにお貸ししたもの。研究室のシェアってしていいんだろうか？

疑問に思ったので尋ねてみると、フェーリクスさんが「ああ」と呟いた。

「研究室や機材は正直に言えば、菊乃井は心許ない。しかしここは利益の追求より、後に残る研究や技術の追究が許される場所だ。そういう場所で学問の自由を、倫理を踏み躙らぬ限りは保障されることの方が、研究者としては有難いな」

「うーん、研究や技術の追究って、時には採算度外視して取り組まなきゃいけないことじゃないですか。例えばの話、いつ来るか解らないモンスターの大発生に備えたり、地震や台風なんかに備えるのと同じ。疫病だっていつ流行るか判らないから、その時のためにあらゆる病に効く薬を研究してもらう。それって広い意味では万人に利益をもたらすものだと思うんです。その辺りは芸術に投資するのと変わらないかな」

「広く万人に夢や希望を与えるために、かね？」

「そればっかりじゃないです。そういう日々の暮らしに小さな不満はあっても、大きな、それこそ国を倒そうと思うほどの不満を持たないよう、民衆をコントロールしたいってのもあります」

でないと安心してミュージカルとか楽しめない。平和で豊かである事は、人間が娯楽を追求するための必須条件なんだ。

その為にはお金を出し渋っちゃいけない分野ってのがあって、技術や学問の研究はその出し渋っちゃいけない分野の代表格だと思う。

ようはそういう話なんだと言えば、フェーリクスさんがニヤリと唇を歪めた。

「そうだな、若者は野心家の方が良かろうよ。世界に類を見ない学術・芸術都市？　結構なことじゃないか」

「そうでしょう？　私、欲張りなんです。もうすぐミュージカルは形になりそうだし、そうしたら次は美術館とか博物館にだって行きたいし、動物園や植物園だって水族館も欲しいんですよね。遊園地にも行きたいし、音楽の夕べや研究討論会だってあってもいいだろうし」

笑うフェーリクスさんに、私もニヤリと口角を上げた。

「ふむふむ。研究討論会は吾輩の弟子達が集まれば、すぐにでも出来るが……。議題はどうするね？」

「幼児にも解り易く学問の楽しさを体験してもらう方法とかどうでしょう？」

「なるほど。実に学術・芸術都市を目指す領地で最初に開かれる討論会に相応しい議題じゃないかね」

「ついでに、今なら討論した内容を実践できますよ」

「よし。弟子達に手紙をだそう。菊乃井に越してくるならば、それぞれ研究成果を発表する用意をしてくるように、と」

「はい、家はいくつか見繕っておきますね」

私が請け負うと、フェーリクスさんは実に愉快そうな声で「よろしく頼むよ」と言った。


厩舎の改築はやっぱり一日じゃ終わらなくて、次の日にも持ち越し。

菊乃井は街灯なんてないから、太陽が沈んだら暗くなるので作業は無理。烏が鳴くから帰りましょう、だ。

街灯もいずれ治安の維持と旅人の安全のために何とかしないと。

菊乃井の町の大通りには、去年魔力を込めると半永久的に光る石を組み込んで、日が暮れると明るくなるようにしてるけど、他はまだ舗装されてるとは言い難いんだ。

この辺も区画整理と一緒に考えないと。

それだけじゃない。歌劇団が大きくなり、各種学校が出来れば、そこに人が集まるようになる。

観光客や留学生たちが安心して楽しく、それでいて元からの住人達も不便なく暮らせるような町。

私が目指すものはそこだ。

こういうのは先生方やルイさんに相談して進めて行けばいいよね。

相談と言えば、フェーリクスさんのお弟子さんの話だけど、先生達やロッテンマイヤーさんに伝えると、住居がちょっと問題みたい。

家がない訳じゃないけど、空き家が老朽化してるんだよね。でも越してくる人がいるなら、その人の意見を入れつつ、改修工事をすればいいかな？

そういえば前世では可動式の家があったような。そういう仕組みを応用できれば、区画整理も少しは楽にできるんだろうか。

まあ、でも、出来る事からだ。

その出来る事の一つ、えんちゃん様に差し上げる縫いぐるみなんだけど。

絹毛羊の毛はまず洗わなきゃいけない。綺麗にした後で今度は乾かして、梳いて、洗って、乾かして……という工程を経て、それを糸紡ぎで紡いで毛糸にしたり、或いは綿として使用したり。

つまりそう簡単に作品にはならないって事だよね。

それに今回は新しく挑戦したいことがある。

その為に必要な道具が実は手元にないのだ。これが今回は一番のネック。

そんな訳で翌日、朝ご飯の後で私は厩舎造りにやって来てくれた奏くんを捕まえて、ちょっと相談に乗ってもらう事にした。

「フェルティング・ニードル？」

「うん。えっと、針なんだけど先端がささくれてるんだよね」

「ささくれ？　なんか溝やら引っかける部分があるってこと？」

「そう。それが浅くても使いにくいし、深すぎても駄目なんだ」

「ほぉー、手芸にも色々道具がいるんだなぁ。よし、やってみる」

「ありがとう、奏くん！」

地面に棒で絵を描いて「こんな感じ」と説明すると、奏くんはそれを即座に試作してくれる。

最初は針より大きいペンサイズから。ニードルの先についてる溝の具合を、まず大きなもので作ってみて確認して、小さくしていくんだそうな。

そんなお兄ちゃんの姿に、紡くんがキラキラとした目を向けている。

「つむ、いっつもにいちゃんすごいなっておもうんだ」

「うん。かなはすごいぞ」

レグルスくんも奏くんには一目置いてるからか、胸を張って同意した。私も勿論同じ意見。

すると聞こえてたのか、奏くんがにかっと笑う。

「そりゃ、おれは兄ちゃんだもん。この中で一番年上なんだからさ」

そうだ。

奏くんって何だかんだ一番年上だからって、色々考えてくれてるんだよね。

私が持ち込む相談も、解んない事でも一緒になって考えてくれたりするし。こういうのがお兄ちゃん力ってやつなんだろうなぁ。

私もまだお兄ちゃん歴より一人っ子歴のが長いから、そういう甘やかしに弱いんだ。

そんな訳で、針の事は奏くんが請け負ってくれるから、次は目に使う真珠百合の黒い実の方。

こっちの毒性の方はフェーリクスさんに相談したら、あっさり片付いた。

曰く、「茹でなさい」って。

真珠百合は茹でると本物の真珠のように硬化する。毒性はその時にゆで汁に溶け出て色だけが残るそうだ。でも真珠のように硬化しちゃう訳だから、茹でちゃうと食べられない。

生でも食べられないし、茹でちゃうと食べられないなら、せめて綺麗なアクセサリーになる方が良いっていうのは人間の傲慢かもだけど、折角生まれて来たならそんな咲き方もあるだろう。

当面、私的な面での問題はこれでクリアだ。

となれば、公の問題だ。

といっても、公の問題っていうのはラシードさんの一族の問題を除けば、あと一つは……。

「行啓の日にちですけどね」

これだ。

首にタオルを巻きつつ、農作業用に作ったツナギスタイルで、にこっとロマノフ先生が笑う。

私もツナギだし、レグルスくんもツナギ。奏くん・紡くん兄弟もツナギだし、ヴィクトルさんもラーラさんもツナギだ。作業着だから全員お揃い。

ギコギコとノコギリを引くロマノフ先生と、それを加工する私とレグルスくん。作業は単調だからか、雑談のついでにひょろんと先生の口からそんな言葉がでた。

「用事が終わったのを、手紙で知らせたでしょう？」

「はい。ヴィクトルさんに届けてもらいました」

「その返事が、母経由で来ましてね」

此方の準備は整ったけど、あちらとロートリンゲン公爵家の準備がまだ終わってないそうだ。

「それなら別に予定通りゆっくり来てくれてもいいですけどね」

「君ならそう言うだろうと思って、予定通りで構わないと返しておきました」

「ありがとうございます」

先生には私の面倒くさがりは知られてるから、こういう対応をしてくれるんだろうな。

問題は色々抱えているけれど、暫くはこんな和やかな日々が続くだろう。

この数か月は忙しすぎた。

なんとなく視線を落とすと、レグルスくんが木片を片付けてるのが目に入る。その横顔がとても楽しそうだ。

「レグルスくん」

「はい？　どうしたの、にぃに」

「暫くは忙しくないと思うから、どこかに遊びにいけるといいね」

「うん！　れー、にぃにとだったらどこでもいいよ！」

「そうだねぇ。どこがいいかなぁ」

何処だっていいんだ、どこかでゆっくりレグルスくんと過ごせる場所なら。

奏くんや紡くん、アンジェちゃんも誘おうか？　それで近くの丘や原っぱでキャンプとかどうだろう？

そんな事を考えていると、屋敷の方から「旦那様ー！」と私を呼ぶ人影が。

段々近付いて来るそれに目を凝らしていると、先にエルフ先生達には誰か解ったらしい。

ヴィクトルさんが木材を片付けながら「アリスたんだ」と呟くのが聞こえた。

「うつのみや？　どうしたのー？」

「あ、レグルス様。旦那様にお客様です。あの、スパイスの行商人さんの……」

「え？　ジャミルさん？」

「はい。ちょっとご相談があって、と」

「うん？　なにかな」

尋ねれば、ジャミルさんは次男坊さんの所で色々とスパイスについての話を聞けたらしい。例えばショウガを使ったジンジャーマンクッキーやら、紅茶に牛乳とシナモンを入れて作るチャイだとか。そういうものも凄く興味深かったらしいけれど、中でも一番ジャミルさんが惹かれたのはスパイスを沢山入れて作る癖になるような味の飲み物だったそうで。

しかし、次男坊さんはそれを「スパイスをたくさん入れて作るのは聞いたことがあるし、味も解るんだけど作り方が解らない」、「寧ろ解ったら俺が作ってほしいくらいだ」と言ったそうな。

それで何で私に相談かと言えば、これも次男坊さんが「カレーをスパイスから作れるんだから、もしかしたら」と呟いたらしい。

「うーん。なんだろうな、私で解るかな?」

「『蝶々ちゃんで無理なら、誰にも無理じゃね? ダメもとで、菊乃井の渡り人さんに聞いてみるとか?』って仰られたそうですよ」

「……蝶々ちゃんて、次男坊さん私のことそんな風に呼んでるんだ」

それは知りたくなかった。

とりあえず私はこの場をロマノフ先生にお任せして屋敷へ。

ツナギのままで失礼だとは思ったけど、エントランスで待ってたジャミルさんと鉢合わせしちゃった。

ジャミルさんは自分が急にきたせいだからと、そのままお話することに。

「スパイスを沢山つかった飲み物なんですよね?」

「ハイ。次男坊サン、ソウ言ッテマシタ。タシカ、カルダモンヤレモン、砂糖ニ炭酸水ヲツカウラシク……。ア、多分バニラビーンズヤシナモンモハイッテルダロウ、ト」

うん、炭酸水?

心に引っかかるものがある。

なので、ジャミルさんに質問。

「炭酸水で割って飲むってことじゃないです?」

「アア、ハイ。ソウヤッテ飲ム人モイルトカ」

「あー、なるほど。あれか」

「⁉」

ポンッと手を打った私に、ジャミルさんの目が点になった。

クラフトがとりあえず基本の世界

どんなものでもそうだけど、物を作るとなると準備がいる。

ジャミルさんと次男坊さんが求めているモノを作るには、スパイスだけでは足りない。

なのでそれをメモに書いてロッテンマイヤーさんに渡して、捜してもらっている間にジャミルさんには応接室に行ってもらって、私は普段着に着替える。

それで応接室に行くと、もう調べ終わったのかロッテンマイヤーさんも来ていた。

先にソファーにかけてもらってるジャミルさんと相対するように座れば、すっとメモが渡される。

ざっと目を通す。

「あー……うん、これなら作れるかな？」

「本当デスカ⁉」

「はい。ええっと、ジャミルさん、カルダモンとクローブ、シナモンとバニラビーンズはお持ちなんですよね？」

「ハイ、勿論」

「それなら今からでも作れますから、やりましょうか」

「エ⁉　イインデスカ⁉」

「ええ。でも今からやっても飲めるのは多分明日ですけど」

それでも構わないかと尋ねれば、ジャミルさんは大きく首を縦に振った。

という訳で、厨房に行く前に一応料理長に「今行っても邪魔じゃないか」というお伺いにロッテンマイヤーさんに行ってもらうと「楽しいことをなさるんですな？」とお返事が。

うん、まあ、楽しいよ。

そしてこれって多分商機だ。だってうちには料理長がいる。後はそれをどうやって流通させるか、なんだけど……。

でもそれだって、今から作るものが美味しく出来なきゃ意味がないんだ。

来てもいいっていう返事は貰ったので、ジャミルさんと一緒に厨房へ。

ジャミルさんにも菊乃井の厨房で使ってる大人用エプロンを着けてもらって中に入る。勿論私もエプロンを着けるけど、これは料理長が私のために用意してくれたやつだ。

「お邪魔しますよ」

「はい、どうぞ」

「旦那様、どうぞ！」

「いらっしゃいませ、旦那様！」

声をかけると中にいる料理長や見習いのアンナさん、カイくんが声をかけてくれる。

アンナさんはレグルスくんの家でも厨房の見習いをやっていて、ここでも料理長から色々教わってるそうだ。カイくんは妹のゲルダちゃんと屋敷に働きに来てくれてるんだけど、なんとゲルダちゃんは偶々鼻歌がユウリさんの耳に届いて菊乃井歌劇団にスカウトされて。

将来彼は妹がいずれ活躍するだろう歌劇団の、その専用劇場近くにレストランを構える夢のためにここで腕を磨いているのだ。

その三人がにっこり笑う。

「さて、旦那様。今日は何をなさるんで？」

「スパイスを使った飲み物を作ろうと思って」

「ロッテンマイヤーさんから聞かれたものは全てありますよ」

「うん、じゃあやろうか」

そんな訳で開始。

ジャミルさんにはカルダモンとクローブ、シナモンとバニラビーンズを用意してもらう。これのお代は後で払うと言ったら、作ってもらうので今回は無料って事になった。

次にうちからはレモンとお水と大量の砂糖。

必要な分量の砂糖を用意してもらうと、見習いの二人の目が点になった。

「なにこれ、こんなに砂糖使うんですか？」

「うん、お水と同量ぐらい」

「ひぇぇ、お高そう」

うん、そう。今までこれを作ろうと思わなかったのって、お砂糖の量が半端なく多くてお値段が怖かったからなんだよね。

カルダモンに鋏や包丁で切れ目を入れて、中の種を取り出す。バニラビーンズも同じく、包丁で種を取り出した。

レモンは二つ。一つは輪切りにして、もう一つは果汁をとって、その搾った後の果実も輪切りだ。

鍋に砂糖と同量の水を入れるんだけど、大体測ってもらったら四百グラムくらいかな。こっちは単位が前世とほぼ同じだから計算が楽でいい。

あとは砂糖と水の入った鍋に種を取ったカルダモン、クローブ、スティックのままのシナモン、種を除いたバニラビーンズ、輪切りにしたレモンを入れてコトコト煮るだけ。

アンナさんが、レモン果汁を入れた器を手に首を傾げる。

「果汁はどうするんですか？」

「それは鍋が沸騰して、少し煮詰めたあと。粗熱が取れたら入れてください」

そう言えば「解りました！」と元気に返す。

鍋が煮立つにつれ、シナモンやバニラ、クローブの匂いが強くなってきて、カイくんがちょっと顔をしかめた。

「うわぁ、なんか薬みたいな臭いですね……」

「最初は薬として売り出されたみたいですよ」

「どこでですか？」

「異世界で、ですね」

私の言葉に、料理長が興味深そうに首を傾げる。

「なるほど、異世界。変わったことしますな、向こうさんは」

「ね。スパイスでジュース作ろうって思うんだから。でも料理人さんて研究好きが多いから、そのせいかもですね」

「はは、確かに。何とどれを組み合わせたら旨くなるかを考えるのは楽しいですしね」

料理長が顎髭を撫でながら穏やかに言う。

この人は私の突飛な行動に笑う事はあっても難色を示すことはほぼない。それどころか面白そうに付き合ってくれるし、結果美味しいものが食卓に沢山出てくる。

「料理長、ついてはちょっと相談があるんですけど」

「はい？　なんでしょう？」

「明日にならないとこれは飲めないんですよね。それで炭酸水と普通のお水を冷やしておいてほしいのと、ポムスフレをおやつの時間に出してもらいたいんです」

「……何か、仕掛けがあるんですね？」

「はい。菊乃井にまた一つ名物ができますよ」

「お任せください」

にっと顔を見合わせて、料理長と笑う。

その様子に、ジャミルさんが手を挙げた。

「私モ加エテクダサイ。アト、次男坊サンモ！」

「勿論ですよ。でも全ては明日、このシロップが完成してからです」

ってな訳で、こちらも作業は持ち越し。

鍋は少し煮詰めて、粗熱が取れ次第レモン果汁を入れる。その後は清潔な保存容器に移して、一晩冷蔵庫で保存すれば出来上がりだ。

作業についてそう説明すれば、後は料理長やアンナさん・カイくんがやっておいてくれるという。

有り難くお任せして、ジャミルさんと応接室に戻ろうとすると、玄関近くでげっそりした雰囲気のラシードさんとばったり。

「どうしたんです？」

「どうしたも何も、俺、本当に考えが甘かったんだなって……」

「ああ、頼んでましたからね」

「うん。ルイさんも説明してくれたし、ルイさんから頼まれたってエリックさんやヴァーサさんにも懇々と」

「それはそれは」

少し落ち込んだようなラシードさんに、私は肩をすくめる。するとジャミルさんが「ドウシタノ、坊ッチャン？」と、宥めるようにラシードさんの肩に触れた。

「いや、ほら、実家に帰るって話だったじゃん？　でも俺、それで雪樹に帰るんじゃなくて、あそこで肩身の狭い思いをしてる人を引き連れて、菊乃井に移住しようと思ってさ。ここでは弱くても生きる術があるんだし」

「ソウナノカイ？」

尋ねるジャミルさんに、ラシードさんは頷く。

雪樹の厳しい環境で暮らすには強くなくてはいけないけれど、そうでなくても生きる術が他の所にはある。だからその道を示したいのだと、ラシードさんはジャミルさんに話す。

その移住が実現すれば、小さくても集落ができるだろう。その集落の長として、連れて来た一族の人々と菊乃井の住人が融和して暮らしていけるようにするのが自身の役目。それだけじゃなく、人の上に立つのであれば当たり前にしておかなければいけない覚悟や、知っておかなければいけないことがあって、それを今学んでいるとも。

「でも、諸々話しても母ちゃんが納得してくれるかは解んない。だけど何がどうでも、二番目の兄貴はきっと俺を排除する方向で動くと思う。それをぶん殴れれば、多分、分はある……んじゃないかと」

「そのための準備が、ありがたくも一緒に来てくれた絹毛羊の坊ちゃんだし、星瞳梟《スターアイズオウル》の雛ですよ。

解りましたか？」

「それはもう、十分に」

苦く笑うラシードさんに、私は少し肩をすくめる。

そう言えばあの羊の坊ちゃんは、こちらに来た初日に颯に向かって突進して、ポニ子さんの怒りの踵落としを食らって涙目になっていた。その光景を見た星瞳梟《スターアイズオウル》の雛は賢くも、瞬時に菊乃井家動物ヒエラルキーを察して「お兄ちゃん、この小さなお姉さまに逆らってはダメなのだわ」と言い聞かせていたという。

二匹の名前は坊ちゃんがナースィル、雛がハキーマだそうな。


厩舎の改築はもうちょいかかりそう。

それでも普通に大工さんがやるよりも、魔術で土台を固めたり、木組みが外れにくくしたりっていうのをやってるからか、大分早いんだ。

多分あと一日ほど頑張ったら出来そうって言うところで、その日もお開きになったそうだ。

なんで伝聞かと言えば、私がジャミルさんや料理長達と作業している間に、そういう運びになったから。

聞いたのはお夕飯の後の、憩いの時間だ。

「それで、君の方は何をしてたんですか？」

「飲み物を作ってました。ジャミルさんだけじゃなく次男坊さんも飲みたいっていうから、スパイスの入った飲み物なんですけど」

「にぃに、それ、おいしい？」

「うーん、好きな人は好きだと思うけど、レグルスくんはどうかな？」

レグルスくんは炭酸があまり得意じゃないんだよね。

あれは炭酸割りにして飲むのが異世界の主流だけど、牛乳に入れても楽しめる。でも砂糖を無茶苦茶使う分、飲み過ぎには気を付けないといけない。

そう説明すれば、ラーラさんが手をポンと打った。

「だから今までその飲み物を作らなかったのか」

「ああ、はい。使用する砂糖のお値段が怖かったのもあるし、その……ダイエット中でしたし」

一回作って飲んでしまったら、誘惑に勝てる自信がなかったんだよねぇ。

今もそれは同じだけど、私、二日に一回はエルフィンブートキャンプしてますし？　流石に一気にリバウンドするってことはない、はず。ない、よね？

って言うか、エルフィンブートキャンプ凄くきついんだよ。私がしてるのは主にかくれんぼや鬼ごっこなんだけど、先生やレグルスくん、奏くんから逃げ回るとか隠れるとか無理ゲーもいいとこじゃん。

味方はござる丸とタラちゃんで、二匹の手を借りて制限時間まで隠れるか逃げ切るかしたら私の勝ち。勝てる時は勝てるけど、負ける時は瞬殺の時もある。

先生やひよこちゃん、奏くんから逃げ切れたり隠れ切れるなら、何があっても誰かに捕まるような事はないだろうっていう訓練だよね。

ようは戦う事を考えるより、逃げ切って皆と合流しなさいって方針なんだ。まあ最近は「反撃してもいい」っていうルールになったけど、レグルスくんや奏くんにやり返すのは気が引けるので、専ら先生を狙ってる。でもタラちゃんやござる丸は、容赦なくレグルスくんや奏くんを狙うけどね。

偶にタラちゃんの糸で足止めされたレグルスくんが「にぃに〜」って呼ぶから、思わず出ていきそうになるのを我慢するのが大変だ。そういう時に出ていくと、奏くんに狙撃されるので。

それはちょっと脇に置く。

兎も角、運動してれば大丈夫だろう。それはアレを今後発売するにしても、注意書きとかに載せないといけないなって感じ。ましてて、ポムスフレと組み合わせるって危ないんだ。主に脂肪と糖分的に。

「何にせよ、明日のおやつの時間のお楽しみって事だね」

「はい。楽しめるように色々用意しておきますね」

ヴィクトルさんの言葉に返せば、皆楽しそうな目で頷いてくれる。

さあ、どうなるだろう？


ドキドキしながら次の日。

朝ご飯はそば粉で作ったクレープ生地に目玉焼きを載せたガレットに、カリカリに焼いたベーコンとトマトをくり抜いて中にお野菜を詰めたサラダ、空豆のポタージュだ。

そば粉のガレットはラーラさんのお気に入りだし、空豆のポタージュはレグルスくんのお気に入り。

私は何でも食べられる方だけど、可愛く盛りつけられてると嬉しいから、トマトを器にしたサラダは結構好きだったりする。

それも終われば、今日も菜園の手入れをしてからせっせと工事だ。

そんな訳で玄関を出て庭に回ると、ラシードさんとイフラースさんとでくわす。

ラシードさんはアズィーズとナースィルとハキーマ、それにライラを連れてるし、グリフォンのガーリーもフヨフヨとイフラースさんの側で浮かんでいる。

どこかに出かけるんだろうか？

声をかけると、ラシードさんが答えた。

「ヨーゼフさんの颯とグラニの散歩に付き合わせてもらってるんだ。どうせだから今日は皆で、戦闘時の連携とか訓練しようかと思って」

「そっか。いつ戻る？」

「夕方には戻る予定。ナースィルやハキーマの実力もちゃんと把握しとかないと」

「そうですね。頑張ってください」

「ああ。勝てない戦いは下策も下策だからな」

にっと口の端を上げてラシードさんは親指を立てた。

彼は彼で自分なりにやらなきゃいけないことや、自分の立場というものを考えた上で行動することに決めたんだろう。

私もやれることをしなきゃ。

ってことで、厩舎改築をおやつの時間までに終わらせて、皆シャワーを浴びてさっぱりしたら、やって来ましたアフタヌーンティーのお時間！

料理長とアンナさん、カイくんが、応接室で待っていた私達とジャミルさんの前にポムスフレと昨日作ったシロップをカートに載せて持って来てくれて。

「仰る通り、ポムスフレと例のシロップ、よく冷えたお水と炭酸水をお持ちしました」

「ありがとう、料理長。じゃあ、仕上げですね」

「はい」

声をかけると、アンナさんとカイくんがコップを人数分出してくれた。

そこにスプーンで二掬いくらいシロップを入れると、それぞれ炭酸が好きな人には炭酸水を、そうじゃない人には冷たいお水を注ぐ。

そうすると琥珀よりもう少し濃いめの液体が、コップの中でしゅわしゅわと爆ぜた。

奏くんの持つグラスで起こるしゅわしゅわと琥珀のグラデーションに、レグルスくんの目が不思議そうな色を持つ。

「にぃに、これ、なぁに？」

「うん、クラフト・コーラって言うんだよ」

「クラフト・コーラ？」

そう、手作り《クラフト》コーラだ。

コーラというのは諸説あるけど、シナモンやバニラ、柑橘類の皮やら実やら、ナツメグだのクローブだのカルダモンだの、色んなスパイスに、コーラの実を入れて作ったらしいシロップを水で希釈して販売されていたものだそうで、一番有名なのは大手飲料メーカーさんが炭酸水で希釈して売り出したものだったりする。

んで、「俺」が死ぬ前には色んな飲料を手作りするのが流行して。

ビールやらワイン、サイダーがご当地で作られてて、コーラも作られ始めてた。それで「俺」はやっぱりそういう物には手を出したがるタイプだったようで、コーラも作った訳だ。

今回使ったのはその基本のレシピ。「俺」はもう少しこのレシピよりレモン強めが好きだったから、レモン果汁を飲むときに追加してたんだよね。

因みに前世の「俺」の生きてた時代でも、既にコーラの実はレシピから消えていたらしく、厳密に言えばこのレシピは「コーラ・シロップ、ただしコーラの実抜き」って事になる。

でね。

おやつにしたポムスフレは、ジャガイモを空気が入るように揚げて作った言うなればポテトチップ。味はうす塩。

ポテトチップとコーラって、ポップコーンとコーラぐらい無敵の組み合わせじゃないですか、やーだー！

「コレガ次男坊サンノ仰ッテイタ飲ミ物……！」

「たしかにスパイスの匂いはしますが、味の想像がつかないですね」

「甘くて、ちょっと癖はあるけどレモンの爽やかさも感じますよ」

ジャミルさんが興奮したようにグラスを持ち上げて、一口。ロマノフ先生もちょっと香りを確かめてから、グラスに口を付ける。二人とラーラさんとヴィクトルさんに料理長は炭酸、私とレグルスくんと紡くん、アンナさんやカイくんはお水だ。

「お、凄い！　しゅわしゅわする！」

「あまーい！　でもおイモたべたらしょっぱいし、おいしい！」

「つむ、これすき！　しょっぱいのもあまいのも！」

しゅわしゅわを楽しむ奏くんに、甘い飲み物と塩辛い食べ物を楽しむレグルスくんと紡くんがキャッキャウフフ。

「これは……癖になりますね」

「甘さが塩辛さを、塩辛さが甘さを引き立てあって、これはついつい食べ過ぎそうですな」

「うん。これは気を付けないといけないやつだよ」

「まんまるちゃんが警戒してたのも解るね」

大人の皆さんも気に入ってくれたみたい。

さて、ジャミルさんはどうだろう？

ちらっと見れば、その顔は確信に満ちている。

「コレ、イケルト思イマス」

「良かった。商機は恐らく近日中に来ますよ」

にこっと笑えば、ジャミルさんが不思議そうな顔をする。

「あ、遊びに来るからか！」

「そうだよ。友達なんだから、美味しいものは教えてあげないとね」

奏くんの言葉に、私は満面の笑みで答えた。

クラフト・コーラの炭酸割りは概ね好評だった。

炭酸が苦手な人も、お水や牛乳で割ると飲めたし、ポムスフレとのセットもいい感じ。でもまあ、苦手な人はやっぱりいるもので、ダンジョン帰りに飲んでもらったラシードさんは、ミルクに入れたのはチャイのようで飲めるんだけど、水割りも炭酸割りも駄目みたいだった。

もう少し色々研究は必要ってとこかな。

差し当たりは砂糖の分量をもう少し減らすことかな。虫歯も気になるし、やっぱり脂質と糖分過多は怖い。

その辺はジャミルさんと、彼から連絡してもらった次男坊さんが協力してくれることになった。

次男坊さんはジャミルさん経由で受け取ったクラフト・コーラを飲んで、懐かしさに泣いたそうな。

私と違って彼は前世の人格と記憶そのままに、この世界に生まれなおした。だから色々馴染めなくて自分の存在があやふやなのだとか。

私にはその自分があやふやって感覚は解んないけど、やっぱりさみしいんじゃないかと思う。その彼の慰めになれば、クラフト・コーラもこれを作った前世の誰かも喜んでくれるんじゃないかな……。って感傷は置いといて、次男坊さんもこのクラフト・コーラに商機はあるとみたそうだ。なので色々と協力してくれるって。良かった！

丁度厩舎もいい具合に完成したし、いい感じに日々が進んでいく。

その日々の中で、手紙が皇宮から一つ。

二週間後にロートリンゲン公爵家に予定通り、二人の皇子殿下がご訪問される。滞在期間は一か月ほど、菊乃井に泊まるのはその内一週間ほどの予定だそうな。

菊乃井への訪問は完全プライベートだから、随員はかなり減らすって言ってきた。菊乃井の在り方を尊重するので警備の方はよろしくって事みたい。

これはアレだな。

私の友人には平民……私、この呼び方本当に嫌い……がいるし、冒険者とも親しく付き合ってるけど、本当に普段通りで構わないのか尋ねた事に対する返答なんだろう。

菊乃井のありようとして私の普段の暮らしを尊重できない輩がいるから、そういう近衛の兵はロートリンゲン公爵家にてお留守番させるってことだ。

それが良いだろう。私は私のやり方を理解できない人間に、無理にそれを求めない。代わりにそちらのやり方を押し付ける事も許さない。

そういうスタンスだってのは宰相閣下もお解りだからこそこの返事で、それは皇子殿下がたもそうなんだろう。

でもだ、こういう問題は私だけではどうにもならない。

そんなわけで私は会議を開くことにして、先生方とフェーリクスさん、それからルイさんと冒険者ギルドのギルド長・現在働き過ぎの件で私からしこたま怒られたって噂が立ってるローランさんをお招きした。

場所は菊乃井家の書斎にて。

「……警備がやはり一番の問題かと」

「あーたんと一緒にいる分には僕達が何とかするけど、そもそも街中だよね」

ルイさんの言葉に、ヴィクトルさんが頷く。

そうだよね、私と一緒にいる分には先生方の何方かが必ずご一緒してくれるから問題はなさげ。

だけど市中は色んな人が出入りするし、先生方だって予定はあるんだからずっと一緒って訳にもいかないだろう。

それに最近菊乃井は人の出入りが増えているから、ちょっとこう街中の防犯とかも強化していきたいんだよね。

そう口にすると、ローランさんが何故か少し遠い目をする。

「言いそびれてたが、実は街には自警団があってな。それが衛兵と協力して治安維持活動をしてくれてるから、まあ、うん。街中は言うほど危なかねぇんだわ」

「自警団？　そうだったんですか。それはお礼を言わなきゃですね」

助けてもらってるなら、労わないと。

そういうつもりで言ったんだけど、ブンブンと大きくローランさんが手を左右に振った。

「いや！　アイツら人見知りだからよ。ご領主に褒められなんかしたら、かえってやりにくくなっちまうんで」

「えぇ……じゃあ、『いつもありがとうございます』とお伝えいただけます？　あとで付け届けのワインでも冒険者ギルドに届けるようにするので」

「お、おう、必ず。あ、でも、酒は飲めない連中なんで、菓子か果物で」

「そうなんです？　じゃあ、料理長にクッキーを頼んでおきますね」

「ああ、そうしてやってもらえるとアイツらも喜ぶわ」

何でか、ローランさんがほっとしたように笑う。いや、ローランさんだけじゃなく、ルイさんや先生達も。

なんなんだろうな？　その人たち、滅茶苦茶人見知りなんだろうか？

それとも、もしかして……。

「もしかして私、滅茶苦茶怖がられてる……？」

そんな、馬鹿な。

怖がられるような事なんて何も……してなくないな。

出合い頭にぽちの頭を地面にめり込ませたり、それ以前にルマーニュ王都から派遣されてきた冒険者のパーティーをビビらせたしな。あのパーティー、ヴァーサさんが何かの時に話してくれたけど、ルマーニュ王都に戻る時顔面が鼻水や涙でぐちゃぐちゃだったらしい。

え？　もしかして私怖がられてる？　それもとても、物凄く、無茶苦茶に。

さっと血の気が引いて、顔が引き攣るのを自覚していると、ラーラさんが穏やかに「違うよ」と言う。

「まんまるちゃんが怖いとか、そういうのはないから。寧ろ好かれてるよ。菊乃井歌劇団で売ってる絵姿で、一番売れてるのはオーナーの絵姿なんだから」

「は……？」

絵姿？　なんのことよ？

目を点にしていると、ルイさんが真面目な顔で「売上は全て菊乃井歌劇団の運営に回しております」とか言い出した。

ちょっと何言われたか、解んない。

「え、絵姿？」

「はい。私やヴィーチャやラーラが幻灯奇術《ファンタズマゴリア》を応用して作ってるんですけど、よく売れるんですよね」

「は？　え？　な、なんで？」

「需要が高いからですねぇ」

驚いて聞き返すと、ロマノフ先生がにこにこと爆弾を落としてくれた。

需要ってなんだ？　って言うか、英雄がそんな内職的な事するんだー……？

それよりも、変なアングルの売ってないよね？

先生にはお昼寝してるのも、鶏に追いかけられてるのも、ポニ子さんに髪の毛食べられたとこも見られてるし。

「へ、変なとこ絵姿にしてませんよね!?」

「大丈夫ですよ。君がスキップし損ねた場面とか、何もない所で転んだところとかじゃなく、ソリストしてる場面とかですから」

「良かったー……って、そうじゃなくて！」

あまりの事に現実逃避しかけたけど、違う。そういう事でもない。

なんで私の絵姿なんか売られてるんだ、いつからだよ。ちっとも気づかなかったわ！

なんか、頭痛が痛いって感じで、視線が思い切り遠くに飛ぶ。

そんな私を見て、ぽんっとフェーリクスさんが手を打った。

「そうだ、弟子の一人から頼まれごとがあったのだよ。鳳蝶殿にお願いの儀がある、と」

「はい？」

「吾輩の弟子に、化粧と魔術の関係を研究しているものがおってな。身体に害がなく、寧ろ肌や髪に艶や潤いを与えながら、それでいて肌を白くしたり、唇を鮮やかにしたり、眉を書いたりできる化粧品の研究に、そちらの歌劇団のお嬢さん方とござる丸君に協力をお願いできんだろうか、と」

「それは、願ってもないことですけど。ヴィクトルさん、ラーラさんは？」

「うん？　僕はイイと思うけど。ユウリやエリックくんにも聞かないとね」

「そうだね。肌を傷めない、かえって労わるような品があれば、あの子達もお化粧の研究が捗《はかど》ると思うよ。だいたい、お給料が結構出るって言っても、化粧品が高い事は変わらないしね」

なるほど。

それならば、渡りに船なのかもしれない。でも化粧と魔術っていったっけ？

どういう事か尋ねると、フェーリクスさんは象牙の斜塔に伝わる昔話を教えてくれた。

なんでも、大昔、魔術が少しも使えないせいで追放された王女様に、象牙の斜塔にいた魔術師が化粧をしてあげたらしい。そのお蔭で王女は魔術を使えるようになり、自身を追い出した親兄弟を攻め滅ぼした、とか。

「言い伝えには何らかの真実が含まれるもの。このお伽噺も全くの作り話ではなく、何かしら含まれるものがある筈だ。吾輩の弟子は化粧と魔術に何らの可能性が含まれていると考えて、それを研究しておるのだよ」

「なるほど。お化粧も奥深いって言いますもんね」

ちょっと会議が変な方向に行ってる気はする。

でも研究者たちが来たいって言ってたのも都市計画に関係することだよね。

そんなこんなで脱線しながらも、会議はもう少し続いたのだった。

着実に埋まるスケジュール

治安維持に関して会議で決まった事は、二人の皇子殿下が滞在中は初心者冒険者講座の受講条件である、市中の見回りの回数を少し増やす、そして冒険者達にも協力してもらうこと、衛兵の見回り回数と人員をちょっとだけ増やすことの三つ。

フェーリクスさんのお弟子さんについては特に準備しない事に決めた。

これはフェーリクスさんからの提案というか、お弟子さんは師匠のフェーリクスさんから見てもちょっと変わってるなって感じの人が多くて、約束した日時に現れないとかあるあるだから、下手に準備するとこちらに迷惑をかけるっていう話で、そういう事なら家を押さえつつお弟子さんが現れるのを待とうって事に。

私は別に良いんだけど、一瞬ルイさんのこめかみがピクッてなってた。

うーん、学研都市をつくるなら学校の周りに教員や研究者の家はあった方がいいし、研究者のお家にはその研究を守る仕組みなんかも欲しいよね。

そこと商業地域は別にした方が良いだろうか？

なんか夢が広がるよね。

だけど、それはまだまだ先の事として、直近の事だ。

行啓の間の予定をある程度決めておいた方がいいだろう。

「普段通りで良いんじゃないです？」

「そうだよ」

「それでいいって向こうも言ってる訳だし」

これはエルフ三先生の意見。

でもうちの普通って、それこそツナギ着て首にタオル巻いてスコップとか担いで農作業なんですけど？

あと、動物のお世話とか？

それ以外となれば、延び延びになってる初心者冒険者講座を受けないと。

これをこなさないと、うちの冒険者ギルドでは見習い《アプランティ》から卒業できない。忙しくないうちに私やレグルスくんと奏くん紡くん兄弟、それからアンジェちゃんにラシードさんは、講座を受けに行こうと思ってたんだよね。

「なので、私達のパーティー『フォルティス』とラシードさんとアンジェちゃんの講座をお願いしたいんですけど」

物のついでと言っちゃなんだけど講座の予約を入れると、ローランさんはちょっと戸惑うような表情になる。

「そりゃ構わんが、するってぇと皇子殿下連中ももしかしたらそれに参加するかもってことかい？」

「あー……日程が重なれば？」

「おう……マジか。いや、うちはいいんだがよ。お国的にはいいのか？」

「え？　寧ろお国的には大丈夫じゃない方が問題なんじゃないですかね？」

だって帝国ってその成り立ち上、冒険者と縁が深いのに。

帝国は昔々帝国成立以前にあった国の辺境伯が、圧政に堪えかねて立ち上がって、紆余曲折《うよきょくせつ》あって出来た国だ。

当時の上層部の貴族出身者って、初代皇帝とその親友とほか数人くらいで、後は志に惹かれた冒険者や家も爵位も持たない一般家庭出身者だったそうなんだよね。

それが論功行賞とかで爵位や土地を賜って、今の貴族のお家が出来上がった訳だ。それだって興亡が色々あって、初代皇帝から続く名門なんて片手の指の数も残ってない。

因みに菊乃井さんのお家柄は、十代も遡れば何とかいう大公家に行きつく、らしい。この辺はちょっと改竄の跡が見え隠れしてるから、追及してはいけない。追及する意味もないしね。

閑話休題。

ロマノフ先生やヴィクトルさん、ラーラさんに顔を向けると、三人は少し考えるような素振り。ルイさんが眉間を指でとんとんと軽く叩く。

「安全さえ確保されていればよいのでは？　菊乃井が教育に力を入れ、ダンジョンに対する対策に領全体で取り組んでいるというのを、内外に示すことになりましょう」

「それに冒険者は危険な職種であるのに、ある意味軽んじられている。それを知る事は後の政にもつながっていくのでは？　いや、冒険者だけでなく、一般庶民の暮らしも学ぶと良いと考えるが……。ダンジョンは菊乃井の弱みでもあるが、強みでもあろうし」

フェーリクスさんも皇子殿下二人が講座を受けるのには乗り気みたい。モンスター講座が要りそうだったら手伝うって。

あとはエルフ先生たちだけど、ヴィクトルさんが「魔術の講座は要らないね」と呟いた。

「というか、冒険者の心得と業務、倫理くらいじゃないの？　必須で受けなきゃいけないのって」

「そうですね。フォルティスのメンバーにアンジェちゃんとラシード君は、私達が魔術や戦闘訓練は請け負ってます。皇子殿下方も魔術は宮廷魔術師長である宰相閣下がご担当ですしね」

「他は応急手当や実地訓練をギルドで講座を受けたら、あとは大丈夫じゃない？」

ヴィクトルさんの言葉を受けて、ロマノフ先生やラーラさんが、ローランさんにそう言えば、ローランさんも「そうだな」と一言。

ということは、皇子殿下二人は一緒に初心者冒険者講座を受講、だな。

ロートリンゲン公爵家のゾフィー嬢や、梅渓公爵家の和嬢は立場的に難しいから、彼女たちの訪問日と講座は別日に設定しておこう。

それで、彼女達がくる日は菊乃井歌劇団の公演を見られるようにしようかな？

ゾフィー嬢は歌劇団のファンらしいし、和嬢も華やかな舞台はお好きだそうだし。

これに関してはルイさんも先生達も「そのように」って同意してくれた。

他にも皆の見学とかダンジョンの見学とかも意見に出たけど、それは二人が行ってみたいと希望した場合で良いだろうって感じ。

なんでもかんでもあけすけに見せる事は出来ないけど、見せられるものは見せておいた方が今後の菊乃井のためにはなるだろう。

一週間程度の滞在なら、この程度の予定でいいかな？

それじゃあ後はこの話をまとめて、宰相閣下に一応「こんなプランで考えています」って連絡しておこうか。

じゃあ、とりあえず会議はこの辺で終わりって事で。

解散の声かけをしようとした時だった。ロマノフ先生が「はい」と手を挙げた。

「先生？　何かありました？」

「いえね、厩舎を建て替えている時に鳳蝶君とレグルス君がお話ししていたのが気になって」

「んん？　私なにか言いました？」

「どこかに遊びに行きたいね、と」

ああ、そう言えば。

その時傍に先生がいらしたな。

思い出していると、ラーラさんがニヤリと笑う。

「いつも頑張ってる良い子たちにはご褒美がなきゃね」

「そうだよね。楽しい夏の思い出をつくらないと」

ヴィクトルさんもなんかワクワクしたような、そんなお顔。

どういう事だろう？

ちょっとドキドキしていると、先生達がにこっと柔く笑った。

「去年は海でしたが、今年は山と湖で遊びましょうか」

「昔々だけど、僕達がまだパーティーを組んで世界を巡っていた時の用意が残ってるんだよね」

「それを使って山や湖にいってお泊りしようか。綺麗な景色や見た事ない鳥や動物が見られるところにつれてってあげるよ！」

「え⁉　凄い！　いいんですか⁉」

それってキャンプってやつじゃん！

わー！　凄いな！　どうしよう⁉　ワクワクが止まらない！

嬉しくなって万歳をしようと手を上げると、ふとルイさんがこちらを見ている事に気付く。その視線に一瞬ドキッとしたけど、でもルイさんの目は凄く優しく穏やかに私を映していて。

私がルイさんを見ていたことに気付いたのか、ルイさんが口の端をあげた。

「どうぞ、英気を養っていらしてください。道のりはまだ遠いのですから、ゆっくり急がず確実に参りましょう。その為にも休養は必要です」

「うん、ありがとう。帰って来たら、また頑張るね」

「はい。どうぞ沢山思い出を御つくりください。そして少しずつ焦らずにご成長ください」

「お出かけの間の街の事は任せてくんな。大人だってやるときゃやるんだから」

「うむ、吾輩に出来る事があるなら遠慮なく使ってくれたまえよ」

ローランさんの言葉もフェーリクスさんの言葉も、凄く温かくて嬉しい。

ひよこちゃんも喜ぶだろうなぁ！

夏休みのお出かけが決まったと言っても、すぐ出かけるわけじゃない。

だって二週間後、そこから暫く経ってからにしても皇子殿下方がやって来るし、休みに入っても大丈夫なようにお仕事とかを片付けないと。

なので夏休みは殿下方がいらした後でって事になった。

皇子殿下方のご訪問はプライベートではあっても、私にとっては一応公務なんだよ。

その間に侯爵としての勉強もしないといけないいし、普通の貴族の子どもとして知っておかないといけない事も学ばないとだし、魔術師或いは戦場に行くものとして鍛えておかないといけない。

それに加えて屋敷の模様替えもしなきゃなんないし。

行啓に際して人の出入りが激しくなるだろうから、体裁を整えるってやつだね。

皇子殿下方はレクス・ソムニウムのお城に宿泊予定で、あの方々がお城に泊まってる間は私も責任者として主の間で寝泊まりする。

あの城、何にも無くても魔術防御や物理防御は堅牢なんだけど、主があそこにいる間は更に堅固になるそうだ。

レクス・ソムニウムの城の構造解析に携わってくれてるフェーリクスさんとヴィクトルさんによると、この城にはあまりに魔力を大量消費するせいで使い手がいなくなってしまった古代の防御魔術が何重にもかけられてるんだって。

その起動キーがかつてレクスの愛用の杖だった夢幻の王で、持ち主がいるかいないかは、その杖に流れ込んだ使用者の魔力で判断される。夢幻の王に流れてるのと同じものが城や主の間に感知されたら、防御魔術がより堅牢になるような魔術を重ねがけされてるそうな。

もう、レクス・ソムニウムって怖いなぁ。

こういう仕組みを作る人は、ニコニコ笑ってる間に態度を改めないと、その人が無表情になった瞬間隕石とか落ちてくるタイプだよ。多分、きっと、絶対。

「あー、若様と似た感じだったんだな。解るわ、若様もそういうトコあるし」

「え？　奏くん？」

「うん？」

ガサガサと祖母の書斎の天井まであるような本棚から、一冊一冊丁寧に取り出しては埃を払う奏くんの笑顔が眩しい。

なんか解せない事を言われたような？

私が首を捻っていても、奏くんはそれに対しては何も言わない。

けど、私をまじまじと見て「あ」と呟いた。

「若様から頼まれてたフェルティング・ニードルだっけ？　出来たぞ」

「わー！　奏くん、相変わらず仕事が早い！」

「っていっても、試しに使ってもらわないと本当にできたか解んないけどな」

「おお！　じゃあ、早速模様替えが終わったら！」

「うん。持って来てるから、後で渡すな？」

「うん、ありがとう！」

お礼を言えば「だから試してからだって」と、奏くんがはにかむ。

奏くんって本当に頼りになるなぁ。

そう言えば、奏くんは照れてほっぺたを掻く。

「そ、それより、本はどうすんの？」

「棚の中を拭かなきゃいけないから、一旦レグルスくんと紡くんに渡して」

「別の部屋に持ってくのか？」

「そうそう」

って訳で、別の場所で本を回収していたレグルスくんと紡くんの名前を呼ぶと、二人がちょこんと本棚の間から顔を出す。

だけどその表情はちょっと困ったようなそれで。

奏くんと顔を見合わせて、私達はひよこちゃん達のいる場所へと向かう。

すると紡くんがほっとしたように、一冊の本を私に渡した。

ひよこちゃんもなんだか緊張した面持ちで、私に渡された本を見ている。

「なに、これ？」

装丁と言えるほどしっかりした表紙ではなく、タイトルもない。当然表紙にもないものが、背表紙にある筈もなく。引っ繰り返して奥付の部分を見れば、隅っこに十年ぐらい前の日付が申し訳程度に書いてある。

けど、その日付の字に何でか見覚えがあって。

なんで見覚えなんてものがあるのかと疑問に感じていると、レグルスくんがモジモジと指をしきりに動かす。

「にぃに、このごほん……あの……」

「うん？」

「あの、れー、ちょっとよんじゃった……」

「ああ、そうなんだ？　何か困ることが書いてたの？」

目線を合わせるようにレグルスくんや紡くんの前に屈むと、同じように奏くんも屈んだ。そして困り顔の紡くんの頭を撫でて優しく問いかける。

「どうした？」

「……わかんない……」

「解んないって……」

解んないけど困るってなんだ？

奏くんと二人で顔を合わせて首を捻る。するとレグルスくんがきゅっと結んでいた唇を開いた。

「にぃにのおばあさまのおなまえがかいてあったの。それでちょっとだけよんだら……おうちのひと、みんなきらいってかいてあった……」

「おぅふ、そりゃ困るね」

つまり、これは祖母の日記か何かだった訳だ。

もうさぁ、こういうの始末に困るから隠すなら徹底的に隠してくんないかなぁ。まあ、祖母が領民に対しては善政を敷こうとするような人でも、家族に対してはちょっと難ありな人ってのは、ロッテンマイヤーさんから貰った日記でうすうす感じてはいたけども！

そんなものを読んじゃった多感な子どもの心が傷ついたらどうしてくれるんだよ、って話だな。

眉毛を下げるちびっこ二人の頭を撫でると、私は口の端を上げた。

「うん。何が原因でそうなったか解んないけど、少なくともこの時はそうだっただけで、時間が経ったら変わったんじゃないかな？　私が持ってる日記には曽祖父様の事は無茶苦茶尊敬してるってあるし」

「ほんとう？」

「本当。後で見せてあげようか？」

手の平をひらひらさせると、安心したのかひよこちゃんも紡くんも少し笑う。

それにしても本当に読ませるつもりがないのなら、変なとこに置いとかないでほしいもんだよ。

気落ちしちゃった二人には気分転換が必要だろう。目配せすると、奏くんが動いた。

「休けいすっか。アリス姉ちゃんのとこにいって、お茶もらおうぜ」

「うん。にぃにのぶんももらってくるね？」

「おやつも貰ってきてね」

「はぁい！　つむ、はこべるよ！」

きゃっきゃしながら部屋を出ていくおチビさん達に気付かれないように、奏くんが私にちらりと視線を寄越す。

その眼に「大丈夫」と口を動かすだけで答えると、私はその本を持って書斎を出た。自室においておけばこの本がレグルスくんや紡くんの目に触れる事はないだろう。

そんな訳で本を私の部屋にある机の引き出しにしまうと、私はそのまま書斎に戻った。

その夜のこと。

奏くんに作ってもらったフェルティング・ニードルを試す時が来た。

洗って乾かした羊毛を必要な分量だけ取り分けると、それを四つくらいの束に分ける。

その内の一本を端っこから、くるくる巻いていくんだけどボール状にしたいから、この時から横に広がらないようにできるだけ球形に丸めていくのが大事。

で、巻き終わった辺りでニードルの出番だ。

丸めた羊毛が解けないように針でプスプスする。この作業無心で出来るから結構好き。針の具合も良い感じで、気持ち良く羊毛を刺していると手元に少しだけ影が差す。

『楽しそうだな』

「はい。これが中々楽しいんです」

振り向けば氷輪様がいらしてた。

今日のお姿は、黒地に銀糸の唐草のような刺繍の入った長いジャケット、その下は裾の僅かな部分しか見えないけど、白いワンピースのようなお召し物、ズボンも幅広の白いもの……これはアレだ。前世なら「石油王」って言われたら「なるほど」って感じの。

頭部の被り物はしてないけど、何となく日本人が石油王に抱くイメージっていう？

『今日は何をしている？』

「えんちゃん様に差し上げるぬいぐるみというか、それっぽいものを作るための準備です」

『ふむ。見せよ』

「はい。もしもご興味がおありでしたら、一緒にいかがです？」

『良いのか？』

「はい！」

道具と羊毛を差し出すと、氷輪様が私の隣に椅子を持って来て座られる。

そうして受け取った道具を興味深げに眺めると『どうするのだ？』と仰った。

そうだな。私達が作るのもだけど、自分のために大好きなお兄様やお姉様がぬいぐるみを作ってくれたと知ったら、えんちゃん様はもっと嬉しいだろう。

姫君にも聞いてみようか？

そう考えながら、私は氷輪様の分の羊毛を取り出した。


「妾が……？」

「はい」

翌朝、奥庭。

本日の歌は「夏は来ぬ」っていう童謡でした。

日本の古き良き初夏の情景を歌ったもの……らしいけど、この辺、菊乃井の風景もこんな感じなんだよね。

で、それが終わった後に、昨夜氷輪様としたフェルト手芸の事をお話しした訳で。

私が差し出した道具を見て、姫君が眉を僅かに動かされる。

「えんちゃん様は姫君様や氷輪様を大層慕っておられます。ですからそのお二人から手作りのお品を贈られるって凄い事なんじゃないかと……」

「ふむ、一理あるのう」

姫君様は私の見せた道具に興味を示されて、しげしげとご覧になる。

そうして団扇を一振りされると、私の手から道具がフヨフヨと姫君のもとに飛んでいった。

専用の針とフェルトを暫く眺められると、姫君はゆるゆると首を横に振られる。

「……妾は最近艶陽と共に過ごしているゆえ、こういう物を作っているとすぐにアレに悟られる。それならアレと共にできる事の方が良かろう。これはいささかアレの手には危うい。もう少し大きなものであれば出来ぬことはないじゃろうが」

「ああ、たしかにそうですね。考えが足りませんでした」

「いや、其方が詫びる事は何もない。其方はこういう物をよくするゆえ、其方にとっては危ない訳ではないのじゃろう。構わぬが、それであればアレにも出来る物を考えるがよい」

「はい。何か考えておきますね」

「うむ」

そうだな、フェルティング・ニードルってぶすぶす刺すから、手が滑ったら指に刺さったりしちゃうんだよな。

えんちゃん様はレグルスくんぐらいの大きさだから、上手く刺せなくて怪我をしちゃうかもしれない。

そう言えばレグルスくん、剣の稽古をするようになって手の肉刺《まめ》を潰すことがちょいちょいあって、それも痛々しいんだけども。

ラーラさんが作ってくれる軟膏のお蔭で、治りはいいけど痛いには違いないよね。

ともあれ、この話は何かできる物を探すって事で今日のところはお終い。

朝のお歌が終わったら次は菜園のお世話、その後動物のお世話って感じで時間が流れていく。

午後からはお勉強の時間があった訳だけど、そこで私はロマノフ先生にある物を見せた。

「これは……？」

「書斎にあったんですが、祖母の日記の一部のようです」

「鳳蝶君のお祖母様の？」

「はい。隠してあったというか？」

斯く斯く然々。

これが見つかった時の話と、それを読んでしまってレグルスくんや紡くんがダメージを受けてしまった事。そういったことを素直に話して、内容を知りたいにしても、私もダメージを受けてしまうかもしれない事を考えると、誰か一緒に読んでくれる人が欲しい。

そう言えば、ロマノフ先生は少し考えて、言葉を紡ぐ。

「私で良ければ、読ませてください。でもロッテンマイヤーさんの方が、とは思わなくもないんですが」

「私もそう思ったんですが、なんとなく止した方が良いような気がして……」

いや、ロッテンマイヤーさんだって祖母の日記を読んだそうだから、薄々自身の娘に執着も持たないで姑に盗られっぱなしの情の薄いタイプだったたって事には気が付いてるんだろう。

それでも祖母はロッテンマイヤーさんにとっては尊敬できる人だった。それは紛れもない真実なんだろう。

レグルスくんのお母様のマーガレットさんが、父をレグルスくんに「立派な人」と教えたように。

つまり、私にはこの日記に、ロッテンマイヤーさんが知ったらショックを受けそうなことが書いてある予感がするんだよね。

私のこういう予感は残念ながら外れないいんだ。

それを解っているからか、ロマノフ先生も真摯に頷いてくれる。

「解りました。一緒に読みましょう」

「お願いします」

「もしも辛い事が書いてあったら、ラーラやヴィーチャにいい香りのするお香をたいてもらったり、気分が解れる曲を弾いてもらいましょうね」

「先生は？」

「私は……そうですね、昔話でもしてあげましょう」

穏やかに頭を撫でてくれる手が優しい。

隣に座る先生にも見えるようにして、まずは表紙を捲《めく》る。

最初の一頁目に、几帳面そうな尖った筆跡で書かれていたのは祖母の名前・菊乃井稀世《きくのいきよ》という文字だ。

それから、珍しくも生年月日。帝国では皆一斉に新年とともに歳をとるんだから、生まれた日付なんて覚えてる人は少ない。さほど重要じゃないからだ。

なのに、祖母には大事なことなのか書き記してある。帝国の価値観から少しずれた人だったんだろう。

ロマノフ先生もそう感じたのか、目を見ると好奇心が刺激されたような表情だ。

読み進めるために次のページを捲る。

その日の読書は、ロッテンマイヤーさんが食事の時間だと呼びに来るまで延々と続いて。

私とロマノフ先生は、ロッテンマイヤーさんにはあまり話さない方がいい事を一つ、共有することになった。


緩やかに、穏やかに、同じように日々が静かに過ぎて行く中、報告が色々上がってきた。

建て替え工事中の冒険者ギルドが、町の人や冒険者、威龍さんの所の信者さん達の協力のもと、出来上がったそうな。

新しいギルドは二階建て別棟ありで、一階は冒険者ギルドの業務用。二階はギルドマスターの執務室、別棟は初心者講座専用教室と救護室、緊急宿泊施設にするんだって。

敷地も倍くらい広くして、戦闘訓練や魔術訓練ができる運動場も出来た。

お金は大丈夫なのか尋ねたんだけど、元々のプール金と菊乃井からの補助金ではやっぱり足りなかったらしく、残りの資金は冒険者さんや菊乃井の住人さん達が「これからの若手のために」って少しずつ寄付してくれたらしい。

バーバリアンや、エストレージャ、晴さん。それだけじゃなくベルジュラックさんや威龍さんも、それに参加してくれたと聞く。ありがたい事だ。

威龍さんの所も、ほとんどの信者が移住を終えたと連絡をもらってる。

彼らは上層部の腐敗や日和見には全く気付かなかったことをとても悔いていて、それで本拠地を失うことになったこともとても悲しんでいる。

だけどそんな彼らを引き取って、偏見を持たないどころか「一生懸命修行してたのに大変なことに巻き込まれてしまった人たち」と遇されるように配慮したこちらに、とても感謝の念を持ってくれているらしく、冒険者ギルドの工事に凄く積極的に協力してくれた。

その副産物というか、私的にはこっちの方が狙いだった訳だけど、この工事中菊乃井の住人達と親しく交わることが出来たとか。

皆、彼らに優しかったみたいで、信者の皆さんは菊乃井の住人のためにも、修行とモンスターの間引きを頑張ろうって士気が上がってるって。

それからベルジュラックさん。

皇子殿下の行啓の話が色々伝わったらしく、里帰りからすぐ戻ってきてくれた。

と言うか、多分意図的に巷に流布されているのを、狙い通り聞いたみたい。

この意図って言うのが、また微妙。

考えられるのは、皇子殿下方と私がプライベートで会うくらいに親密な仲だというアピール。

他には見回りをしてくれる冒険者が増えるように。

あとは、この期に私の失態があれば広く周知させるため。

勿論集まって来る冒険者にも思惑があるだろう。ここで働きが皇子殿下方の目に留まれば、取り立ててもらえるかもしれないもんね。

暫くはタラちゃんやライラ、アメナの蜘蛛ちゃん軍団に、町の観察を頑張ってもらうことになるだろう。ダンジョン行ってご飯とって来ないとな。

考える事もやる事も、日々が穏やかで緩やかでも、なくなったりはしないんだよね。

それから数日後、皇子殿下二人がロートリンゲン公爵家へとお入りになった。

で、だ。

そこから更に二日後、二人の殿下方の連名で「そっちに来週行きたいんだけど、いいよね？（意訳）」って手紙が届いたのには、遠い目をするしかなかったっていうね……。


無駄なことってあるようなないような？


えらく性急な訪問伺いの手紙に、私はロートリンゲン公爵閣下にお手紙を書いた。

殿下方二人の意向はこんな感じですが、そちらのご予定とかはどうなんでしょう？

そんな感じの。

それをロマノフ先生が届けてくださった訳だけど、お返事は「余程楽しみなようだから、よろしく。ついでにうちの娘も初心者冒険者講座の受講を希望してるので、それも良いように頼むよ」って。

ええんかい。

冒険者には女性もいるわけだから、別に性別をどうこう言う気はない。けども公爵家のご令嬢、それも皇室に嫁ぐことが決まっているお嬢さんが怪我でもしたらどうするんだろう。

そんな私の疑問に、ロマノフ先生が苦笑した。

「ゾフィー嬢が是非にと希望されて、公爵家では戦闘訓練を受けているそうですよ」

「え？　なんでまた？」

「君と同じく逃げるのが専らですけど、皇帝陛下の最後の盾ですからね。なにかあった時、陛下と妃殿下では、優先されるのは陛下です。和子を身籠っておられるのであれば、また話は違いますが」

「自ら囮になって、時間を稼ぐため……ですか」

あのお嬢さんならやりかねない。もっとも統理殿下はそんなことをお許しにならないだろうけど。

でもあのゾフィー嬢だ。そんな単純な話じゃないんだろう。

そうだな、将来統理殿下と命運を共にし帝国を守っていく自分がここまでの覚悟を見せているのだから、その御代を共に支えていくだろう「貴方たちはどうなさるの？」っていうメッセージってとこか。

そのメッセージの打ち出し方が、私の領地で初心者冒険者講座を受けるという事なのがなんかなぁ。

世間では、正規軍を除いて、現在帝国において一番軍事的な力を持つのは菊乃井っていう認識になってる。

これってエルフ先生三人が揃ってるのと、空飛ぶ城、ついでに私がいるからなんだけど、実際のところ私兵は砦と町を守ってる兵士達だけ。

冒険者は依頼と好意で、領の治安維持の手伝いをしてくれてるんだ。それは戦力としては数えない。

それでも精強な兵を擁していると思われてるウチが、他所の人であるゾフィー嬢を鍛える。それってうちは何があっても統理殿下に味方するから、ゾフィー嬢や殿下方に強さの秘訣を教えるんだって見方が成り立つよね。

相も変わらず女傑でいらっしゃることよ。

まあ、でも、親御さんと本人が「良い」って言ってるんだから良いや。

ロマノフ先生は怪我しても「冒険者は自己責任ですよ」って言質は取ってくれたそうだ。抜け目ない。いや、怪我なんかさせないけども！

という訳で、それから時間は流れて、七日後。

「来たぞ！」

「お世話になるよ」

がばっとした笑顔で、ロートリンゲン公爵家の馬車から降りて来た皇子殿下二人。

ゾフィー嬢は一日後に到着されるご予定だ。

「はい、いらっしゃいませ」

「いらっしゃいませ！」

迎えるは私とレグルスくん。後ろに控えますはエルフ先生達三人と、とりあえず大事なお客様って事でメイドさん達や使用人一同も並んでお出迎え。

屋敷に入るのは殿下方とついて来た護衛が一人。近衛と言うだけに彼もそこその家の人なんで、宿舎にも気を遣う。一応母屋のお客人用の部屋を用意した。

殿下方には空飛ぶ城にある客間の物凄い良いヤツを用意してる。見晴らしも良いし、調度品も素敵なんだ。

で、殿下方には城の方の応接間に入ってもらって、その間にメイドさん達総出でお部屋に荷物や着替えなどを準備。

私達のお茶の給仕はロッテンマイヤーさんが担当だ。

「久しぶりだな」

「はい。一か月くらいですが」

「そうなんだよ、まだ一か月しか経ってないのにね？」

ソファーに身体を預けた統理殿下とシオン殿下が、ゆるりと紅茶に口を付ける。

その背後には近衛がびしっと背筋を伸ばして立っていた。

ちらりとそれを見たのが統理殿下には解ったんだろう、ほろ苦い笑みを浮かべる。

「彼がうちの中で一番強いんだ」

「そうなんですか」

「ああ。だから、連れて来た」

という事は、連れてこなかった連中は納得しなかったから来なかったたって事か。

若干目を据えると、シオン殿下が「いや」と首を横に振った。

「僕らについてる近衛は、身分がどうのと口にする輩はまずいないんだけど……。ちょっと言いにくいな」

「？」

「いいにくい？」

困ったように二人の殿下が顔を後ろに向ける。ひよこちゃんと二人で殿下方の視線を追えば、金髪のその人が軽く咳ばらいをして「発言をお許しください」と発した。

別に禁じるも何もないので頷けば、彼はそっと手を胸に当てた。

「自分は第一皇子殿下付近衛兵隊長のヴェンツェル・リートベルクと申します」

「然様ですか」

「は、自分は士官学校時代、こちらの騎士団の団長を務めるアラン・シャトレと同級でありました」

「ああ、そうなんですか」

そうだった、うちのシャトレ団長は帝都で騎士だったんだ。そういう繋がりのある人もいるだろう。

でも、それが？

私が首を傾げると、釣られたのかレグルスくんもこてんと首を横に倒す。

「僭越《せんえつ》ではと思いましたが、菊乃井の状況を知りたく。先日シャトレ団長に手紙を出させていただきました。衛兵の質や何かを知れれば、と」

「そうですか。それでしたら聞いてますよ」

この訪問のしばらく前に、帝都から知人がそんな手紙を寄越したから素直に答えたってルイさん経由で来てた。

私は兵力を隠してないし、そもそも菊乃井に攻めてくるにはロートリンゲン公爵家があるし天領があるし。

まず無理だから別に隠す必要もないって返したっけ。

それがこの人だったのか。

「その内容を自分なりに検討してみたのですが、どう考えても近衛が多くいた方が皆様方の足を引っ張りかねないという結論に達しました」

「あー……ねー……」

レグルスくんを除く皆が遠い目になる。

あくまでごく一般的な考えでいくと、冒険者と訓練をみっちり受けた兵士を比較すると、当然兵士の方が強い。じゃないと治安の維持が出来ない。

兵士よりも個人的な戦闘力が強い冒険者もいるにはいるんだけど、そんなのは上位の冒険者で極まれ。私が知ってる中で言えば、先生達はもう別格中の別格。それ以外にはバーバリアンとエストレージャ、ベルジュラックさんに威龍さん、晴さん、そんで私達フォルティス。

両手の指より多いと思うだろ？

でも冒険者の全体数から言えばコンマ割るし、そんな規格外が一極集中するのがおかしい。つまり、うちは今おかしいんだ。

出て来た結論にそっと目を逸らすと、統理殿下が小さくため息を吐く。

「なんか、皆自信を喪失してしまっていてな……」

「う、それは……」

「ほら、近衛って皇室の最後の砦だろう？　それが、その、足手纏《あしでまと》いって、ねぇ？」

ちらりとリートベルク隊長を見れば、その顔はちょっと暗い。

うん、まあ、ね？

近衛って言うのは家柄もさることながら、精鋭が集められる部隊でもある訳だよ。他所はどうか知らないけど、少なくとも帝国では実力・人格・見識が伴って初めて、そこへ至る道が開かれるって言うんだからよっぽどだ。

その精鋭部隊が足手纏いって言われたら、そらもう面子なんかないわな。

困ったぞ。

いや、最初は「私のライフスタイルに文句付ける気か？　あ？」とか思ったけど、これはそれより酷い。

内心で白目を剥いていると、レグルスくんが私とリートベルク隊長と、どうしたもんかと困ってる殿下二人をくるくると見る。

そして「はーい！」と元気に手を挙げた。

「よわいんならつよくなったらいいとおもう！　みんな、とりででくんれんしたらいいよ！」

「それだ！」

いやー、ひよこちゃん天才！

善は急げって事で、私はルイさんと砦のシャトレ隊長に遠距離映像通信魔術で連絡。

二人とも偶々執務室にいたようで、緊急通信に驚きながらも会談に応じてくれた。

私の後ろに皇子殿下二人が立ってて驚いたみたいだけど、シャトレ隊長は更にリートベルク隊長にもちょっと驚いていた。

で、これこれこういう理由でってお話をすると、ルイさんとシャトレ隊長は物凄く複雑な面持ち。

『……近衛と我らは役割が違います。ですからこちらで訓練しても、それが意味を成すかと言われると疑問がありますな』

『しかし、個人的な武勇は鍛えられるのでは？』

『それは、そうですが……。貴族出身の近衛が平民がほとんどの部隊で訓練することを良しとできますかな？』

それはたしかに。

だけどこれに関してはリートベルク隊長が首を横に振った。

「モンスターにどこそこの名門などと言って、手加減してもらえるわけがない。そんな事も解らん者は、逆に近衛のような場所にいてもらっては困る。強くなる機会があって、それを身分云々でふいにするものも必要ない」

「責任は父上に連絡したうえで、こちらできちんと取ろう。頼めないだろうか」

統理殿下とシオン殿下が、ルイさんとシャトレ隊長にそれぞれ真摯な顔を見せる。

するとシャトレ隊長が「御大将はどのようにお考えで？」と、私に水を向けた。ルイさんも軽く頷いている。

「私は……正直に言うなら、砦の兵士たちの妨げにならなければ、訓練でもなんでも。受ければ国に貸しをつくることになりますけど、近衛の手の内を知って謀反の時に利用する気だって言い出す人もいるでしょうから。どう転んでも何かしらケチは付けられるでしょうね」

『なるほど。とはいえ、菊乃井の手の内を明かす忠義を見せた……と受け取られることもある訳ですな』

『近衛が教えを請うという時点で、菊乃井の扱いは別格と内外に示すことにもなりますね』

「それはそうですけど、大事なのは現場に何らかのしわ寄せがいかない事です」

良かれと思った事がどう転んで悪くなるかなんて、誰にも想像はできない。でも現場が望まない事をやらせるのは、間違いなく状況を悪くする。それは避けたい。

そう考えていると、統理殿下がくっと笑った。

「そういう、貸しをつくるとか、面倒だからいらないという話は、相手がいるところですることじゃないだろう」

「あけすけにもほどがあるけど、その辺は僕達が『渋ってたのを頼み込みました』で通す。それは約束するよ。ね、兄上？」

「ああ。実際頼んでる訳だしな」

シオン殿下もおかしそうな顔で頷く。

こんなものだろう。目配せするとスクリーンの向こうのルイさんとシャトレ隊長も頷いた。

『ならばシャトレ隊長、引き受けてもらえるだろうか？』

『無論。あとの事は書面と通信で話し合いましょう』

『では計画が出来次第のご報告でよろしいでしょうか？』

「はい。こちらも陛下のご裁可が必要でしょう。食料等の準備もありますしね」

後の実務レベルの話し合いはその後で。

そういう事で今日の会談は解散。

会談するために私たちは菊乃井邸の元祖母の、現私の執務室兼書斎に来ていた訳だけど、てこてこと応接室へ。

本当にお忍びなので、友達が……奏くんがいる時と同じ対応だ。

即ち、皆仕事をきちんとしてるし、レグルスくんは源三さんの稽古に。

「それで、これから鳳蝶は何をするんだ？」

「今からはおやつまで、趣味の時間です」

「趣味？」

「手芸ですね。ちょっと作りたい物があるんで」

そう言えばシオン殿下の目が輝く。

ああ、この人は可愛いものが好きなんだっけ？

そしたら作る方も興味があっておかしくないか。

「見ます？」と聞けばシオン殿下はぶんぶんと大きく首を縦に振った。

でも統理殿下はちょっと気乗りしないような表情をしてる。

「おやつを食べたら、今日は夕飯までヴィクトルさんとラーラさんとお勉強で、明日は朝から菜園の仕事と動物の世話。それが終わったら初心者冒険者講座を受けに行きます。今は自由時間だから、何かやりたいことがあるなら言ってもらえたら善処しますけど？」

「うーん、正直俺は手芸がよく解らんから、身体を動かすことが出来れば……」

正直な統理殿下の言葉にリートベルク隊長がちょっと慌てる。

個人の嗜好なんだからそりゃ仕方ない。

でも身体を動かすっていうなら、レグルスくんだ。

なので「タラちゃーん！」と大きな声を出せば、天井からすぐさまみょんっとタラちゃんが姿を現した。

最近タラちゃんは丸いフォルムの蜘蛛になりつつある。

「御用ですか」という看板を器用に尻尾で掲げるタラちゃんを撫でると、私は殿下方にタラちゃんを紹介した。

「私の使い魔のタラちゃんです。筆談ができる賢い蜘蛛ちゃんです」

「あ、ああ、武闘会で活躍していたな」

「覚えてるよ。この子、火眼狻猊《かがんさんげい》を寝かしつけてたよね……」

「お、大きいのですね」

若干殿下方とリートベルク隊長の腰が引けてる気がするけど、なんでや？

タラちゃんはおしとやかなレディーなのに。

それでも悲鳴を上げて逃げる訳じゃないから、純粋に驚いただけって感じ。

それは良いとして、私はタラちゃんにお願いすることに。

「タラちゃん、源三さんとこに行ってお客さんがレグルスくんと源三さんの剣のお稽古を見学したいって言ってるんだけど行って良いか聞いてくれる？」

『承知しました』と看板を出したかと思うと、シャーっと糸を使ってタラちゃんは高速で行ってくれた。

その様子に統理殿下がハッとする。

「凄いな！　奈落蜘蛛《アビス・タランテラ》の先祖返りってあんなことができるのか⁉　それにレグルスの師匠と言えば『無双一身流』の……！」

「はい。でも、そういうのって他の人が加わって良いか解んないので」

「それは、もしや俺も稽古を付けてもらえるかもってことか⁉」

「そりゃ源三さん次第ですねぇ」

私は時々レグルスくんのお稽古に顔をだすけど、それで何をしてるかっていうとレグルスくんを応援してるだけだし。

……実は一回だけ、源三さんに剣術を見てもらったことはあるんだ。

先生があまりにも「どうしたらいいんだ、これ」って顔だったのを見て、ちょっと思うところがあったらしい。

でもその結果「若様は戦わんでも、周りが何とかしますしのう」っていい笑顔を見せられた。

才能？　あったら、そんな反応になるわけないな！

私の話に殿下方が目を見張る。

「なんです？」

「や、意外だなと」

「うん。君って何でも出来そうに見えるし」

「出来ませんよ。私は運動はからっきしです」

人間には向き不向きってのがある。

出来ないことは無理するより、出来る人にやってもらえばいい。

「無理して苦行に挑戦しても、それが得意になるなんてないでしょ？　それより得意な事をしている方が建設的だと思います」

「いや、でも、逃げていると言われないか？」

「言われたってなんです？　不得手に挑戦しても全然役に立たなかったとして、『逃げるな』と言った人がその無駄になった時間を返してくれるので？　失われた時間に責任なんか、誰も取れません。結果無駄じゃなかったって事はあっても、それってその時間に得意な事をして得るものと引き換えに出来るほどのことなんですかね？」

「む、それは……。でも、学ぶことは無駄じゃないと、お前も思うだろう？」

「やりたくて不得意な事に挑む分には。でも気が向かないのにやって失敗したら、徒労感は倍以上ですよ。それで得意かつやりたい事に打ち込む時間が無くなるって、私は人生の無駄遣いだと思います」

「なるほど……」

統理殿下が頷いて、シオン殿下が「そうか……」と呟く。

そして何を思ったのか、シオン殿下が私の手を取って力強く握った。

驚いていると、シオン殿下が晴れやかに笑う。

「僕、凄く不器用なんだ」

「はい？」

「でも、可愛いものは好きだし、自分でも作ってみたい！」

「はあ？」

「教えてくれる？　不得手な事でも、やる気があるなら無駄な学びじゃないんだろ？」

わぉ、藪蛇だったんだぜ⁉

業を煮詰めて出来た蜜（猛毒）

待つこと暫し、レグルスくんが統理殿下をお迎えにやって来た。

源三さんも迎えに来ようとしたのを「おうじでんかもやりたいっていうとおもうから、じゅんびをしてねっておねがいしてきた」そうで。

統理殿下と護衛のリートベルク隊長は、レグルスくんとお庭に出かけていった。

私はシオン殿下と一緒に自室へ。

その間ちょっと沈黙。何と言うか、私はシオン殿下が苦手だし、恐らくシオン殿下もそうだろう。似てるんだよね、私達。

とはいえ、似てるタイプが苦手でもやりたいって言うなら、それも本当にやりたいんだ。それは解る。

なので私の部屋に入ってもらうと、テーブルの上に手芸の道具を並べていく。

完成したフェルティング・ニードルは、使い心地がいいって奏くんに伝えたら「そりゃよかった」と笑ってた。

それもちゃんと机において、絹毛羊の綿毛もきちんと準備。

「この綿毛って、絹毛羊の？」

「そうです。これに色を付けたヤツもあるんですよ。それで絹毛羊のマスコットを作ろうかと思いまして」

「そうか。それのやり方を教えてくれるのかい？」

「これって慣れてないと指を刺すので。それだと危ないから指編みから始めましょうか」

指編みって言うのは、指を使って毛糸を編むやり方。

指に毛糸を通すから擦れたりすることもあるけど、ゆっくり編むか手袋をすれば怪我の心配はない。これならえんちゃん様でも楽しめるだろう。

それにこれなら、初心者にもそうハードルが高くないはず。可愛い髪飾りも作れるし、慣れればマフラーだって編めるようになる。

「じゃあ、そうしようか」

「はい」

って訳で準備だ。

今回作るのはブレスレット、ある程度編んだら処理は私がすればいいから。追々それも覚えてもらえばいいかな。

親指に毛糸を巻きつけて、そこから人差し指の前、中指の後ろ、薬指の前、小指で折り返して……という感じ。

前に持って来た糸を、指にかけた糸で編んでいくのを繰り返す。

沈黙。

私は私で、フェルトをプスプス突き倒していると、バサッと何かが落ちる音がした。

なんだと思ったら、ベッドサイドに置いてあった本が一冊、床に広がっている。

あっと思った時には遅く、椅子から下りて、空いていた片手でシオン殿下が本を拾ってしまった。

そしてそこに記された祖母の名前を読んだんだろう、軽く目を見開く。

「これ……」

「祖母の日記です。置いてたのが落ちたみたいですね」

「君のお祖母様の話はソーニャ様から聞いてるけど、君に似た綺麗な人だったんだって?」

「綺麗かどうかは別として、まあ」

ふぅんと気の無さげな雰囲気だけど、シオン殿下が「そう言えば……」と切り出した。

「君のお祖母様は、どんな人だったかっていう話を昔聞いたことがあるよ」

「え？」

「いや、僕が聞きたくて聞いた訳じゃなくて。シュタウフェン公爵が去年の武闘会の後でグチグチと煩かったんだよ」

「去年の武闘会……。ああ、バラス男爵の件です？」

「そう」

去年、武闘会でバラス男爵に追い込みをかけた件は、変なところでシュタウフェン公爵家へと波及していたそうな。

バラス男爵の件でロートリンゲン家の足を引っ掛けてやろうとしていたところを、私が何だかんだぶっ潰しちゃったせいでそれが上手くいかなかったんだそうな。

それ以前にもマリアさんの喉を誰かが焼いた事件で、シュタウフェン公爵家はどこの誰とは解らないまでも何となく私の存在を感じ取っていたそうで。

「君が女の子なら、シュタウフェン公爵家に嫁入りさせてやらなくもないのに……とか？」

「は？　私、嫡子なんで女子でも普通に嫁入りとかお断りですけど？」

「あの手の人間は常に自分達が選ぶ側で、選ばれる側に回った挙句お断りされるなんて考えもしないんだよ。自分の事を客観的に見れない奴に羞恥心ってものがあった例《ためし》があるかい？」

「……それで、それが祖母とどう関係するんです?」

私は話題を強引に変えた。

羞恥心の無い奴らの事なんか、考えたって解んないもんな。

それよりはどうして祖母の話が、シュタウフェン公爵から出たかって方が気になる。

「それなんだけどね、先に謝っとくよ。凄く胸の悪くなる話だから」

「そう、なんです?」

「うん。なんかね、君のお祖母様が菊乃井に嫁に行った当時、『菊乃井に嫁ぐなんて勿体無い』って声があちこちから出たそうだよ。でも頑として先々代夫人の父がそれを聞き入れなかった。それどころか厄介払いできて良かったって感じで、菊乃井とも疎遠になるように離れていったらしい」

ああ、なるほど。

私には思い当たる節があった。

というか、なんでそんな事になったか、答えは日記の中に書いてある。

先に答えを知ってるだけに、私は然程驚かない。なので、シオン殿下の方が怪訝そうな顔をした。

「美人で賢くて。帝国中の男性貴族がこぞって求婚したけど、誰も受け入れなかったそうだよ。それどころか、親が率先して断ってたって話だったから、その当時の人たちは菊乃井の先々代夫人をちょっとおかしい人だと思ってたみたい。それでシュタウフェン公爵が『そんな狂女の血を引くんだから、その娘も孫もおかしいのかもしれんな。やはりそんな人間の血を、高貴なるシュタウフェン公爵家に入れるわけにいかんな』って嗤ってたんだよね」

「ああ、そういう……」

でも、そのシュタウフェン公爵でさえ今度の神龍召喚は態度を変えざるを得なかったらしい。とは言っても「帝国の正当性を示した」ってとこらへんだけは認める的な。

別にシュタウフェン公爵に認めてもらわなきゃいけない事は何もない。それに今後シュタウフェン公爵とつるんでる家は、そのせいで利益よりも不利益を被りそうだしね。

次男坊さんを独立させて第一皇子派の側近として用いるって事は、シュタウフェン公爵家を立てているようでいて、その実は公爵家を二分するという事。そして重用されるのは本家筋でなく、完全分家筋の次男坊さんの方なんだから、本家の血は細らせるって宣言と同じだよ。

それはいつか分家と本家の立場を逆転させるということでもある。

でも仕方ない。

長子相続で波風の立ってなかった帝国に、石を投げて波紋を齎したんだから。ゆるっと時間かけてぎちぎちに誇りを踏み躙られるんだ。是非もなし。

でも、そうか。それってちょっと放っておくのも良くないのかな？

祖母がどういう風に言われてたかを知る人は、私の事も警戒対象にするだろう。

それはちょっとどうなんだろうな？

そう考えると、ふと引っ掛かる事が出て来た。

「シュタウフェン公爵が祖母の評判を知ってるって事は、ロートリンゲン公爵閣下も年代的に御存じなんじゃ？」

「うん？　知ってるんじゃないかな。父上も知ってたし」

「あれ？」

という事は、ロマノフ先生の事ばかりじゃなく、祖母の事でも警戒されてたんだろうか？

口に出すと、シオン殿下は「それはないと思う」と首を横に振った。その手ではせっせと編み物が進んでいる。

「ソーニャ様が否定してたからね。『あの子は真面目な良い子だ』って」

「ソーニャさんが……」

「うん。だから僕達家族と梅渓宰相とロートリンゲン公爵とゾフィー嬢は、先々代夫人の事も君と同じだったんじゃないかって」

「え……？」

一瞬ぎくりとして顔が強張る。

なんで皆してそんな深い考察してるんだか。

内心で白目になっているのを気付かれないように、苦心しているとシオン殿下が肩をすくめる。

「ようは君のお祖母様も君と同じで頭が良かったから、素行の悪かった親をどうにかしたかったんじゃないかな？　だけど君と違って失敗して、菊乃井に嫁に出されてしまった、とか。現に君の祖母方の家、今ないからね」

「あー……」

流石に帝国の首脳陣、完全に当たりって訳じゃないけど外れてないってのが怖いとこだ。

これはちょっと、腹くくってお話ししてみようかな？

それでも、その話をする前に私はシオン殿下に確かめなきゃいけないことがあって。

楽しそうに指に絡めた毛糸を編んでいる殿下に、神妙に向かいあう。

「そのお話をしても良いんですけど、その前に確認させていただきたいことがあります」

「他言無用とかなら安心してくれていいよ」

「ではなくて。極めて個人的な事ですし、無礼だと思われたら後で幾らでも謝罪いたしますが……」

「うん？　いいよ。何を聞かれても不問に付す。絶対に」

「でしたら……。殿下は以前ドレスを着ておられましたよね？　あの時は可愛いから着ていると仰られてましたが、それは真実ですか？　その、身体と心に性別的な違和感があって……とかじゃなく？」

はっきりと告げると、一瞬シオン殿下がきょとんとして、それから苦く笑う。

そしてゆったりと首を横に振られた。

「僕は男であることに嫌悪感があったり、女の子として生まれたかったりって事はないな。そう感じる人がいるって事は否定しないけど、僕は違う」

「ああ、そうなんですね」

そうか、それならいいか。

いや、いいとか悪いとか判断するものじゃないことだけど、今この場にいる人を傷つける可能性は低くなったと考えよう。

深呼吸を一つ。

私のそんな様子に、ただ事じゃなさを感じたのかシオン殿下は背筋を伸ばした。

「……その考察ですけど、半分当たりで半分外れです」

「どのあたりが当たってる？」

「父親に反抗的だったところです。でも追い出された訳じゃなく、自身の意思で祖母は菊乃井に嫁《か》したんです」

パラりと手元の日記、いや、これは自伝だったのだ。それも誰かが読むことを狙って書かれた類いの。

祖母・菊乃井稀世は薄々感じていたけども、やはり転生者だった。

それも私とは違って、赤子の時から前世の記憶があるタイプの。丁度次男坊さんがこれと同じタイプに当たる。

それはシオン殿下にいう必要のない事だから割愛するとして。

以前ロッテンマイヤーさんから貰った日記に書いてあった議会制・法の統治云々は、前世から持っていた知識と記憶からのことだったのだ。

そしてその知識や記憶を持ったままでは、帝国では生き難かった。

だって祖母が生まれた当時、女性には政治に口出しする権利がなく、身分ある女性が自由に学ぶことも、働きに出る事も許されなかった。

そこから考えれば、今の帝国は女性が政治に口を出すのを積極的に歓迎はしないけど、拒んではいないんだから、まだ良くなった方だろう。

しかし「俺」が生きてた頃と似たような年代から転生したらしい祖母には、それは耐えられない事だったようだ。度々両親と衝突したらしい。

それでも父親も母親も祖母を愛した。だからこそ祖母の気質を受け入れられそうもない、当時の帝国貴族男性からの縁談を片っ端から断っていたと本にはあった。

話せる部分だけを話すと、シオン殿下が驚く。

「つまり不仲じゃなかったって事？」

「不仲というか、たしかに祖母の両親は領民から搾取していたようです。それに関しては何度叱られても、抗議したとも書いてありました。領民と距離の近い家だったのが、祖母の感覚を養ったようですね」

これは嘘……でもない。

領民とは近い家というか、家が小さかったから中小ブラック企業のパワハラ社長と社員的な近さだったんだろう。だから以前の自身の世界を思い出して、自分の両親が許せなかったとも記してあった。

まあ、そんな娘が納得して菊乃井に嫁す。

それはそれで心配だったんだろうけど、両親は娘が望まないから遠のいていったというのが正解なようだ。

娘は自分には優しい両親が、他人を平気で踏み躙って搾取する人間だったという事に、心を痛めていて病んでしまっていたそうな。

「病んでって……。それで君の曽祖父と祖父はよく祖母を受け入れようと思ったね?」

「それは……その祖母の身内の不正こそが許せないって言う潔癖さを、曽祖父が気に入ったそうですよ。請われて嫁すなら、仮令生意気でも酷くは扱われないだろう、と」

「なるほど。でも期待は裏切られた、と?」

「いや、曽祖父に次いで祖父が亡くなるまではそれなりだったようです」

ちくたくと時計の針が動く音が凄く大きく響く。

曽祖父は祖母を気に入っていた。これも実は少し違うんだ。

いや、気に入っていたには違いない。だがそこには好意だけでなく、哀れみが存在していた。

「哀れみ?」

シオン殿下の目が大きく見開かれる。

心底驚いたんだろう。そりゃそうだ。祖母はその当時帝国でも指折りの名家の美しい子女。

翻って菊乃井はと言えば、ダンジョンという旨味はあってもそれをイマイチ利用しきれないうだつの上がらない家だったのだ。

哀れまれるなら、菊乃井の方。しかし、祖母にはそう思われるだけの事情があった。

それが、先ほどのシオン殿下への性別に関する違和感のあるなしって言う質問に繋がる。

そう告げると、シオン殿下の顔色ががらりと変わった。

「え、それって……」

「……祖母は心と身体の性別が食い違った人だったんです」

正確に言えば、転生する前の魂と記憶の性別と、生まれ変わった肉の器の性別が違ってしまっていた。つまり彼女は彼だったのだ。

知らず緊張していたのか、声が自分でも硬くなったことに気が付いて、深呼吸を一つ。

祖母が結婚を拒んでいたのは、自らの性自認が男性であり、愛する対象が女性であって、男性とそのような関係になれないからだったわけだ。

「それは……何と言うか……」

「何も言うべきではないんでしょう。彼女は彼としての生き方は選べず、だから私はここにいるんだし」

「そう、だね」

菊乃井に祖母が来たのは、曽祖父が祖母の気持ちを酌んでくれた唯一だったかららしい。

じゃあ曽祖父がどうしてそこに理解というか、受け入れる下地があったかと言えば、なんと曽祖父の家庭教師の知り合いが渡り人だったらしい。

家庭教師から異世界の話をまた聞きしていたから、そういう事もあるんだろう、と。

そんな祖母と曽祖父は、祖母が現状に堪えかねて家出をしたのを、当時爵位を継いだばかりの曽祖父が保護したのが始まりで。

小さいのに自分の事を理路整然と話し、実は異世界から生まれ変わった元男なのだという幼女に、曽祖父は興味を抱いてよく話を聞いていたらしい。

どうせ嫁に行かなければならないのであれば、気心の知れた曽祖父の、その血を分けた息子の方がいい。そういう事だったようだ。

「でも、そんな結婚が上手くいくわけないじゃないですか」

「ああ、それは解るな。まして前々代の夫人は心が男性だったのだろう？　跡継ぎはどうやってつくったんだ……」

「曽祖父が祖母と祖父のそれぞれを説得して、魔術で眠っている間に祖父と何度か同衾したそうですよ」

シオン殿下の眉が跳ねる。

夫となった側も妻となった側も、こんな不幸な営みがあるだろうか。

結果、祖母は母を身籠った。それ以降祖母は祖父に指一本触れることを許さなかったという。

これに激怒したのが、愛する息子を蔑ろにされた曽祖母なのだけれど、その怒りはとんでもない提案をした夫でなく、息子の妻へと向けられた訳だ。

それに当時、曽祖父と祖母の仲が実の子よりも親密だったから、曽祖母は不倫の疑いも抱いていたと本には記されていて。

「え、や、疑われるような状況をつくってるじゃないか……」

「同感です」

シオン殿下の言葉に頷く。

祖母は心が男性だったから、曽祖父とは兄と弟のような感じで接したのだろう。そして祖父もまたそのように扱ったようだ。

自分の思う性別と身体の状況がドンドンかけ離れていくのが怖くて辛かったと本には書いてあった。

想像するしか出来ないけども、それはきっと鳥肌が立つような違和感や気持ちの悪さがあるって、前世でも問題になっていたように思う。

なかにはあまりの違和感に、生きている事さえ苦しくて、死を選んでしまう人もいたとも。

そんな中、自分を受け止めてくれる曽祖父の存在は、祖母には救いだったのだろうけど……。

そしてそんな祖母を更に追い込んだのが、妊娠だった。

女性であることを受け入れられていない祖母には、勿論妊娠も受け入れられない。

身体の中で徐々に育つ異物に怯えて、発狂寸前まで追い込まれ、何度も流産しようと無茶苦茶な事をした。

そのせいで母を産むまで大半眠らされて過ごしたそうな。魔術に後遺症がないから使える荒業だ。

だけど産んだら産んだでノイローゼのようになっていたらしい。

そんな事を知らない曽祖母は、祖母が寝ている間に母を祖父と一緒に帝都に連れ去ってしまったそうだ。

これに関して、本には山ほどの後悔とともに「正直に言えばホッとした」と書かれている。

連れ去ってくれたお蔭で、母を異物として憎む自分を彼女から遠ざけられたから、と。

だからって姑の偏った貴族的な考えを植え込まれたことには憤ってるともあったけど、これに関してしては「どの面下げてそういうこと言うんです？」と思わなくもない。

祖父のことだって、祖母は「友人だと思ってたのに」って裏切られたみたいな書き方をしてるけど、これだって先に祖父の人間性を踏みにじったのは誰と誰なんだっていう、ね。

こんな本、祖母を崇拝してるに等しい人達に見せられるもんか。

話し終えると、シオン殿下が胸やけでも起こしたような顔で私を見る。

「……で、結局その本って何だったの？」

「懺悔とか告解ってやつじゃないです？」

知らんけど。

解るのはこの本の存在を、母に手を下す前に知ってたとしても、私は躊躇わずやるべきことをなしただろうという事。

菊乃井の血に連なる人間に、まっとうな人間なんか私含めていやしないんだから。


シオン殿下はどうにかこうにか指編みを程よい所まで編み上げた。

それをきちんと処理して指から抜いて、片方の端に可愛いボタンを付け、反対側の端にボタンを通す穴を。

それでブレスレット完成。

淡い水色の毛糸のそれを腕に着けて、シオン殿下はご満悦だ。

「出来た！　作り方も覚えたから、これなら僕一人でも作れるよ。ありがとう！」

「どういたしまして」

胸やけするような話を聞かせた後だし、このくらいの事なら全然手間でもない。

聞いてもらった私は胸のモヤモヤが少し収まったし。

このモヤモヤに誰かからの共感がほしかったんだろう。そしてシオン殿下は私と似たところがあるから、同じくげっそりしてくれるっていう計算もちょっとは……。

手元に可愛いボタンがあって良かった。

時刻も気が付けばおやつ時。

控えめに部屋のドアがノックされた。

聞こえてきたのはアンジェちゃんの声で「おやつのじかんですよぉ！」との事。

「行きましょうか」

「ああ。兄上達も戻るだろうしね」

二人で立ち上がると、ドアを開ける。

立ってたのは菊乃井のメイドさんの恰好をしたアンジェちゃんで、大きな目を丸くしたかと思うと、私の後ろにいた殿下にぺこんとお辞儀した。

皇子殿下への挨拶としては上出来で、振り返ればシオン殿下も驚いた感じ。だってアンジェちゃんまだ小さいもんね。

「アンジェ、だったね。久しぶり、お顔見せてよ」

「おひさしぶりです！」

殿下の言葉にアンジェちゃんがぱっと勢いよく顔を上げる。

そのおめめからはキラキラして凄く純粋な好意が溢れていた。

菊乃井歌劇団の帝都公演の大千穐楽の後、私と統理殿下はお話し合いをしたんだけど、その裏側でシオン殿下とゾフィー嬢はレグルスくんや奏くん・紡くん兄弟・アンジェちゃんと宇都宮さんのお給仕でお茶をしてたとか。

それでシオン殿下とアンジェちゃんは打ち解けてる訳だ。

他にもアンジェちゃんがシオン殿下に好意を持ってる理由はあるんだけど、それは殿下には内緒。

「おやつのじゅんびが、とととの？　ととのい？　ましたので、おいでください！」

「はい。よく『整う』がいえましたね」

「れんしゅーしました！」

ぱぁっと顔を輝かせるアンジェちゃんの頭を撫でる。そうすると、アンジェちゃんは意気揚々とロッテンマイヤーさんがするように、私達を応接間へと案内してくれた。

部屋にはもう統理殿下もレグルスくんもリートベルク隊長もいたけど、統理殿下は上着をすっかり脱いでお寛ぎモードって感じ。

シオン殿下もこれにはちょっと苦笑する。

「兄上、すっかり寛いでますね？」

「いやぁ、ここは凄く居心地が良くて。それに稽古を付けてもらうのに、あんなごてごてした服着てられないな」

「稽古、付けてもらえたんですか？」

「うん。中々良い太刀筋だと言ってもらえた」

二人の会話にレグルスくんを見れば、濃い金髪を揺らして頷く。

それからちょこちょこと私の隣に座り、空いた統理殿下の横にシオン殿下が座った。

「げんぞーさんが『よく鍛えておられますな』って」

「そうなんだね」

「うん。でも……にぃに、おみみかして？」

「うん？」

レグルスくんがちょっと膝立ちになって、私の耳に口を寄せる。

ごにょごにょと伝えられたのは、源三さんからの「一対一の勝負に慣れ過ぎておられる。実際に襲われる時は多対一。戦闘の基本も多対一。実戦感覚に欠ける気がする」というご指摘で。

ごにょごにょ耳打ちにしたのは、それを面と向かって本人に言っても良いのか源三さんが悩んでたから、だそうだ。

うーん、これは言わなきゃ駄目かな。

「殿下、それとリートベルク隊長。『無双一身流』の師範の言葉としてお聞きください」

「うん？　どうした？」

私の硬い声に統理殿下とシオン殿下、リートベルク隊長が姿勢を正す。

そんな三人を見ちゃったんだからこっちの背筋も勝手に伸びる。

居住まいを正して源三さんの評価を伝えると、統理殿下が息を呑んだ。

「ちょっと手合わせしただけで、そんな事まで解るのか……」

「たしかに殿下の剣術の稽古は、私が僭越ながら担当しておりますが……一対一の稽古です」

うーん、これはなぁ。

ウチが多分特殊なんだと思う。

何と言うか、ロマノフ先生もヴィクトルさんもラーラさんも源三さんも、戦闘訓練担当者みんな常在戦場って感じのところがあるから……。

じゃなかったら「二時間耐久鬼ごっこ、弓矢も飛んでくるし魔術も飛んでくるよ！」とかやんないってば。

遠い目をしつつ、そう言えばシオン殿下の口元が引き攣る。

「え？　鬼ごっこなのに弓矢に魔術が飛んでくるの……？　それ、鬼ごっこなの？」

「矢の先端は潰して、近くまで接近したら泥が発射される仕組みなんですよ。捕捉されようもんなら、泥塗れになります」

「うわ……」

「うわ」じゃねぇし。

あの人達、私が運動音痴なの解ってて、バンバン際どい所を狙って来るんだよね。

最初なんかどんだけ泥被ったか。

「でも、にぃにさいきんせんせいたちにやりかえしてるよ！」

「やり返してるって……。ロマノフ卿やショスタコーヴィッチ卿、ルビンスキー卿にか⁉」

「そうですよ。最近反撃して良くなったんで、発射された泥を魔術でまとめてプシュケで泥爆撃してます」

中々泥被ってくんないけどな。

何処から出したか解らないような低い声で「うふふふふ」と笑えば、ひよこちゃんはニコニコしてるし、皇子殿下方とリートベルク隊長は引き攣ったようなお顔。

そういやこの後、殿下方も交えて魔術の勉強だったっけ？

今日は生憎奏くんや紡くんは来れないんだよ。

お父さんがぎっくり腰になって、お母さんの農作業手伝うんだって。

となると、私達兄弟と殿下方、アンジェちゃん、ラシードさんの六人で勉強って事になる。

その時、私に悪魔が「やっちゃいなよ！」と囁いた。

「殿下方も、鬼ごっこします？」

「へ？」

「え？」

「今日いきなりとは言いませんけど、どうせお勉強するなら楽しいほうがいいと思うんですよ。ね、レグルスくん？」

にこっといい笑顔でレグルスくんに同意を求めれば、ひよこちゃんはにぱっと笑って「たのしいよ！」と後押ししてくれる。

だって鬼ごっこ、ひよこちゃんと奏くんは心底楽しんでるからね。

地を這うような声でもう一度笑えば、ノックと一緒に「面白い事をお話してるね？」と聞こえて来て。

ハッとして声が聞こえて来た入口の方を見れば、ラーラさんが立っていた。

その表情は凄く面白がってる感じ。

「お邪魔するよ」と颯爽と部屋に入ってくると、ラーラさんはゆったりと空いてるソファーに腰かけた。

レグルスくんが元気に両手を上げて、ラーラさんにアピールする。

「ラーラせんせい、でんかたちおにごっこしたいんだって！」

「ああ、聞いてたよ。そうだな、それならカナとツムが揃う日にやろうか。あの二人がいるのといないのとじゃ、難易度が違うからね」

「ああ、奏と紡か……！　シオンから聞いてる。いい子達らしいな」

ラーラさんからでた奏くんと紡くんの名前に、統理殿下が喜ぶ。

それは良い事なんだけど、殿下「難易度が違う」って言葉聞いてたんだろうか？

シオン殿下はちゃんと聞いてたらしくて「難易度が……あがる……？」って呟いてるけど。

「じゃあ、アリョーシャやヴィーチャにも言っておくよ。何だったら近衛の君も参加したら？」

「それは、よろしいのでしょうか……!?」

「良いんじゃないの？　今の自分の実力を測る指針になるじゃないか」

それもそうだな。

因みに近衛兵を菊乃井の砦で鍛える件に関しては、ロマノフ先生にお話ししたら苦笑いを噛み殺しながら、帝都に魔術で飛んでくれてる。

なんだか大事になってきてる気がしないでもないんだけどな、どうしてこうなった？

思わず殿下方の方を見ると、統理殿下はワクワクしたお顔だ。その表情はレグルスくんのワクワクした時のそれとそっくり。

その隣のシオン殿下は死んだ魚とそっくりな目をしてる。

そんなシオン殿下にラーラさんがにっと口の端を上げた。

「どうかしたかい、シオン殿下？　鬼ごっこ前はまんまるちゃんもよくそんな目をしてるよ」

聞きたくなかったな、それは……。

凪の庭にて

この日はおやつを食べて、ラーラさんとヴィクトルさんの魔術の授業を一緒に受けて、夕飯やらなんやらで、空飛ぶ城のゲストルームに皇子殿下方をご案内して就寝。

魔術の授業にはアンジェちゃんとラシードさんが参加したけど、ここでラシードさんと皇子殿下方は初めましてだった。

最初皇子殿下方はラシードさんの角に驚いたようだけど、彼の身の上話を聞いて物凄く難しい顔をされて。

兄弟同士の諍《いさか》いで命のやり取りっていうのに衝撃を受けたのかと思ったけど、そうじゃなくて「もっと根深いモノがある」ってことに即座に気が付いたからみたい。

ラシードさんもこの国の皇子殿下方が結構気さくだったことに驚いたようだ。

ラシードさんと皇子殿下方の魔術の腕前は同等くらい。両方「歳にしてはやるほう」という、ラーラさんとヴィクトルさんの評価だ。

その評価に対してラシードさんと皇子殿下方が、机を並べて講義を聞いていた私の方を見たけど知らんがな。

私は姫君からいただいた仙桃やら蜜柑やら、氷輪様からのお水でめっちゃ強化されてんだよ。口が裂けても言えないけどな！

というか、それを言い出すと先生達やレグルスくんもそうだし、なんなら使用人の皆さんもそうなんだ。

その中には勿論ラシードさんも入るんだけど、そんな彼が殿下達と同じくらいって言うのは、偏に彼にかけられた封印が強いって事なんだろうな。

授業の後でこっそりヴィクトルさんに聞いてみたけど、私の推測が正しいって言ってたし。

ただその封印も、若干今のラシードさんの全てを封じることが出来なくなってきているとヴィクトルさんは言う。

その辺りは一回イフラースさんと話し合わなきゃだ。

封印が外れることでラシードさんの命に何か関わるのであれば、封印の強化を考えないといけないし。

でも、それだって急に外れたりすることはないみたいだから、急がなくてもいいだろう。

とりあえず、授業に関しては皇子殿下方も楽しめたようで「宰相の授業によく似てた」と笑ってた。

ヴィクトルさんによれば「けーたんが僕のやり方を受け継いでるだけ」だそうな。

そうやって今ある物は過去より受け継がれてきたんだ。


それはそれとして、皇子殿下方には空飛ぶ城のゲストルームは滅茶苦茶好評で。

私はよく解んなかったんだけど、統理殿下の部屋の飾りにされてる鉄の鎧が、何某とかいう超がつくほど大昔の英雄のそれだったんだってさ。

シオン殿下のお部屋は見事なタイル張りで、神話の有名な一場面でそれはもう超絶技巧としか言いようもないモザイク画なんだよね。

たしかフェーリクスさんが「この城自体が貴重な文化・歴史的研究資料」って、物凄くほくほくしながら言ってたのを思い出した。

実は私、この城の事をあんまり知らない。

城に関心がない訳じゃなくて、寧ろありありだからこそ、あんまり入れてもらえないんだよね。

一人で入ったら最後、呼んでも帰って来なさそうっていう理由で遠ざけられてる。間違ってないから、レグルスくんと一緒にフェーリクスさんのお時間がある時に城の内部を探検してたり。

学者さんだけあって、その解説が面白くて！

それでやっぱり時間を忘れて、二人して帰って来なくなるから、その度に宇都宮さんに捜しに来られるんだよ。宇都宮さんにはレグルスくんセンサーが付いてるから。

そんな訳で、私はあんまりこの城に詳しくない。ただ、非常時の避難経路はばっちり頭に入ってるけどね。

殿下方がお泊りの間は、私もここで過ごす。レグルスくんも私の泊まる主の間でお泊りだ。

主の間のベッドって結構大きくて大人三人余裕で寝られそうだったから、子ども二人は当然楽勝。

で、明けて翌朝。

何時もの時間に私が起きると、レグルスくんも起きてくる。

「おはよう、レグルスくん」

「……はよう、ございましゅ」

「まだ眠い？」

「うぅん……おきる……」

両手を上につき出して伸びをすると完全に目が覚めた。

レグルスくんも同じなようで、にかっと笑う。

部屋に備え付けの洗面台を交互に使って、顔を洗えばサッパリ。

着替えはレグルスくんも一人で出来るし、前の日にちゃんと用意していたものを着ると、お互いに身だしなみのチェック。

「にぃに、れー、ちゃんとできてる?」

「うん。ボタンもループタイも完璧だよ」

「にぃにもかんぺき!」

「ありがとう」

さて、今日も一日励みますか。

そう思ったところで控えめなノックが。

ロッテンマイヤーさんが屋敷から来てくれたようだ。

皇子殿下方の所には宇都宮さんとエリーゼが行くことになってる。

あくまでお忍びの形式を崩さないってのは結構大変で、殿下方を普段お世話しているメイドや侍従はこっちに来てない。

うちのやり方に口出しをしたら、それはもうお忍びじゃなくなるもんね。

そういう事だから、あくまで普通のお客さんとして扱うのがこの場合は正解。

それは皇子殿下方も解っておられるから、エリーゼや宇都宮さんに案内されて食堂に来ていた。

勿論私達もロッテンマイヤーさんについて食堂へ。

言うても菊乃井の屋敷に移動したけどね。

城の調理場、なんか使い勝手が良くないみたいだったので、食事だけは菊乃井の屋敷で取ることになってる。

先に先生達やフェーリクスさんがテーブルについていたから挨拶する。

席に着くとロマノフ先生がにこやかに「昨日のことですけど」と切り出した。

本日の朝ご飯は焼き立てのバターたっぷりクロワッサンと野菜のサラダの半熟卵添え、軽く炙ったとろとろチーズに同じく炙りベーコン。スープはアスパラガスのポタージュだ。

「陛下から『その話は報告されていた。受け入れてくれるのであれば助かる』ですって」

「……ご裁可が下った、という事で？」

「そうですね、長い息を吐いておいででしたけど」

そらな。

近衛が自ら足手纏いになるって申告するとか、異常だし切実なんだよ。報告が陛下に上がってない訳ないいな。

なら本腰入れて、この件は処理しないといけない。

食事中だけど、ロッテンマイヤーさんにルイさんへご裁可があったことを伝えてもらうようにすると、殿下方二人が真面目な顔でペコっと頭を下げられた。

「無理を聞き入れてもらってありがとう」

「この件に関しては、絶対に邪推されないようにするよ。ありがとう」

「はい。でも、まあ、邪推は何してもされますからね。それよりは殿下方の足場固めにしていただいたらいいです。国家認定英雄の戦闘訓練を皇子殿下二人も受けた……とかで」

ちらりと先生達の方を窺えば、ロマノフ先生が首を傾げる。

その様子にヴィクトルさんが「ああ」と呟いた。

「いや、この子たち鬼ごっこしたいんだって」

「おやまあ。それは構いませんが、汚れてもいい服を用意してますか？」

聞かれた殿下達は「今着ているものなら」と答える。

どんなだったっけと殿下達の方を向けば、滅茶苦茶生地の良いシャツと乗馬用ズボンだった。

いやいやいやいやいや。

「それで泥だらけになって帰ったらお城の人達泣くんでやめてください」

「え？　これじゃだめか？」

「そう？　これが僕等の運動服なんだけど」

「おうふ、環境の違いですね。その時はウチのツナギを貸し出しましょう」

皇子殿下にツナギ着せるってどうかと思うけど、泥だらけにしていい服じゃない。

そんな話をしていると、ロマノフ先生が淡く笑ってこちらを見ている事に気が付いた。だから「先生？」と呼びかけると、先生はどこか楽しそうに殿下方二人に視線を送る。

「いやぁ、君達のお父上とロートリンゲン公爵ともよく鬼ごっこをしたな……と。泥まみれで半べそかいてましたけどね。君達はどうなるかな？　因みに君達のお父上は、君達の歳では逃げ切れてなかったですよ」

わー……やる気でいらっしゃるよ、先生。

朝ご飯の後は皆で菜園のお仕事。

今日は皇子殿下方がいらっしゃるから、夕飯に使う用のお野菜を収穫する。

庭に生《な》ってるのが、キュウリとナスとトマト、枝豆もトウモロコシも収穫できるって源三さんから許可が出た。

今日はアンチョビー枝豆かな？

次男坊さんの所からアンチョビーとかオイルサーディンとかが届いたんだよねー。

Effet《エフェ》・Papillon《パピヨン》の食品部門は、次男坊さんにほぼお任せ状態だ。

勿論開発とかには私も携わってるけど、販路を広げるのはお任せしてる。次男坊さんの本拠地には港があるから。

シュタウフェン公爵の領地じゃないんだけど、ちょっとした縁で港のある街を本拠地にすることが出来たらしい。

今度もっと良いものを送るって手紙をくれたけど、内陸の菊乃井では中々食べられないような鮮魚を季節ごとにくれるってだけでありがたいんだけどな。

お礼にうちからは特産品の蜂蜜とか、ござる丸が出してくれる珍しい植物とか、ござる丸の皮とかを送ってる。

ござる丸の皮を食べさせてた次男坊さんの馬は、最近なんか滅茶苦茶大きくなったとか。うん、マンドラゴラマジック。

閑話休題。

収穫用のハサミや手袋を着けた手で、思い思いの野菜を収穫する。

私とレグルスくんはトマトをもいでたんだけど、そこに統理殿下がやって来た。

「野菜をもぐのは初めてだ」

「そう、でしょうね。大概の貴族は野菜をもがない人生を送るんじゃないです？」

「そうだな。という事は俺は野菜をもげる皇子に進化したんだな」

「大袈裟な……」

「いや、野菜をもげない皇子よりも野菜をもげる皇子の方がいい。やったことがある・出来る事が一つでも多いほうが良いんだ」

そりゃそうだ。

私が頷くと、レグルスくんも頷く。

そうしているとシオン殿下も、キュウリ片手に話に交じる。

「源三殿から聞いたんだけど、これ、このまま食べても良いの？」

「え？　はい。丸かじりできますよ」

「そうなのか⁉」

私の返事に統理殿下やシオン殿下が目を丸くする。その様子にレグルスくんもびっくりして。

「おうじでんか、キュウリたべたことないんですか？」なんて神妙に聞くから、これまたシオン殿下が真面目な顔で頷いた。

「僕達はほら、毒見とかの心配があるから……。温かいものを温かいうちに、冷たいものは冷たいうちにって言うのが難しくてね。ここのご飯は……温かいものは温かいし、冷たいものは冷たくて……」

「旨かったな。まあ、それもこれもエルフの大英雄がお三方いらっしゃる環境だからだろうな」

「ああ、毒見しなくても見ただけで解りますもんね」

「うん。それもあるし、永きの信用と信頼というのもあるな。彼の方たちがいて、皇家の人間が守られない筈はないって」

「ああ……」

ぷちっとトマトをもぎると、レグルスくんに渡す。

赤く熟れたそれは、先が尖っていてまるでハートみたい。

じっとそのトマトを二人の皇子殿下が見ていた。なので魔術でちょっとだけ出した水で、そのトマトを洗う。

レグルスくんはそれを持っていたハンカチで拭くと、殿下方に差し出した。

「どうぞ」

「え？　いいの？」

「行儀とか、大丈夫か？」

「うん？　いつも気が向いたらやってるんで」

それに先生達もやってるし。

そう言って指さした先には、フランボワーズをつまみ食いしてるロマノフ先生と、仲良くキュウリを半分こにしてるヴィクトルさんとラーラさんの姿があった。傍では源三さんがフェーリクスさんとナスの出来栄えについて熱く語ってる。

「……自由だな」

統理殿下とシオン殿下がその光景を眩しそうに見ていた。

「はい。外では兎も角、ここは私の家で私が法律。私が良いと言えば、ちょっとくらいの無作法はありです」

「なるほど。じゃあ、いただこうか、シオン？」

「はい、兄上」

二人はレグルスくんが差し出したトマトを魔術で半分に割って、滴る果汁に歓声をあげながらむしゃぶりつく。

私もレグルスくんとトマトを半分こ。それだけじゃなく近くにいたリートベルク隊長にも、お裾分け。

恐縮してたけど、トマトは水分補給になるからって言ったら齧り付いてた。

地位のある人には地位のあるなりに、無い人には無いなりに悩みってのがあって、それを羨み合うのは違うんだ。

私は当主になる前もなった後もわりに自由だけど、他の家がどうかなんて解らない。

でも、だ。

地位があるってことは、それだけでアドバンテージになる訳で。

その使い方如何で、世の中が少しだけ変えられるかもしれない。それって重要な事なんだよね。

そしてこの二人の皇子殿下はそれを知っている。

頼もしいには違いないけど、その裏で統理殿下は自分を否定するまで追い込まれた事もあるし、シオン殿下はそんな兄を守るために自爆も辞さない覚悟を胸に秘めている。

やだなぁ、もう。

こういうの知っちゃうと、人として何とか出来ないかとか思う訳だよ。自分の事もままなりはしないのに、お節介だし心の無駄肉だと思うんだけど。

それでも。

「……たまにだったら、こういう感じで遊びに来てもいいですよ」

「本当か⁉　シオン、聞いたか⁉　聞いたな⁉」

「はい、兄上！　また来させてもらいましょう！」

喜ぶ殿下方の向こうで、話が聞こえたんだろうロマノフ先生やヴィクトルさん、ラーラさんが「あーあ」って顔してる。

だってしょうがないじゃん。この人達の事、「菊乃井が安泰であればどうでもいいです」なんて言えないくらい知っちゃったんだもん。

甘いなぁ、もう。

肩をすくめると、先生達が苦笑してる。

いいんだ。どうせ、中央の事に巻き込まれるなら、太いパイプがあった方が良いんだし。そういう計算なんだ、これは。善意とかじゃない。

そういうのはちょっと置いて、夕飯に使う分の野菜を収穫すると、次は動物の世話が待ってる。

そんな訳で、野菜を厨房に運ぶのはタラちゃんとござる丸に任せて、私達はヨーゼフの待つ厩舎へ。

新しくなった厩舎は広くて、先生達のお馬さんの部屋と、ポニ子さんと颯、グラニの部屋と、モンスター牛の花子さん……身体にお花の模様っぽいものがあるから、レグルスくん命名……のお部屋、ガーリーとアズィーズのお部屋に、絹毛羊のナースィルと星瞳梟《スターアイズオウル》のハキーマのお部屋がある。

他にも鶏舎とかあるし、火眼狻猊《かがんさんげい》のぽちは空飛ぶ城の控えの間が部屋だ。

それでどこを掃除するかって言うと、先生達のお馬さんの部屋、ポニ子さん一家のお部屋と花子さんのお部屋。

ガーリー達はラシードさんとイフラースさんが「飼い主の務めなので」って、二人で担当してる。

奏くんや紡くんがいたら手伝ってくれるんだけど、今日は昨日に引き続きお父さんの代わりに農作業。その後で初心者冒険者講座にて合流だ。

うちのお馬さん達、奏くんの事が大好きだからよく言うこと聞くんだよね。

レグルスくんも好かれてるけど、お馬さんたちひよこちゃんのフワフワ綿毛みたいな金髪を、隙があったら舐めるから油断ならない。舐められて困って「にぃに〜」言うてくるの可愛いけども！

と、思っていたら、今日はシオン殿下がお馬さん達に狙われて。

「……あの、人懐っこすぎじゃないかな」

「えっと。何だろう……？　金とか銀の髪の毛好きみたいで」

危うく涎を付けられそうになってたシオン殿下をヨーゼフが守り切った訳だけど、シオン殿下はげっそりだ。

「良かったな、シオン！　あんまり動物に懐かれないって嘆いてたじゃないか。ここの馬達はお前が大好きなんだろう」

「あー……えー……僕、出来れば星瞳梟《スターアイズオウル》の雛とか、小さいのがいいかなー……」

肩をポンと統理殿下に叩かれて慰められてたけど、シオン殿下はやや引き攣り気味だった。

因みにこのやり取りを見ていたハキーマは、「マスターの上司の、その上司ならきちんとおもてなしするのだわ」と、シオン殿下の肩に止まるなど大サービスしてくれて。

実は一番空気を読んでるのが、星瞳梟《スターアイズオウル》の雛だったというオチが付くのだった。

風が光った、その後

黒板に角ばった筆跡で「冒険者の倫理とは？」と書いてある。

教壇にはちょっと気弱そうだけど真面目で優しそうなたれ目のオジサン。

そのお顔は緊張気味で「なんでこうなった？」って書いてある。

うん、私も「私が授業に誘ったからですけど、何か？」って思ってるよ。

でも流石は菊乃井の冒険者ギルドが誇る初心者講座の教官。軽く咳払いすると、そのお顔は頼れる先達の顔になった。

「これより初心者冒険者講座を始めます。この時間は倫理となってますが、気になった事はドンドン質問してください」

穏やかな物言いに、私達も礼をする。

菊乃井の屋敷で動物の世話をした後、私達は町の冒険者ギルドを訪れた。

皇子殿下二人が初心者冒険者講座を受ける事は一応連絡しておいたし、奏くんや紡くんが先に冒険者ギルドで確認を取ってくれていたのもあって受講までの流れはとってもスムーズに進んだ。

因みに統理殿下と奏くん・紡くんの初対面はあっさりしたもので、お互いにこっと笑って「よろしく」で終わった。

手続きが終わった後くらいにゾフィー嬢が合流。

教室は私とレグルスくん、奏くん・紡くん兄弟、アンジェちゃんにラシードさん、皇子殿下方お二人にゾフィー嬢の貸し切りなんだよね。

セキュリティーの問題で、実はこの教室の外にはリートベルク隊長がいるし、そもそも護衛として威龍さんやベルジュラックさん達が依頼を受ける風を装って滞在してくれている。

おまけにロマノフ先生がローランさんと雑談してるし。

授業の内容は普段から先生に言われてる事なんだけど、助け合いは当然のこととして相手に迷惑はかけない、適度な距離を保つ、獲物の奪い合いをしない、罠は教え合う……とか。

それに加えて凡そ親から教えられるだろう「他人を無暗に傷つけてはいけない」・「無益な殺生はしない」・「暴力は最低な最後の手段」・「他人の物は盗まない」・「嘘は吐かない」といった事柄、それから礼儀作法の必要性だとかを教えるモノで。

小さい子でも解るようにゆっくり話してくれるからか、アンジェちゃんも熱心に話を聞いている。

でもそれだけじゃなく、教官の過去にあった失敗談や成功談なんかも交えて話してくれるから、がちがちの講義って感じじゃなく聞きやすいんだよね。

質問にも丁寧に答えてくれるし。

冒険話がそんなに好きじゃない私でも、おもしろいなと思える話もあった。

そう、大発生の話とか。

と言っても、去年だったか何処かの領地で発生して大発生を生き延びた冒険者から、教官が聞いた話とやらだけど。これに関しては私だけじゃなく皇子殿下方やゾフィー嬢、ラシードさんが物凄く食いついてた。

「大発生となると、まずその地の兵が動くもの。その次に領主から依頼を受けた冒険者が出動するんですが……。冒険者は基本手弁当なんです」

統理殿下が驚いたように口を挟む。

「え？　手弁当だとそんな何日も継続して戦闘できないだろう⁉」

「その時のためにギルドが食料や医療品なんかを備蓄してるんです。勿論その街のご領主様も……ですけど」

教官の言葉に、視線が一斉に私の方に集まる。

勿論菊乃井でもやってるし、先生達に協力してもらってお安い所から買い集めて、大体半年戦えるくらいの備蓄はしてるんだよね。それでも十分足るかって言われると、心もとなくはあるんだけど。

どこからそんなお金がって？

母と曽祖母がため込んでた宝石とドレス、全部売り払ってやった。

ロッテンマイヤーさんが置いておいた方が良いって言った宝石と、彼の蛇従僕セバスチャンがどうしても母の側に置いてやりたいって泣いて縋ったもの以外全部。

人は私を冷たいと言うだろう。想い出すら継いでやらないのか、と。

けどな、ドレスや宝石は金で買えるけど、失われた命は取り返しがつかないんだよ。

取り返しがつくものとつかないものでは、後者に対する損害を出す方が遥かに拙いんだ。

それだって半年の備蓄の内の少しを賄えただけだけどな。

良いんだ、そんなもの。もしも菊乃井に女主人が現れたその時は、その人の纏うドレスも宝石も私が作るなり調達したら良いんだから。

そういう裏事情は言わないけど「半年くらい戦える備蓄はある」と言えば、教官が笑顔で頷く。

「大発生は長くて一か月くらいですから、それだけあれば余裕をもって戦えるかと」

「うん？　過去の文献には一か月以上も続いた例もありますよ？」

「それは恐らく人の出入りが少ない場所ではないかと。菊乃井はひっきりなしに冒険者が入っているので、大きな群れを形成する前に蹴散らされるんですよ」

「ああ、なるほど。番を探す時間が取れないくらいに追い回される、と」

「はい。恐らく」

そうは言うけども、これはフェーリクスさんからの受け売りだと教官は言う。

フェーリクスさんは初心者冒険者講座に協力してくれると言ったけど、その次の日から教官にそれとなくダンジョンの話を聞かせに来てくれていたそうな。

雑談の種に使えるし、教え子へ注意喚起も出来るし、何より自分も学べると教官は喜んでるみたい。話しぶりがウキウキしてる感じだった。

奏くんが「質問！」と元気に手を挙げる。

「そしたら菊乃井では大発生って起こんないんですか？」

「いや、そうとも言えないみたいだね。どんなに人が入っていても、起こる時は起こるらしい。それに規模の大小も予測できない。ただ普段からの間引きのお蔭か、長くて一週間程度だろうって」

「だいこんせんせー、ダンジョンをごひゃくねんくらいかんさつしたら、そういうかんじだったんだって」

紡くんがにぱぁっと奏くんに告げる。

この頃紡くんは大根先生に夢中だ。沢山色んな事を教えてくれるし、実験にも参加させてくれるらしい。

奏くんはそんな紡くんをちょっと寂しく思うこともあるけど、「兄貴離れの時だな！」なんて見守っている。

でも紡くんは相変わらずお兄ちゃんが大好きだ。

「よく大根先生の話、覚えてたな」って頭を撫でられて、口元を嬉しそうにムニュムニュ動かしてる。

そんな微笑ましい光景に和んでいると、教官が「そう言えば……」と呟く。

「私が生まれた村では、人が分け入らない山がある所も気を付けろっていわれてました。でも、まあ、紡君くらいの小さい時に聞いた話ですけど」

「人があまり入らない山？」

「はい。人があまり分け入らない山では、それこそモンスターが群れをなしている事があって。それが雪崩のように人里に下りてくることが千年に一回くらいあるんだそうです。お伽話の一種だと思うんですけど」

「⁉」

ヤバいやつじゃん、それ。

私だけじゃなく、皆が絶句する。

特に旧男爵領を併合したロートリンゲン公爵家のゾフィー嬢は、淑女の仮面がはげかけるくらいだ。

だって旧男爵領から、カトブレパスがうちに突進してきたんだもん。

あれは人為的に起こされた事だし、カトブレパスは群れじゃなかったからどうにかなったけど、山の方から雪崩れて来たことはたしか。

菊乃井には山らしい山がないからって安心はできない。お隣にそれがあったら巻き添えを食うんだよ。

私達の動揺した様子に、教官がぽりっと頭を掻く。

「これ……言ったらまずかった奴ですかね？」

「いいえ！　凄く有意義な話です。ありがとう存じます」

ゾフィー嬢が深く腰を折る。

そう言えば、去年、カトブレパスを追い詰めたのは、菊乃井の初心者冒険者講座を受けていた冒険者達だった。

彼らは教官の教えを守り、よく戦って時間を稼いでくれて。

その初心者冒険者達を守るために駆けつけた彼らの教官が、カトブレパスの首を落としたんだった。

ああ、もしかして。

穏やかに教壇に立つその人に、私は尋ねてみた。

「貴方がその時の教官殿？」

「はい。あの時はワインをありがとうございました。自分はここで生まれた訳ではありませんが、骨を埋めるのは『菊乃井《ここ》』と定めました。これからも、微力を尽くしたいと思っています」

「ありがとう。よろしくお願いします」

菊乃井で冒険者を志す全ての人の教官は、穏やかに頷いた。

授業参観＠ダンジョン

有意義な事を教えてくれたシャムロック教官の授業は、本来戦闘訓練も含まれるんだけどそれは免除。

私達のパーティー・フォルティスには悪鬼熊の討伐記録があるので、それで代替となるそうな。

そもそも免除の方向だったからそれは問題なし。

で、実技が終わったとなると今度は実際にダンジョンの浅い階層で実戦訓練となる訳だけど。

「……なあ、若様」

「にぃに、きづいてる？」

現在私達は菊乃井ダンジョン挑戦中。

私達フォルティスに加えて、アンジェちゃんとラシードさん、皇子殿下方にゾフィー嬢、それから護衛のリートベルク隊長と自分の修行を終えたイフラースさんが同行してる。

勿論タラちゃんやござる丸にぽち、アズィーズにナースィル・ハキーマ、ガーリーの使い魔集団だっている訳で、結構な大所帯で移動中だ。

今回は魔女蜘蛛《メイガス・タランテラ》のライラと奈落蜘蛛《アビス・タランテラ》のアメナはお留守番。ラシードさんの里帰りに着ていく服になる布を作製中のため。

引率のシャムロック教官は苦笑いで、私達の会話に加わった。

「アレですかね、やっぱり自分頼りないですかね？」

「や、教官殿。アレは違うと思います」

「そうですね、自分もそういうことではないと思います」

ちょっと眉を落とした教官に、リートベルク隊長もイフラースさんも似たような表情で返す。

うん、違う。絶対違う。

三人の会話にいたたまれなくなって私は後ろを振り返った。

そこには広大な洞窟の風景が広がっているだけなんだけど、目を凝らせば微かに認識阻害の魔術跡が視える。

ぐぬぬ、気配が上手く読み取れない……！

でも、微かに魔術の痕跡を感じるから、絶対いるんだ。

何より奏くんとレグルスくんも微妙な顔してるし。

そんな私達の様子に、シオン殿下が首を捻った。

「どうしたんだい？　教官殿も鳳蝶も……」

「どうもこうも……！」

ワキワキと手を動かしていると、ラシードさんが面白そうに後方に視線をやる。

そこはやっぱり洞窟で、時々土の中に含まれる魔石の屑が魔素を吸ってキラキラと輝くのが見えるだけ。

アンジェちゃんが見えにくい物を見る時のように、洞窟に目を凝らす。

「あ、もしかしてロマノフ卿達が付いてきてるのか？」

のほほんと統理殿下の結構大きめな声が壁に反響する。

その言葉にゾフィー嬢が魔術で気配探知をしたようで。

「……何も感じませんけれど、鳳蝶様達がそう仰るならいらっしゃるんでしょうねぇ」

「うん、居るぜ。右の壁辺りに」

「ロマノフせんせいのうしろに、ヴィクトルせんせいとラーラせんせいがかくれてる」

「もう一人いるけど……大根先生かな？」

腕組みして呆れたように言う奏くんとレグルスくんに、皇子殿下二人もゾフィー嬢も言葉を失う。

おう、皆いるじゃん……。

先生達そもそも「君達フォルティスには菊乃井ダンジョンの浅い層は運動にもならないでしょうから、護衛は教官やリートベルク隊長やイフラース君に任せますね」って言ってたじゃん。それなのに後ろからついて来てるし、しかも大根先生まで。

「授業参観ですか、なるほど。小さいお子さんが初心者講座を受ける時、冒険者を護衛にしてその姿を見守るっていう親御さん、結構多いですよ。ギルドも格安で請け負うようにしてますし」

「ああ、なるほど。自分もラシード様の励んでおられるお姿を見られるのは嬉しいですから！」

「そういう事ですか。でしたら私も陛下や妃殿下にもお二方の雄姿を見ていただきたいですし、ロートリンゲン公爵閣下も……」

「それでしたら、後でギルドに依頼なさったら良いですよ。ギルドの依頼を受けた魔術師が、幻灯奇術《ファンタズマゴリア》で教官や護衛が見た記憶を布に映してくれるっていうのをやってますから」

「え⁉　そんな事してるんですか⁉」

前半部分は心を無にして聞いてたけど、後半の幻灯奇術《ファンタズマゴリア》の話には反応せずにはいられなかった。

ローランさん、何やってんです？

うっかり出そうになった言葉を飲み込んでいると、シャムロック教官が穏やかに話してくれる。

なんでも小さい子が冒険者を志す家はやっぱりちょっと貧しいんだそうな。

冒険者って言うのは誰もが知る危ない職業でもある訳だから、幼いうちに働きに出さなきゃいけないようでも心配は心配だと悩む親は多い。そこで小さい子が初心者講座を受ける際は、安全を尽くしてることを示すために記録を残すようにしたんだとか。

それを親に見せているうちに「子どもの雄姿を残しておきたい」っていう親が増えたのと、新米魔術師のちょっとした稼ぎになるように考えられたのがそのサービスなんだそうだ。

因みに普段の初心者講座では実戦訓練の際、教官の他に後三人護衛が付くそうで全員の視点が見られるんだって。

ちょっと裕福だと、その記録布に加えて、護衛を雇って授業参観までやる親もいるとか。

なんか、思いもよらない事になってるな。

内心で若干白目を剥いてると、奏くんが首を横に振った。

「今回はそのサービス利用しなくても、先生達が見てるから頼めばくれるんじゃね？」

「は⁉　そうですね！」

リートベルク隊長は「お願いしてみます」なんて言ってるけど、その言葉に皇子殿下とゾフィー嬢が固まる。

授業参観なら頑張って良いとこ見せないと、だもんな。でも止めない。

私やレグルスくんや奏くんなんか、生で観られてるんだぜ？

そういやラシードさんなんか、いっつもイフラースさんと一緒なんだから授業参観も何もないいんじゃなかろうか？

そう思って聞いてみると。

「え？　俺？　イフラースは俺が何してもほめてくれるから、やる気になるけどな！」

「ああ、そういう……」

ラシードさんは胸を張る。

この人はやっぱり抑えつけられるより、褒められる方が伸びるタイプなんだろうな。

菊乃井に来た頃のオドオドした感はもうすっかりなくなっている。なら、故郷に帰ってもちょっとやそっとでは揺れないでいられるだろう。

「アンジェ、あのぬのほしいなぁ……」

ラシードさんの様子に安堵していた私の耳に小さな呟きが聞こえた。

アンジェちゃんはお姉さんに、自分が頑張っている姿を見せたいのか……。

お姉さんのシエルさんは、歌劇団で頑張ってる。自分もその姿を胸に、仕事に勉強に頑張ってるんだ。

レグルスくんがアンジェちゃんに気付いて、そっと私の手を握る。

「にぃに」

「うん」

すると奏くんも気付いたのか紡くんを連れて、私と一緒にアンジェちゃんと視線を合わせるように屈むと、カパッと笑う。

ラシードさんも近寄って来た。

「アンジェの姉ちゃんに見せるやつは、おれと若様で作ってやるよ」

「そうだね。いっぱい頑張ろうね」

「いいの？　ありがとうごじゃ、ございます！」

「れーもてつだうから、シエルくんにみせような！」

「はい！　アンジェ、がんばる！」

「つむも！　つむもてつだうよ！」

「俺も、アズィーズ達も手伝うからな」

アンジェちゃんを中心に集まった私達に、統理殿下もシオン殿下もゾフィー嬢も近寄って来る。

そしてにっと笑うと、統理殿下がアンジェちゃんの頭を撫でた。

「よし、今日は一緒に頑張ろうな！」

「あい！　よろしくおねがいします！」

「こちらこそ、アンジェ」

「皆で頑張ろうね」

まるで円陣を組むようになると、皆で「頑張るぞ！　おー！」と声を合わせる。

教官やイフラースさんやリートベルク隊長が何故か拍手してる。

で、頑張るには先に進まなきゃいけない訳で。

此処ではパーティーの陣形やらを学ぶ目的もあるんだから、陣形を組む。

まずは既にパーティーを組んでるフォルティスの陣形を基本に、ラシードさんやアンジェちゃん、皇子殿下方、ゾフィー嬢を配置って形にして。

「前衛タラちゃん、ござる丸、アズィーズ、ナースィル・ハキーマ、レグルスくん、統理殿下で、中衛がラシードさん、紡くん、アンジェちゃん、ゾフィー嬢。真ん中にアンジェちゃんと紡くんとゾフィー嬢を入れて守りつつ、後衛に私、シオン殿下。奏くんはぽちと遊撃……かな？」

「若様が防御の要で、攻撃の要はひよさまな。俺は必要ならどこにでも入るから」

「うん、それで良いかな」

シオン殿下はクロスボウが得意で、ゾフィー嬢は魔術師だけど得意なのは薙刀。だから「十分戦えます！」って言われたんだけど、それよりはアンジェちゃんと紡くんを守ってもらう方がいい。それに魔術は中衛でも十分届くんだもん。

さ、じゃあ、行くとしますか。

めっちゃ大所帯なんだけど、ぶっちゃけこれは皇子殿下方とゾフィー嬢の警護も兼ねてるからそれで良いんだ。

隊列を崩さないように、さりとて早足にならないように警戒しながらダンジョンの中を進む。

哨戒のためにプシュケを一つ飛ばすと、ハキーマもナースィルの背中から出て来て探知の魔術を展開してくれた。

このお嬢さん、本当にできる。

タラちゃんやござる丸も情報収集をしてくれるけど、報告先はラシードさん。何かある時は字を書いてるより、鳴いて伝える方がやっぱり早いからだ。

私達は一応引率の教官から一歩下がって隊列を組んでるんだけど、それを振り返ってシャムロック教官が笑う。

「違う意味で緊張するなぁ」

「どうしてです？」

「いや、こんな戦力組んでるパーティーと潜るダンジョンなんて本当なら危ない所なんだろうなって。菊乃井のダンジョンはわりに初心者には優しいんですけどね」

皆が「へぇ？」という顔をする。

教官は中堅の冒険者で色々渡り歩いて来たそうで、その地にダンジョンがあると言われたら一応調べて潜っていたんだとか。

ソロで行く時もあれば、何処かのパーティーに臨時で入れてもらったり。

危ない所もあれば、簡単に一人で入って出て来れるとこもあったんだって。その経験でいうのであれば菊乃井のダンジョンは難易度がはっきり階層で変わるから解り易いそうな。

その時々で種類が変わるものの、いちばん最初の階層ボスは位階が下の上を抜けて中の下になろうという冒険者なら難なく倒せるらしい。しかしそのボスを倒して次の階層に行こうというなら、絶対に中の下程度の力がないと先に進めないとか。勿論そこの階層ボスは中の上から上の下へ至る実力がないと抜けられない。その下も同じことの繰り返し。

ただ最下層のボスはちょっと様子が違って、そのパーティーの実力に応じた敵が出るそうだ。何というサービスの良さげなダンジョンだろう。

それでも限度ってのがあるらしく、ロマノフ先生が行ったところでドラゴンとかは出てこないそうだ。

どんなシステムなんだ……？

若干の疑問が湧いたけど、それはそれ。

今がどうだってことだよね。

そう言えばぽちのリードを握った奏くんが、少し考えてから口を開いた。

「そんな強いのは出てこないんじゃね？　一番浅いとこに行くんだから」

「まあ、そうだよね」

だって私達、見習い《アプランティ》だし。

フォルティスは皆見習い。ラシードさんやアンジェちゃんもそう。皇子殿下方もゾフィー嬢もそうだ。

しかしシオン殿下が首を横に振る。

「君達の見習いと僕達の見習いは意味が違うよ」

「そうだなぁ。俺は同年代の中では馬術はかなりなもんだと言われてたが、レグルスにあっさり抜かれてるしな」

統理殿下が苦笑い。でもそこには卑下とかそういうものはなく、どっちかというと驚いたって感じ。

それにレグルスくんがきょとんとして「かなだっておなじくらいおうまにのれるのに、なんでれーなの？」と呟く。

奏くんはと言えば「ああ」と軽く。

「おれ、タラちゃんとかぽちとかに乗るのはひよさまと同じくらいできるけど、馬はそんなに上手くないからだな」

「そうなの？」

そう言えばヴィクトルさんがそんなような事言ってたな。

レグルスくんはタラちゃんが乗れる大きさに育った頃から、その背中に乗って壁も天井も走りまくってて、お馬さんの練習を始めた時には実は私よりも上手く乗れてた。翻って奏くんはどっちか言えば、馬よりタラちゃんみたいなトリッキーな動きをする生き物と相性が良く流鏑馬とかも得意。馬じゃないのに流鏑馬とはこれ如何に、だけど。

それでレグルスくんは馬術A＋＋で、奏くんが馬術Aなんだそうだ。私はBから変わってない。良いんだ、Bもあれば普通に乗れてますってことだから。

統理殿下は奏くんと同じくらいで、シオン殿下もそのくらいなんだとか。

っていうか、このメンバーで戦闘面で私が勝てるのって魔術だけなんだよね。それだってシオン殿下なんかAで、ゾフィー嬢もA。ショックだったのが、剣術が私とアンジェちゃんと紡くんの三人とも、同じだった事かな。

アンジェちゃんと紡くんは伸びしろありそうだけど、私って……？

ゾフィー嬢が私の肩をぽんって叩いてくれたけど、笑顔に物凄い慈愛が籠ってて、かえって遠い目になったよね。ちくせう！

そんなワイワイしてるところに「おーい」とラシードさんの声。

同時にかなり先行させているプシュケからアラートが来た。

「敵影あり……。ぇぇっと、人食い蟻《キラーアント》だな」

「はいはい。まだ大分先かな？」

彼方はこちらに気付いていない様子。それなら先手をとるのも良いかもしれない。

しかし、そこにストップが入った。

「まずは、使い魔なしでやってみようか？　今の自分自身の力と仲間の戦闘スタイルを理解して、連携を考えるんだ」

「魔術は使ってもいいですか？」

「勿論。付与魔術ありとなしで、自分が出せる力も確認した方がいい。なので最初は魔術師は攻撃に専念しようか」

シャムロック教官の言葉に皆頷く。それに難色を示しかけたのがリートベルク隊長だけど、イフラースさんが軽やかに「自分達より侯爵様達のパーティーのがお強いですよ？」なんて言うから、しおしおと引き下がった。なんか、ごめん。

という訳で、隊列を整えて敵が現れるのを待つ。

「接敵まであと……十、九、八、七、六、五、四、三、二、一……」

零を告げると同時に、矢とお盆と剣風と礫が飛んでいく。

奏くんとシオン殿下の矢は氷結魔術を帯びて敵の頭上で爆発し、やって来た蟻の群れを凍らせ、アンジェちゃんのお盆と、紡くんがスリングショットで飛ばした礫が、確実に一匹一匹凍り付いた蟻を砕いた。統理殿下が放った剣風の鎌鼬を、レグルスくんが飛ばしたそれが巻き込んで、まるで竜巻が起こったように蟻を複数蹴散らす。

蟻の前衛中衛はこれで粉砕。あとに続く蟻をプシュケを通じて重力魔術を使って圧し潰していると、ラシードさんとゾフィー嬢の雷撃がそれを容赦なく焼いていった。後衛も粉砕終了。一切付与魔術なし。

後には戦利品の石がゴロゴロだ。光ってるから魔力のこもった鉱物か、宝石かな？

戦闘で得たものはその三分の一を冒険者ギルド、残ったものを生徒皆で山分けなんだそうな。

「こんなもんか？」

「そのようですわね」

ラシードさんとゾフィー嬢の言葉に頷くと、アンジェちゃんと紡くんが「おわりましたー！」とシャムロック教官へと声をかけた。

見ればシャムロック教官は遠い目、イフラースさんはニコニコ、リートベルク隊長は引き攣ってる。

これ、絶対隠れてみてる先生達なら大笑いしてるよね。

気を取り直した教官が、私達に戦利品の回収を指示する。冒険者ギルドから貸し出しされたマジックバッグに品物を入れていくと、シャムロック教官が「お」と声を上げた。

「魔石の大きいのがありましたね。これは後で冒険者ギルドに売ると良いですよ。良いお小遣いになります。この調子でいきましょう」

ざわっと喜びの雰囲気が私達に広がる。

お小遣いって言われると、なんかドキドキしちゃうんだよね。それは私だけでないようで、奏くんと統理殿下が「屋台でなんか買おうかな？」って盛り上がってる。

奏くんと統理殿下は初対面でも「初めまして、よろしく！」「こっちこそ」で通じてたから、根本で気が合うのかも。

「アンジェ、おはなかう！　おねえちゃんにわたすの！」

「まあ、シエル様に？　では私も、ご一緒してよろしくて？」

「うん！　ゾフィーさまは、シエルおねえちゃんすき？」

「ええ！　私、シエル様を贔屓にしていますの！」

ここでは御贔屓の話に花が咲いてる。

そんな私達の様子に、大人たちは何故かほっとした表情だった。

シャムロック教官がほっとしたのは、私達が市井の子どもとそう変わらなかったかららしい。

「あれだけの腕前ですし、勿論社会的地位もおありだから。もっとこう、言い方は悪いのかもしれませんが、冷めてらっしゃるのかと」

「ああ、なるほど」

たしかに、同年代の子たちよりは大人びてるんだろうけど、そりゃ私だって普通にお小遣いで買い食いとかしたい方だし。

統理殿下にしてもシオン殿下にしても、ゾフィー嬢にしても、そういう事をしたことない分憧れはあるって聞いてもいる。

したことがないっていうのは、出来ないっていうことの裏返しだ。

彼らも彼女もやんごとない身分なんだから、いつでも害されることに気を配らなきゃいけない。

そうなるとどこの誰がどんなふうに作ったかも解らない・確認できない物は口に入れられないんだ。

必然、買い食いなんかできない。

私にそれが許されるのは、ここが自分の領地で、先生達がいてくれてるからだ。

そして今回、皇子殿下達もゾフィー嬢も、これが終わったら、初めて自分で稼いだお金でお買い物が出来て、買い食いも出来る。

そんな事情を全ては説明できないけど素直に話せば、教官は「そうなんですね」って切なそうな顔をした。

シャムロック教官がそんな顔することはないんだけどな。

私達は生まれのお蔭で少し自由がない代わりに、せずに済む苦労はしていない。それは殿下方も思ったようで、教官に「気にかけてくれてありがとう」って仰ってた。

それはそれとして。

今の戦闘についての振り返りだ。

シャムロック教官が取っていたメモを見つつ、評価を話す。

「初めてなのに、よく連携が取れていたと感じます。特に弓組は矢じりに氷結魔術を乗せて敵の動きを止めて、確実に他の仲間を援護するというのが良かったですね。それは魔術組も同じで、最初に動けなくして、確実に倒す方法がとれていて素晴らしかった。他の人達も、相手の攻撃範囲に入らずに仕留めることが出来ていました。この調子で次は付与魔術を使用して戦ってみましょう」

「はい！」と皆で返事をすると、再び奥へと歩きだす。

講座のダンジョン実習はだいたいボスのいる階層まではいかない。その手前で連携の強化や、個人的な武勇の訓練をして終わる。

次にモンスターに遭遇した時は付与魔術を使うことになったけど、そのことで教官から「戦術などを話し合ってみては？」と提案があった。

なので次の動きはどうするかを少しだけ話し合う。

立ち止まると「フォルティスはいつもどうしてる？」と、統理殿下が口を開いた。

「どうって、接敵前に若様が物理・魔術の壁を作って、付与魔術で全面強化。その上でさっきみたいに凍らせたり、直接弓やらスリングショットで動けなくして、ひよさまがざくっとやってる」

「タラちゃん達も足止めや直接攻撃に参加してます」

奏くんと私の説明にシオン殿下が頷く。

「となると、僕やアンジェは奏や紡と攻撃を同じくした方が良いね」

「私とラシードさんは鳳蝶様と一緒に付与魔術に参加する方がよろしいかしら？」

「そうだな。ハキーマにも援護させる。で、アズィーズにナースィルはタラちゃん達と同じく、だな。ぽちも前衛で」

ゾフィー嬢とラシードさんは魔術をメインにサポートに回ることになった。

すると統理殿下がレグルスくんににこやかに話しかける。

「俺はレグルスと共に切り込めばいいんだな？　よろしく頼む、レグルス」

「はい！　れーにおまかせ、です！」

基本の戦い方は魔術や飛び道具で牽制して、それを避けて近付いてきたものを倒す。

さっきの戦い方と大きくは変更しないけど、役割は明確に。

それが終わると、教官に声をかけてまた歩き出す。

しかし、行けども行けども、モンスターがやってこない。

ぷくっと膨れたレグルスくんが「モンスターいない」と呟くのに、教官が眉を八の字にして困り顔で笑った。

「あー……そのー……多分皆さんが強すぎるんだと思います。ダンジョンのモンスターは自然界に生息するモンスターと違って、あまり強い冒険者が来ると皆隠れてしまうんだ」

ああ、そう言えば、ラーラさんが授業でそんな事言ってたっけ？

自然界にいるモンスターにも強い人間を見たら隠れてしまうようなのもいるけれど、人間を見慣れないような所に住んでるモンスターだと、かえって寄って来ちゃうとかなんとか。でもこれがダンジョン産モンスターだと、自分より弱い相手は襲うけど、強そうだと逃げちゃうって。

つまり、まあ、うん。そりゃ強いもんな、私達。

あれ？　でも、じゃあ、さっきの蟻ってなんで出て来た？

はっとして奏くんを見ると、彼も何かに気が付いたようで「若さま」と私を呼ぶ。

「今すぐボスの所に行った方が良いと思うぞ」

「そうだね。悠長にはしてられない気がする」

私達の会話に、統理殿下やシオン殿下、ゾフィー嬢が「何故？」という顔をした。

勿論リートベルク隊長やイフラースさんも首を捻る。

シャムロック教官がはっと顔色を変えた。

「……皆さん、引き返しましょう」

「え？　いや、しかし」

統理殿下がシャムロック教官と、私と奏くんの間で視線を行き来させる。

苦い顔で教官は私に告げた。

「異変が起こったのはたしかでしょうが、貴方方はまだ見習い。危ない目に遭わせるわけには……」

教官はやはり教官なのだ。私達の安全を確保しないといけない責任をもって、退避を選んだんだろう。

それは解るし、教官が正しい。でも、多分ちょっと遅かった。

奏くんが大きく息を吐く。

「教官、もう多分遅い」

「え？」

「蟻は多分、追われて逃げてて、冷静な判断が出来ないでおれ達に向かってきたんだと思う」

「私もそう思います。恐らくですが、ボスの部屋に入った冒険者が討伐に失敗して、階層ボスの部屋が開放されたんだと思います。そして運悪く、その階層ボスは特殊個体だったんじゃないかと」

私と奏くんの言葉に、シャムロック教官の顔が青くなる。

ままあるんだ。

ボスに挑んだ冒険者が、討伐を失敗して階層ボスの部屋が開放されてしまう事が。

だけど普通のモンスターは何でか部屋から出ない。その理由を沢山の学者が研究してるけど、全然解明されない。

その中で更に謎なのが、特殊個体だ。

特殊個体のボスモンスターは、普通とは違って外に出ようとする。

大発生は、この外に出ようとする個体が沢山生まれた事で起こるって言われてるけど、定かじゃない。

そして、概ね特殊個体はえぐいくらい強いのだ。

それでも、私の状況を読むスキル「千里眼」は「負ける相手じゃない。寧ろ外に出られたら厄介」と言って来る。

奏くんもにやっと笑ったくらいだし、彼の「直感」から進化を遂げた何かのスキルも、この場で戦うなら負けはないって言ってるんじゃなかろうか？

確認のために「どう？」と聞けば、奏くんは「今なら負けない」と応じた。

「と、いう訳なんですが……」

「しかし……」

「いけません！　皇子殿下方にゾフィー嬢がいらっしゃるのです、ここは退避を！」

躊躇うシャムロック教官に、リートベルク隊長が大きな声を出す。

ならば皇子殿下二人とゾフィー嬢、アンジェちゃんには退避してもらうとしよう。

そう告げれば、皇子殿下二人は首を横に振った。

「殿下!?」

リートベルク隊長が咎めるように叫ぶ。しかし、統理殿下もシオン殿下もゾフィー嬢も、しれっとしたもので。

「……だって、付いて来てるんだろう？　ロマノフ卿達」

「心配ないんじゃないの？」

「寧ろ父が『あの人達は出来る事は積極的にさせるスタイルだから、階層ボスの部屋に放り込まれる覚悟で行きなさい』と言っておりましたもの」

「ああ、俺とシオンも言われたぞ。そのくらいの覚悟がないなら、菊乃井家に行かせられないって。なあ、シオン？」

「言われましたねぇ、兄上」

仲良く三人は笑う。

っていうか、ロマノフ先生やっぱり皇帝陛下たちにも無茶ブリしてたんだな……。

思わず遠い目をした私の肩を、奏くんが労わるようにそっと叩いた。

この場で対応すると逃げるとで多数決を採ると、対応するが過半数を超えた。だって反対したのリートベルク隊長とシャムロック教官だけだし。

たしかにアンジェちゃんや紡くんまで戦わせるのはどうかと思うんだけど、申し訳ないけどこの子達はそんじょそこらの冒険者達より頼りになってしまう。

だって素直に指示は聞いてくれるし、正確にこちらの意図をくみ取ってくれるんだもん。下手に自分に自信がある冒険者だと、そうはいかない。

それにいざという時はタラちゃんに二人を乗せて、冒険者ギルドに走ってもらえばいいことな訳で。あと、ついて来てる先生達が何にも言わないし、姿も現さないんだからお察しだ。殺れ。

そういう事なんだろう。

念のためにアンジェちゃんにも紡くんにも、大人と逃げるか聞いたら、思いっきり首を横に振られた。

紡くんには「わかさまやひよさま、にいちゃんといっしょのほうがあぶなくないから」と言われ、アンジェちゃんには「アンジェがおとなのひとをまもったらいいのぉ？」と言われ。

シャムロック教官とイフラースさんは大笑いしたけど、リートベルク隊長は死んだ魚の目になっていた。ごめんて。

とはいえ、実戦訓練が緊急討伐依頼に変わる事はない事も無いらしい。

「近くで盗賊が出た……とかで、一度生徒を連れて行ったことがありますね」

「そうなんですか」

「はい。まあ、菊乃井の衛兵が先に出動してるのを聞いていたからですけど。捕縛からの犯罪人引渡しに至る流れを教えようと思って」

なるほど。

私と同じように皇子殿下方やゾフィー嬢が頷く。

冒険者の仕事って多岐に亘るんだ。

花形はダンジョン踏破だろうけど、うちみたいに細々冒険者にフォローしてもらって治安維持に努めてもらってたり。

強い冒険者に町にいてもらいたがるのは、彼らがいるだけでも大分、破落戸《ごろつき》が少なくなるからだしね。

その点で言うと菊乃井にはエルフ三先生がいてくれるし、バーバリアンも晴さんも、他にも名高い冒険者がちょいちょい来てくれる。お蔭で女性や子どもが夜に一人で歩いていても、安全この上ないって評判。

それが人の流れと経済の流れに結びついて、菊乃井の景気は上り調子。まだ足らないけどね。

そんな事で内心ウギっていると、偵察に行かせたプシュケから映像が脳みそに流れてくる。

階層ボスの部屋にはまだついていないんだけど、その近く。

ゆっくりと奥の方——階層ボスの部屋の方から、何か重くて長い物を引き摺っているようなずるずるという音が近づいて来る。

最初は見えなかった姿も、音が大きくなると段々と輪郭がはっきりプシュケにも映って。

「う、うーん？　なんだこれ？」

思わず首を捻る。

見えたものは、ぬめぬめした粘液に覆われた黒い膚《はだ》に、極度に短い足が四本に長い胴体、時々尾の方が金に光るんだよ。顔は……魚っぽい。

もう一回首を捻ると、頭上で声がした。

「どんなものが見えたね？」

振り返るとフェーリクスさんがいて、その後ろには苦笑いするロマノフ先生とヴィクトルさん・ラーラさんの姿もある。

それにシャムロック教官が肩をすくめているのも見えた。

「えぇっと、ぬめぬめした黒い胴体にやたら短い足が四つついてて……体高は牛くらい？　尾が時々金に光ります。顔は魚みたいな」

「……なんと、リュウモドキではないか」

「リュウモドキ？」

その場にいた全員が首を捻ったけど、シャムロック教官だけが「あ！」と手を打った。

「龍に似た体格なのに龍というほどの知能はなくて、顔がなんだか魚で、なのにドラゴンっていう！」

「なんだそれ？　龍なのかドラゴンなのかはっきりしてほしいな」

奏くんの言葉に私達子ども組が頷くと、フェーリクスさんも頷く。

この生き物は奇妙な生き物で、未だに「本当にドラゴンなのか？」という論争を呼んでいるそうだ。だって胴の長さと造形が龍に似ている。でも昔、年を経た龍と話すことが出来た人によると、その龍はリュウモドキの事を「羽の生えたトカゲの、知恵の足りない同族」と言ったそうな。そして龍はドラゴンを「羽の生えたトカゲ」と呼んでいる事も教わったそうだ。

うーん、ノーコメント。

とは言え、ドラゴンの下級。強いには違いない。

尾が時々光るのは、雷の魔術を使うために魔力を集めているからだってさ。

討伐する時は上の下クラスの冒険者パーティーが三つくらい集められるらしい。

でも、フェーリクスさんは「問題ないだろう」って。

「デミリッチの魔術を全部撥ね飛ばせる鳳蝶殿の結界であれば、小揺《こゆる》ぎもせんだろうよ。それにあのぬめりは熱湯をかけてやれば取れる。そうすれば剣も弓も届くだろうさ」

「なるほど」

「それにな、一応ドラゴンなので肉は食える。美味だそうだ」

ぴくっとレグルスくんと奏くんと紡くんが反応する。勿論私もその言葉に、俄然やる気が出て来た。

だって美味しいって聞いたら食べたいじゃん！

「にぃに！」

「やるよ！　皆、準備はいい⁉」

「おう！」

育ち盛りにはお肉ほど刺激されるものはない。

勿論殿下方とラシードさんもやる気だ。

それにゾフィー嬢が少しだけ困ったような顔をして、気づいたアンジェちゃんが話しかける。

「ゾフィーさま、おにくきらいですか？」

「好き嫌いはいけないと思うのですけれど、お肉の臭みが少し苦手なのです」

「……えぇっと、りょーりちょーさんがおにくくさくないようにしてくれるとおもいます！」

「そう？　それなら私も大丈夫かしら？」

ウチの料理長の料理は絶品ですし？

ちょっと胸を張ると、安心したようにゾフィー嬢が頷く。

話に統理殿下とシオン殿下も加わる。

「俺も昨日からお世話になっているけれど、本当に旨かった！」

「昨日のスペアリブの煮物なんて、骨まで食べられたんだよ」

「まあ、凄い！　お野菜は？」

キラキラと目を輝かせるあたり、ゾフィー嬢も美味しいものが好きらしい。

そう言えば、今日はゾフィー嬢も空飛ぶ城に泊まるんだった。

「今日は俺やシオンがもぎった野菜を使ってくれるそうだ」

「そうなんですね？　まあ、殿下方が手ずから……！」

「うん。俺は野菜をもぎることが出来る皇子になった。一つ成長したぞ」

きゃっきゃうふふしている殿下方を、奏くんや紡くん、ラシードさんが微笑ましく見ていた。

そして「おれらと変わんないな」と、奏くんが呟く。

レグルスくんがこてんと首を傾げた。

「かな？　なんで？」

「いや、若さまやひよさまを見ていて解ってた……筈なんだけど。貴族もおれらもそんな変わんないって」

「うん。皇子様だって笑ったり喜んだり怒ったり悲しんだりするよな。皇子様達も俺と同じだ」

「そうだね。そうだけど、王様になるとそういう事が中々できなくなるんだよ」

「俺もそれはちょっと解る」

ラシードさんがそう言って遠い目をする。

「俺もさ。族長の息子なんだから、好き嫌いを表に出すなってよく言われたよ」

たかが少数部族の、それも族長の息子とは言っても三男坊でさえ、周りを慮って様々な制約を課されるのだと、ラシードさんが零す。

三男坊ですらそれなのに、将来皇帝として多くの臣民の命に責任を負う第一皇子と、それを支えて万一の時は代りになるべく育てられる第二皇子と。そして皇帝となった人と共に、その責任を背負うことになる公爵令嬢。

でも三人とも、普通の人間なんだ。支えが必要だ。

奏くんが言いたいのは、そういう事なんだろう。

ちょっと切ない気持ちになっていると、のしのしと足音がして「ギャオォォォォォォ！」と無粋な咆哮が聞こえ、不気味な魚の顔も確認できた。

「うっさいな！　人が考え事してる時に!!」

空気読めよ！

イラっとして叫ぶと、先行させていたプシュケが光る。

するとプシュケから青の光が出て、リュウモドキの脳天めがけて氷柱が落ちた。

「おや、弱点を知っていたのかね？」

「いや、知らないと思います。あの子、考え事を邪魔されるのが地雷みたいで」

「ああ、踏み抜いたのか。それは仕方ないな」

フェーリクスさんがおっとりと言えば、ロマノフ先生が苦笑い。ヴィクトルさんやラーラさんも肩をすくめた。

氷柱に脳天を貫かれたリュウモドキは、ぴくぴくと三度ほど痙攣する。そして沈黙。

「にぃに、ささってるよー？」

「久々に見たな、若さまの怒りの氷柱」

ゲラゲラと笑うレグルスくんと奏くんの声が、ダンジョンの岩肌に響く。

八つ当たりで氷柱落とすとか恥ずかしくて、穴を掘って埋まりたくなった。

やっちゃった。

思わず天を仰ぐと、ぽんと肩を叩かれた。

振り返ると統理殿下がニヤリと笑う。

「お前、意外に短気だな？」

「……見苦しいところをお見せしました」

「うん？　七歳なんだから、そういう事もあるだろう。人間にはやらないんだからいいんじゃないか？」

「な？」と統理殿下がシオン殿下に振れば、彼も頷く。

「変な話だけど、ちょっと安心した。そういう子どもっぽいところもあるんだなって」

「そうですわね。イラっとした時に八つ当たりすることなんて、よくある事かと。規模が少し大きいけれど、滅多にこんなことはないのでしょう？」

ゾフィー嬢も殿下方の言葉を受けて慰めてくれるけど、穴があったら入りたいのは中々収まらない。

「敵味方の区別はついていますし、人間を攻撃することはないので、その辺は無意識でも制御出来ているんですから、特に気にするほどでもないのでは？」

にこやかにロマノフ先生が私の肩を叩く。

なんだかな……。

でもいつまでも、そこでぐずってても仕方ない。

脅威も去ったんだから、授業に戻る事に。

念のために階層ボスの部屋に誰かいないか、大発生の予兆とかがないか確認に行ったんだけど、これがビンゴ。

大発生の兆しとかは全然なかったけど、倒れていた冒険者パーティーを発見したんだよね。

更に幸運なことに、彼らは生きていた。

モンスターに負けて生きて帰るって、ほとんどない。大概モンスターの腹の中に消えて、骨も残るかどうか。運が良ければモンスターの排せつ物に、冒険者ギルドのドッグタグが交じって、それを拾った人に弔ってもらえるくらいか。

シビアなんだよ。

だけど今回は冒険者パーティー全員、怪我をして意識はないけど生きている。

これはリュウモドキの習性ゆえだと、フェーリクスさんは言う。

リュウモドキというのは、獲物を弄んで嬲りつつ、生きたまま食べるのだそうだ。

一度意識を失わせて、逃げられないような怪我を負わせてから、徐々に腕を齧ったり足を齧ったり……そんな感じで。

助けた冒険者は三人。みんなぽちの背中に乗せて運んでる。

リュウモドキはロマノフ先生のマジックバッグの中だ。

しおしおと歩いていると、ポンと統理殿下の手が背中に触れた。

「俺はお前と同じくらいの頃、父上に毎日説教食らってたぞ」

「逆に毎日説教食らうって何やってたんですか……？」

胡乱な目を向けると、統理殿下は「何だったかな？」と首を捻る。

シオン殿下も少し考える素振りをして、それから口を開いた。

「たしか宝物庫に置いてある、何とかって言う短剣でチャンバラしてたら、滅茶苦茶怒られましたよね？」

「ああ、そう言えば。あれ、国宝だったらしい」

「いや、ちょっと、なんてことを……」

私のやった事より可愛い悪戯だとは思うけど、国宝で遊ぶとか何考えてんだ。

引いてると、くつくつとロマノフ先生が笑う。

「佳仁君は自分もやったことだから、さぞや叱り難かったろうに」

「え？　父上もやったんですか？」

「ええ。その時は先帝陛下に拳骨を貰ってましたが」

「何やってんだ、父上……」

本当だよ、親子して何してんの？

皆が生温い雰囲気になった辺りで、ダンジョンの入口が見えてきた。

ここからはちょっとズルだけど先生方の転移魔術で、ばびゅんと菊乃井の町に帰還。

冒険者ギルドの扉の前につくなり、シャムロック教官が告げた。

「本日の実習はドロップアイテムを整理して分けるまで……と言いたいところですが、怪我人を保護したのでその報告などなどの手続きをやってしまいましょう」

皆で返事をすると「まだまだ元気なようで良かった」と笑いながら、ギルドの扉を開ける。

ロップイヤーのいつものお嬢さんが、テキパキと受付業務を遂行しているのが見えた。

そのお嬢さんに聞こえるよう、シャムロック教官が「怪我人をダンジョンで保護した！」と大声を出す。

すると受付カウンターにいた大勢の冒険者が、さっと受付までの道を空けてくれた。

「人数は⁉」

「三名。怪我の程度は……命に別状はないが重い」

「至急ベッドの手配をしますのでこちらに！」

ロップイヤーのお嬢さんがカウンターを跳び越すと、その奥で何かをしていた職員が受付に座って業務を代行する。

私達は教官の後ろについて、ギルドから一旦出て別棟にある救護室へ。

そこには綺麗で頑丈そうなベッドがきちんと五つほどおいてあって、教官やロマノフ先生達大人が手分けして怪我人をそこに寝かせた。

「この後は状況を報告します」

そうシャムロック教官が私達に説明するのを見て、ロップイヤーのお嬢さんが「ああ」と呟いた。

「実習中に保護してくださったんですね」

「はい。ただギルドマスターには後ほど報告書を提出しますが、特殊個体が出ました」

「え？」

驚くロップイヤーのお嬢さんにシャムロック教官やロマノフ先生が事情を説明する。

最初は普通に事情を聞いていたお嬢さんだったけど、出た特殊個体が「リュウモドキ」だったと聞いて、彼女の顔色が真っ青に変わった。

そして「ギルマスに報告してきます！」と、慌てて走って行く。

シャムロック教官が私達を振り返った。

「こんな感じで、怪我人を保護した場合は詳細を伝えます。その後の怪我人の処置は冒険者ギルドが請け負ってくれるので、保護した側はこれで終了。後で怪我人保護の報酬が少し出ますので、受け取りを忘れないでくださいね」

この報酬っていうのは、ギルドが積み立ててるお金から出るとシャムロック教官が教えてくれた。ただしその後で、保護された冒険者から治療費と共にその三分の二の金額を取り立てるってことも。

ただ菊乃井の場合、その救済処置がある。これは私、知ってるんだ。

この救済処置ってのは、怪我人に回復魔術の練習台になってもらう事。

練習台になってくれるなら治療費はなし、返すお金は三分の一でいい。ただしその代わり、回復魔術っていうのは急激に傷を塞ぐんだから結構痛いんだ。

ましてや初心者で魔素神経がまだ発達してない、初級の魔術師の回復魔術なんて超絶痛い。だからこの救済処置を受けるのは、お金が準備できていない人くらいだったりするんだよね。怪我が治ればまた働けるし、命があるだけ丸儲けだと思うけど。

「このルール、にぃにがかんがえたんだよ！」

レグルスくんのきゃわきゃわした声でハッとすると、教官が菊乃井特別ルールの説明をしてくれてたみたい。

するとポンっとゾフィー嬢が手を打った。

「私、その治す側に回りたいのですが……！」

「僕もやりたいな」

「あ、俺も。攻撃や防御の魔術は宰相が教えてくれるから使えるが、回復は滅多にやらないから中々上達しないんだ」

ゾフィー嬢に続いて殿下方が手を挙げる。

まあ、場数は踏んでる方が良いだろうけど、さて？

リートベルク隊長の方を見ると、物凄く困った顔をしてる。

教官もそんなリートベルク隊長につられたのか、ちょっと困り顔だ。

「野菜をもげない皇帝よりもげる皇帝の方が良いし、回復魔術を使いこなせない皇帝より使える皇帝の方がお国もよろしいのでは？」

微妙なロマノフ先生の助け舟に、ヴィクトルさんが「野菜もぐのと回復魔術が同じなの？」と、これまた微妙な顔をする。

ラーラさんが私やレグルスくんの方に「君らはどう思う？」と尋ねた。

「そりゃ、回復魔術使える方が良いんじゃね？」

「俺はダンジョンにアズィーズ達と潜るし、あいつらの主としてその手当は俺がやるべきだと思うから練習してる」

「つむ、もうちょっとでできるって、だいこんせんせいがおしえてくれてる。おくすりのつくりかたもならうよ！」

「アンジェはエリちゃんせんぱいがおしえてくれるし、れんしゅうしてるの！」

「れーもれんしゅうしたから、ちょっとできる！」

奏くん、ラシードさん、紡くん、アンジェちゃん、レグルスくんは、皇子殿下方やゾフィー嬢が練習するのに賛成みたい。

「鳳蝶殿は？」

フェーリクスさんが私に向かって首を傾げる。

私？

私はそんなの。

「やればいいと思いますが、怪我人本人たちがどういうかですよね？」

そう言って視線をベッドにやれば、怪我人が起き上がって土下座しているのが見えた。

何でもかんでもは良くない

ベッドの上で土下座した三人は、去年の春、海の向こうの故郷からこっちに出て来た新人冒険者だとか。

出て来たと言っても、自由意志ではなく強制で。

なんでもポーターや魔術師、斥候として雇われたのだそうだけど、足手纏いだのなんだのと理由を付けて賃金をピンハネされて、その上人間関係のゴタゴタでパーティーは解散。

仕方ないので新人三人でまとまって行動していたという。

「何という地獄……」

シャムロック教官の呟きに、レグルスくんと紡くん、アンジェちゃんのちびっ子組以外が頷いた。

で、そんな彼らが何故あのダンジョンの階層ボスに挑んだかって言うと、彼らより冒険者歴が浅いパーティーに、ここの最初の階層ボスはそんなに手強くないと聞いたかららしい。

うーむ、こういうのは正直想定していなかったな……。

遠い目をしていると、ロマノフ先生やヴィクトルさん、ラーラさんが問題に気付いたらしく、少し苦い顔をした。勿論シャムロック教官も。

そんな私の表情で、奏くんも問題に気付いたらしく「なあ、兄ちゃん」と、新人パーティーの中の一番年上っぽい、坊主頭の少年に話しかけた。

「兄ちゃん、ギルドで初心者講座の話聞かなかったのか？」

「初心者講座の話？　聞いたけど、俺らもう初心者じゃないし……」

坊主頭の人は統理殿下より上だけどまだ二十歳にもなってないくらい。彼と同じく土下座していたローブの女の子と、軽装備の男の子はそれより少し下くらいかな。

もごもごと言う姿に、予想が当たってシャムロック教官が大きくため息を吐いた。

「あのな、この菊乃井では冒険者歴の長短に拠らず、冒険者として生きていくためのノウハウを教えてくれるんだ。初心者講座と銘打ってはいるが、実のところは冒険者の養成学校みたいなもんなんだ。初心者だろうが中堅だろうが、魔術や一般教養も身に付けさせてくれる上に、卒業の証しには簡単に死なずに済むような準備も格安で用意してくれる。受付でそう説明されなかったか？」

「……何か説明してくれるって言ってたけど、面倒だったたし」

軽装備の少年が唇を尖らせる。

こめかみが痛いし、眉間も痛い。

これは由々しき問題だ。

シャムロック教官もそう思ったんだろう。彼の顔には「これは困った」ってくっきり書かれていた。

そんな「どうしようか、これ？」っていう雰囲気に、統理殿下とシオン殿下が首を捻った。ゾフィー嬢はと言えば、問題に気付いたのか「ああ」と呟いて口元を手で覆う。

おそらくだけど、彼らは誤解している。

彼らより冒険者歴が短いけど最初の階層ボスを倒せたパーティーというのは、多分「初心者冒険者講座」の卒業生だ。

極々まれに才能がある人間ばかりが集まって出来たパーティーって可能性は無きにしもあらずだけど、他の領地ならいざ知らず。菊乃井であったなら確率としては初心者講座出身の方が確率が高い。

目配せすると、ラーラさんがヴィクトルさんと一緒に部屋から出ていく。

代わりにローランさんが部屋に入って来た。

「失礼するぜ。鳳蝶様、リュウモドキが出たと報告が……？」

「ああ、はい。講座受講中に……」

するとローランさんの顔は強張っていたけれど、そう言えばそっちも重大事なんだよな。するとローランさん、奏くんが手を挙げた。

「俺がそっちの説明するから、若さまと教官は兄ちゃん等の話聞いてやってよ」

「ああ、では吾輩もその説明とリュウモドキの話をしようか」

大根先生も立ち上がって、ローランさんの方に近づく。すると紡くんがアンジェちゃんの手を引いて、その後を追う。

アンジェちゃんも「わかさま、こっちはおまかせください！」なんて胸を張ってる。頼もしいな。

そんな訳でリュウモドキの出現状況とかは、奏くん達におまかせ。

ローランさんもシャムロック教官に「後でそっちの報告も頼む」と声をかけて、部屋を出て行った。

さてと、どう説明するかな。

話す内容を考えていると、ローブの女の子が「あー!!」と叫んで、私を指さした。

「ご、ごりょ!?　ヤバい！　ご領主サマだ!?　アタシ絵姿持ってる！」

「へ？」

「見て！」

見たくないですけど!?

止める間もなく、ローブの女の子が荷物をガサゴソやって取り出したのは、手のひらサイズの小さな布。

補強に厚紙を中に入れて綺麗に縁取りしているその真ん中、箏を演奏している私がそこにいた。

めっちゃ最近のやつ⁉

ぎぎっと錆び付いたように鈍い動きで首を回してロマノフ先生に視線をやると、先生は明後日の方向を見た。

シオン殿下と統理殿下がその布と私を見比べる。

「れーもそれもってるよ！　でもいちばんあたらしいのは、こっち！」

「⁉」

にぱぁっと嬉しそうにひよこちゃんポーチからレグルスくんが取り出したのは、レクス・ソムニウム衣装を着こみ、城の玉座にもたれてあらぬ方向を見ている私の映った小さい布。やっぱり厚紙とかで補強した上に、少し豪華な作りだ。

「鳳蝶？　その……これは？」

「こ、これは……！　影ソロの練習して疲れてぶー垂れてる時の⁉」

統理殿下が戸惑うように布を覗く。

物凄く不機嫌な姿に、いつだったのか思い出すと、シオン殿下がまじまじと布を見た。

「ぶーたれ……そう言えば不機嫌そうだね？」

「あらあら、憂いが滲み出たお顔……。でも鳳蝶様の黒薔薇のような雰囲気がよく表現されていますわね」

「黒ばら？　黒腹？　腹黒の間違いですか……？」

ゾフィー嬢の言葉に首を傾げる。

つか、これ作ったのヴィクトルさんだな。

帝都公演大千穐楽の直前、色々あって音程が中々安定しなかったんだよな。

いや、ヴィクトルさんは及第点をくれてたけど、なんかしっくりこなくて練習を繰り返してた時だ。喉を傷めるからって練習を強制終了させられたから、余計にぶーたれて不機嫌になってたんだっけ？

なんでこんなものを作ってて、それがひよこちゃんの手にあるんだ？

「レグルスくん、これ、なに？」

顔面を引き攣らせて尋ねると、ひよこちゃんがいい笑顔で教えてくれた。

「えぇっとね、これはシークレットなんだよ！」

「『菊乃井歌劇団スターシリーズ』というブロマイドですよ。異世界には好きな役者さんの絵姿を集めるという娯楽もあるそうなので。君の絵姿を極僅かに入れているんですよ」

「ユウリ君の発案ですね」なんてロマノフ先生は軽く言うけど、シークレットってなんだ？

因みにブロマイドの概念はユウリさんがエリックさんに教えて、そこからの布教らしい。

ちょっと何言われてるか解んないですね？

内心で白目を剥いていると、坊主頭と軽装備の少年たちが、再びベッドで土下座した。

「そ、そんな偉い人とは思わずに……！」

「ため口きいて、すんませんでした！」

がばっと頭を下げた途端、二人が腹や胸を押さえて呻く。傷に障ったんだろう。

二人を心配するローブの女の子も、手を伸ばした途端痛みに呻いた。

話が進まない。

坊主頭の少年の背中を摩ってやると、レグルスくんも同じように軽装備の少年の背を、ゾフィー嬢がローブの女の子の背を摩ってやる。

そうしていると落ち着いたようで、ゆっくり三人が顔をあげた。

すると統理殿下が小首を傾げて、三人に尋ねる。

「そう言えば、さっきも土下座していたが……どうしてだ？」

「ああ、そうですね。領主の顔は今思い出したみたいだし」

シオン殿下も気になったんだろう、口を開いた。

じっと視線が集まった三人はそれぞれ顔を見合わせると、坊主頭の少年がおずおずと話し出す。

「金が無くて……」

「怪我が治れば、地道に働いて払いますから、その……ちょっと待ってもらえたらと思って」

「ああ、そういう……」

聞けば彼ら、位階が低くて中々受けられる依頼が無いらしい。

なので手っ取り早く稼げるダンジョンに潜ったとか。

小声でラシードさんが「拾うの？」なんて聞いて来るんだけど、これ、私が拾わないとアカンやつか？

いや、何でもかんでも拾うの良くない！

この場合は私が介入するような案件じゃない。

そう判断すればやる事は自ずと決まってくる。

まずはレグルスくんにお願いだ。

「レグルスくん、受付に行って『緊急保護費特別減免制度』の申し込み用紙持って来てくれる？」

「はい!!」

「用紙が届くまで、シャムロック教官は初心者冒険者講座についての説明を三人にお願いします」

「心得ました」

パタパタと軽く走っていくレグルスくんの背中を見守って、シャムロック教官は土下座の三人組に初心者冒険者講座の何たるかをかみ砕いて説明し始めた。

その光景にラシードさんが小声で、私に「拾わないのか？」と念押しするように尋ねる。

統理殿下もシオン殿下もゾフィー嬢も、ちょっと不思議そうな顔だ。

「拾いませんよ。と言うか、今回は拾ったらダメな案件です」

「え？　なんで？」

「なんでって……」

「エストレージャもダンジョンで拾ったって聞いたけど」

いや、犬猫じゃあるまいに。

ラシードさんの言葉に僅かに眉を動かす。

でもそうか、そういう風に見えるなら少し違う。そしてラシードさんにはその違いを解っておいてもらわないとダメか。

何せ彼は今後、菊乃井でも重要な人材になってくるだろうから。

遮音の結界を張ると、ラシードさんもだけど統理殿下やシオン殿下、ゾフィー嬢の顔がぴりっと引き締まった。

「エストレージャの時は彼らが罪人で、それも騙された故の罪人だったからです」

「騙された故の罪人……？」

エストレージャが大発生を引き起こしかけたのは、彼らの無知と貧しさに付け入り、巨大ゴキブリの卵を彼らに渡した奴らがいたことが発端だった。

結果的には大発生は未然に防がれた訳だけど、そもそも大発生を引き起こすっていうのは死んだとしても償い切れる罪ではない。

けども、彼らは意図して大発生を引き起こそうとしたわけでもなく、寧ろ騙されて自身の命も危うかった訳だ。

それと意図してやった人間とを同じ刑罰、この場合は処刑なんだけど、それをしていいかどうか……っていう。

それに大発生は起こっていない。起こっていない以上、起こした時と同じ罰というのも重すぎる。

そして何より、同じような事を何処かのダンジョンで、菊乃井の民が心ならずも起こしてしまった時の救済処置として「前例」をつくっておかなくてはいけなかった。

「前例？」

きょとんとラシードさんが呟く。

「そう、前例。審判というのは前例に倣うべしっていうところがありまして。菊乃井で一度前例をつくってしまえば、それ以降似たような事件が起こった時、前例に倣う判決が出やすいんです。この場合『処刑には能《あた》わず、強制労働等に従事させるべし』ですね」

「強制労働って、別にエストレージャは強制労働なんか科せられてないだろう？」

それは見方による。

彼らはロマノフ先生達のもとでエルフィンブートキャンプを受けて、一廉の冒険者になって、そのお蔭で名声は得られた。

しかし、その名声は私の名誉に転化されるし、この先どんな栄光を掴もうとも、それは私や菊乃井の評判となるし、存在自体菊乃井と私に縛られるのだ。

その人生の何もかもを、私に捧げることになる。

「例えばどこかで王侯貴族のような、楽しい暮らしをしていても、彼らは私に騎士の誓いを立てた以上『戻って私に尽くせ』と一言私が言えば、そうせざるを得ないんですよ。彼らの生殺与奪は私の心のままです」

「……」

「あの時、私はまだ改革の『か』の字にも手を付けられていなかった。ここで騙された彼らを処刑するのは簡単だ。でも処刑したとして、領民の好感を得られることはないだろうけど、反感を買う可能性は大きい。彼らに恩情を示したことで得られる領民の好感度を重視しました。彼らが復讐を遂げられなくても、私は民に無駄に命を落とさせる人間ではないという証明になりますからね」

「それなら、今回は？」

「今回彼らは罪を犯したわけではないし、菊乃井には彼らのような冒険者の救済措置がある。救済措置はそもそもこういう事態のために作ったのだから、それを利用すればいい。私が動くのは、現行の法令では対処できない事が起こった時だけです。でもそれだって、そこで対応出来る仕組みをつくれば、次に同じことが起こった時にはもう前例に倣って解決できますしね」

「なるほど」

難しい顔でシオン殿下もゾフィー嬢もラシードさんも頷く。

しかし統理殿下はあっけらかんと。

「壮大な後付けだな」

ケラケラと朗らかに笑う。

「エストレージャに関して言うなら、死なせるのが嫌だったんだろう？　俺だってそういう事情なら何とか酌んでやろうと思うさ。素直じゃないなぁ」

「べ、別に、そういうんじゃないです！」

何言ってんだ、この人。

そういう眼で統理殿下を見る私に、ゾフィー嬢やシオン殿下から生温い視線が注がれる。何ていうか「解ってるよー」みたいな。

ラシードさんすら、私の肩をポンと叩いて「素直になれないんだな?」みたいな視線を寄越す。あの時のやり取りを知ってるロマノフ先生まで、笑いを噛み殺している。

違うって！　そんなんじゃないってば！

でもそういう反論をすると、やっぱり「またまたぁ」って顔をされる。

なんでなんだ？　ラシードさんなんか、私に結構痛めの脅しをかけられて「はい」か「解った」しか言えない状況にされたんだぞ……？

怪訝そうな顔の私と、生温い視線の殿下方とゾフィー嬢、ラシードさんのおかしな睨み合いは、けれどノックの音で終わりを告げた。

「もってきたー！」

「ただいま」

「ただいまー。確認してきたよー」

開いた扉から入って来たのはレグルスくんとラーラさんとヴィクトルさん。

レグルスくんは頼んだ通り、用紙を握りしめていた。ただし、二枚。

「お帰りなさい」と声をかけると、まずレグルスくんから紙を受け取った。二枚の内訳は一枚が「緊急保護費特別減免制度」申し込み用紙で、もう一枚は初心者冒険者講座の受講申し込み書。

ラーラさんとヴィクトルさんが、シャムロック教官と彼に説明を受けている三名を一瞥する。

「まんまるちゃんの考えている通りだったよ」

「宿屋のレストランで彼らの特徴を伝えて、知らないかって尋ねたんだよ。そうしたら偶々隣り合ってここのダンジョンの話をしたっていうパーティーがいてね。案の定初心者冒険者講座の卒業生だった」

「やっぱり」

溜息を吐くと、ヴィクトルさんとラーラさんが肩をすくめる。

そりゃ卒業生だったら、装備はEffet《エフェ》・Papillon《パピヨン》から、そこそこいい物が渡されていて、戦力の底上げがされている訳だから。

その卒業生パーティーも、まさか菊乃井に来たばっかりの新人に近い冒険者が、初心者冒険者講座を受けないとは思ってなかったらしく、その辺の説明はしなかったそうだ。

彼らはヴィクトルさんやラーラさんに、今回の話を聞いて凄く意気消沈したとか。

自分達の話が原因で、一つの冒険者パーティーが全滅することになるなんて思ってなかったそうだ。

それは当たり前だし、その事に罪悪感を覚える必要はないって、ヴィクトルさんもラーラさんも慰めたらしい。

冒険者ってその辺は自己責任だからね。

そんな話をしていると、話が終わったのかシャムロック教官がこちらに視線を向けた。

「彼ら、菊乃井の救済措置を利用するそうです。それから初心者講座も受けることになりました」

「そうですか、では手続きをしましょうね」

てな訳で、レグルスくんから書類を受け取って、必要事項をサラサラと記入していく。

彼らのサインがいるんだけど、字を書けるか尋ねたら三人とも首を振った。

なら拇印《ぼいん》で結構。

彼らの名前……坊主頭の少年がグレイ、軽装備の少年がビリー、ローブの女の子がシェリー……を書いて、そこにそれぞれ血判を押してもらった。

「さて、お三方。あとはご随意に」

にこっと笑えば、二人の殿下とゾフィー嬢が同じく笑う。

冒険者三人も「お手柔らかに」と引き攣った笑みを浮かべた。

後は阿鼻叫喚。

「痛ぁー！」とか「ぎゃぁぁぁ！」とか「うぉぉぉぉぉ！」とか賑やかだなぁと思っていると、ラシードさんが「なぁ」と声をかけてきた。

「なんです？」

「さっきの、エストレージャの時の話。何で教えてくれたんだ？」

「そんなの、貴方も私の政策の柱になるからですよ」

「え？」

驚く彼の顎を思いっきり掴んで目を合わせ。

「良いですか？　これから先菊乃井は議会制を目指します。貴方が魔物使い達の集落を形成して、そこの長に納まっていたら、議会が出来た時にまず魔物使い集落代表として選ばれるのは貴方だ。

そういう人には、私と同じくらいの立ち回りをしてもらわないと困るんです」

「……解った。もっと色々考えられるようになれって事だな」

「そう。私は町の代表になるだろう奏くんや紡くんにも同じことを望みます」

より良い世界を望むのであれば、仲間は絶対に必要なんだから。

「おう、任せてくれよ」

ラシードさんがはにかむ。

背後では治療が一段落したのか、悲鳴が聞こえなくなった。

振り向くと、統理殿下とシオン殿下、ゾフィー嬢が、冒険者三人組の傷の具合を確かめている。

「あと二回ほど魔術を掛けたら完治ですかね」

骨が変な感じで折られていたのを、矯正しながらの治療だったから、少しずつ進めるしかない。

ロマノフ先生の見立てだとそんな感じだそうで、冒険者三人はぎょっとして青ざめている。

あの阿鼻叫喚を二回。

一日一回として、後二日かかる。

こっちの予定としては構わないんだけど、冒険者三人はかなりげっそりだ。

彼らは明日から初心者冒険者講座を受けるんだけど、この救護室に怪我が治るまで泊まることになってる。当然完治するまでは座学中心だ。

明日からの皇子殿下方の予定に町に出て、彼ら三人で回復魔術の練習が組み込まれる。

ゾフィー嬢は明日菊乃井歌劇団の公演を観劇後、一旦ご帰宅。

そう言えば明日は梅渓家の和嬢も菊乃井に来るんだった。

で、治療が終わったところに、救護室の扉がノックされる。

「入るぞー」と、奏くんが扉から顔を覗かせた。

「終わった？」

「うん、一応。完治にはあと二回ほど魔術かけなきゃだけど」

「二回だけで良かったじゃん」

あっけらかんと言う奏くんだけど、まったくその通りだよ。

もっと酷い怪我だと、一週間くらいかけて傷口を塞がれるんだから。

まあ、そうなると、最後の方は殆ど痛くなくなるらしいけど。

「そっちは？」

「終わった。リュウモドキはロマノフ先生が持ってるからって言っておいた。そんで、大根先生はその解体に立ち会うって」

「ん？　なんで？」

「リュウモドキを扱った事のあるギルドがほとんどないから、解体の方法とか解んないんだって」

それで大根先生に解体というか解剖のやり方を教わりつつ、それを説明書にして残しておこう。

更にその説明書を冒険者ギルド全体で共有資料にしようという事だって、奏くんは説明してくれた。

いい事だと思う。

それで報酬なんだけど、人食い蟻《キラーアント》からのドロップ品は規定通り三分の一をギルド、残りを私達で分けることになった。

けど、リュウモドキに関してはちょっと扱いに困るそうな。

「え？　どうして？」

「倒したのが若さまで、倒した時に初心者講座を受けてたからって言ってた」

「うん？」

奏くんの言葉に首を捻る。

その様子を見てたのか、シャムロック教官が少し考えた後、苦笑いで口を開いた。

「それは……ギルマスも困ったろうな」

「えぇっと？」

「自分にはリュウモドキを単独討伐する力はありませんが、侯爵閣下がリュウモドキを討伐し得たのは初心者講座を受けていたから。捻じれ現象ですね。どちらが欠けていてもリュウモドキの討伐に至らなかった」

「ああ、そういう事ですか……」

頷く。

だって生徒がそんな教官でも勝てるか解んないモンスターを討伐するとか、普通に考えてないわな。

こんなの想定外だよ。

うーん、困ったな。

だけど、こういう時に頼れる人が私にはいる訳なので、ロマノフ先生やヴィクトルさん、ラーラさんの方に視線を向ける。

「先生方、こういう時ってどうしたらいいと思います？」

素直に尋ねると、ややあってロマノフ先生が口を開いた。

「そうですね。肉は菊乃井の屋敷で調理してもらう部位を取り分けて、後は領民に振舞ってしまう。それ以外は格安で冒険者ギルドに卸して、その料金は菊乃井領の発展のために役所へ寄付。こんな感じでどうです？」

「ボクもそれで良いと思うよ。誰も損はしてないし」

「そうだね。あーたん達はお肉以外に、大根先生からリュウモドキの知識ももらえるし、悪くないと思うけど」

それが妥当かな？

奏くんやラシードさんにも意見を聞いたけど、二人とも「そもそも倒してないのに、肉食えるの嬉しい」って言うし、アンジェちゃんや紡くんも同じく。

レグルスくんも「れーはにぃにがいいとおもったことをしてほしい」って言ってくれる。話を聞いていたのか、統理殿下やシオン殿下もゾフィー嬢も頷いてた。

私が言うのもなんだけど、皆いい子だよね。

という事で、シャムロック教官とロマノフ先生にリュウモドキの手続きをお願いして。

リュウモドキの解剖には、折角なので見学希望を出しておいた。

私、ゾンビとかグールはダメなんだけど、生物学的にリュウモドキの身体がどうなってるのかは気になる。

けども、希少生物だから解剖するにも準備がいるんだって。

それが終わるまで、私達は人食い蟻《キラーアント》のドロップ品を換金して、買い物とおやつの時間を持つことにした。

結構大きめの魔石を私達の取り分にしてくれたから、取り分は銀貨一人あたり五枚。

銀貨五枚もあればおやつも小物も、菊乃井では色々手に入る。

ちゃりっと手の中にある銀貨五枚を握りしめて、統理殿下もシオン殿下もゾフィー嬢もなんだか嬉しそうだ。

「……初めて、自分の力で金を稼げたんだな」

「そうですね。僕達、やりましたね！」

「私、何だかドキドキします……！」

あー、解るぅ。

私も初めて自分でお金を稼いだ時は、ちょっと誇らしかった。出来る事があるんだって、少しだけ自信が出たよね。

そんな三人を見て、ラシードさんが私と奏くんに言う。

「これからカフェ行くのか？」

「え？　や、決めてませんけど」

「ラシード兄ちゃんは行きたいとこがあんのか？」

「フィオレさんとこで、果物氷食おうぜ？　皇子様達、果物氷なんかしらないだろ？」

「うーん、氷菓子《ソルベ》は知ってると思いますけど、果物氷は知らないかも」

「じゃあ、いいじゃん！」

夏だしね、いいと思う。

果物氷っていうのは、凍らせた果物を削ってかき氷にしたもので、この夏のお宿の新メニューだ。

菊乃井の夏は過ごしやすいって言っても、暑いには違いないからよく売れるらしい。

ヴィクトルさんにそう言うと、先生達からは許可が出た。護衛のリートベルク隊長は難しい顔をしたけど、ヴィクトルさんが一緒という事で納得してくれたみたい。

使い魔達がいるからお宿のテラスを借りて注文すると、中から大急ぎでフィオレさんが出て来た。

「ちはッス！　ご注文の果物氷ッス！」

「こんにちは。繁盛してますか？」

「もう、めっちゃ忙しいッス！　でも、かんこ鳥が鳴くより全然！」

テラスのテーブルに並べられたのは、イチゴや桃、リンゴを凍らせた上ですりおろした物が、可愛くて涼し気なガラスの器に盛られたもの。

珍しい所ではスイカのすりおろしなんかもあった。

全員がその色味やなんかに感嘆の声をあげていると、フィオレさんが統理殿下やシオン殿下、ゾフィー嬢に気付く。

「お友達ッスか？」

「え、ああ、はい」

「そッスか。お仕事大変ッスもんね。たまにはゆっくりなさってくださいッス」

「ありがとう」

お礼を言えばフィオレさんはお辞儀して去って行く。

その背を見て統理殿下が話しかけてきた。

「随分と領民に近いんだな？」

「近くないと、真意が伝わらなかったりしますからね」

「愛されるより恐れられよと異世界では言うらしいが、どうなんだろうな？」

「さぁ？」

前世においてはマキアヴェリという人が、そんな事を言っていた気がする。

でもその場合の恐れは「怖い」というのでなくて、もっとこう神様に私達が抱くような畏れなんじゃなかろうか。

侮られなければ別段、その辺は好きにしてくれたらいいと思う。

そう言えば統理殿下が笑った。

「いやぁ、絵姿が土産物になる領主が愛されてないはずないな」

「兄上の絵姿だったら僕も欲しいです！」

「まあ、私も。統理殿下の絵姿を作る時は衣装から何から、私に選ばせてくださいませ」

シオン殿下とゾフィー嬢が楽しそうに、統理殿下にくっつく。

将来、帝都名物に統理殿下の絵姿が加わりそうな気がした。

まったり政治談議

統理殿下もシオン殿下もゾフィー嬢も、果物氷は気に入ったみたい。

搾った果汁を凍らせるものも美味しいけど、凍った果物自体を削るのも濃くて美味しいもんね。

シャリシャリした食感のイチゴは甘酸っぱいし、よく熟れた桃の甘さも良い感じだ。

そういうのを楽しんでいると、視界の端っこで統理殿下とシオン殿下が何やら視線で会話しているのが見えて。

「何です？」

「うん。少し込み入った話がしたい」

問えば、覚悟を決めたのか、統理殿下が改まる。

奏くんが手を挙げた。

「それっておれとか聞いてていいヤツですか？」

「勿論。と言うか、鳳蝶の側近として活動するなら聞いておいた方がいい」

シオン殿下も真面目な顔で言う。

何か重たい話なんだろうか？

日配せすると、ロマノフ先生やヴィクトルさんやラーラさんが頷いた。そしてヴィクトルさんが、周囲からこちらの存在を切り離し、音も一切漏れないような結界を敷く。

「さっき、鳳蝶がラシードに議会がどうとか言ったろう？」

「聞こえてたんですか？」

「まあ、ちょっとだけ」

その言葉に表情が硬くなったのは奏くんやラシードさんで、小さい子組は解ってないのか気にした様子がない。

ついでに殿下方もゾフィー嬢も、先生方もそうだし、勿論私も平静。慌ててるのはリートベルク隊長くらいだ。

だって帝国国法では、領内統治はある程度認められてる。菊乃井が議会制に踏み切ったところで咎め立てる事は出来ないんだから。

こういう風に真正面から切り込んで来るって事は、議会制を止めろとかそんな話じゃないだろう。なので「それで？」と尋ねれば、統理殿下が至極真面目な顔で口を開いた。

「いや、議会制導入は皇室の願いでもあるからな」

「は？」

ちょっと驚く。

エルフ三先生達もだし、奏くんやラシードさんもだ。

そんな私達の反応に殿下方もゾフィー嬢も満足したのか、にっと口の端をあげる。

「ほら、うちの先祖は渡り人だろう？」

麒鳳帝国の初代皇帝のお妃がそうなんだ。

彼女のお蔭で麒鳳帝国は、その当時随分と進歩した国だったらしい。

そんな彼女は家族にいくつか未来の話を遺して逝ったらしいんだけど、その中に「議会制の導入」を望む言葉もあったそうな。

お妃のいた異世界では、麒鳳帝国や旧世界と同じく「王」が支配する時代があったのだけれど、ある時起こった「革命」のお蔭で、民衆自らが選んだ政治家が議会で色々定める政治体制に移行したという流れがあったとか。

「帝国が今のまま善政を敷き続けるなら革命は起こらないかもしれないけど、そうでなかったら必ず帝国が倒れる時が来る。その時に暴力じゃなく話し合いで解決できるように、議会があった方が良い。何故なら議会のあった国でも革命は起こったけど、無血に近い革命で終わったから……だそうだ」

帝国が成立してからかなりの年月が経っていて、それでなお議会制に踏み出せないのは、最初は臣民も貴族達も戦乱で荒れ果てた生活基盤を立て直すのが精一杯だったから。

余裕が出て来てそろそろと思った頃には、一度握った既得権益を手放すのが嫌になった貴族たちの反対があったり、大規模災害が起こったりで中々計画は進まずだそうな。

「ほう」

無血の革命っていうのは、前世の清教徒革命の事かな？

この辺はあんまり覚えてないけど、たしか議会で「権利の請願」とかいうのが通って、色々ゴタゴタすったもんだしたあと、「法の支配」やらなんやらを王様に認めさせたって話だった気がする。

私が心配してる「フランス革命」とは趣が少し違うんだ。

でもその違いを説明できるのは現役でその頃を学んでいる学生さんか、歴史に詳しい人くらいなもんで、一般市民が革命と言われて思いつくのは、どっちかと言えば「フランス革命」の方だろう。

前世の「俺」がそう主張する。

翻って考えると、初代のお妃様はこの辺がごっちゃになってて、議会があれば革命を阻止できるって思ったのかな？

その辺は私も同じだけど、議会があっても革命は起こるんだ。

起こるだろうけど、議会があればそれを最小限度の被害で済ませられるかもって打ち出したのが、菊乃井の思想骨子「黄金の自由《アウレア・リベルタス》」なんだよね。

さて、それを話していいものか……？

迷っていると、レグルスくんがこてんと首を小鳥のように傾げた。

「アウレア・リベルタスのおはなし？」

「アウレア……？　なんだい、レグルス？」

レグルスくんと同じように、シオン殿下が首を傾げる。ゾフィー嬢も統理殿下も、疑問符を顔に張り付けて私を見た。

これは喋っちゃっても良さげ？

迷っていると、ロマノフ先生やヴィクトルさん、ラーラさんから、視線で「話してみては？」と言われた。

ので。

「統理殿下、シオン殿下、ゾフィー嬢も……。いえ、未来の皇帝陛下と皇妃殿下、大公殿下に、臣・菊乃井鳳蝶が謹んで言上仕ります」

カフェの椅子からおりて、臣下としての正しい姿勢を取れば、すぐに殿下方とゾフィー嬢が居住まいを正す。

それを見たレグルスくん達も同じように椅子から立ち上がったけど、これには統理殿下が「それには及ばない」と声をかけた。勿論私にも椅子に座るように言ってくださったので、そうする。

「改まって言わなきゃならない重大事なんだな？」

「重大事というか、菊乃井の思想骨子です」

そう前置きして、黄金の自由《アウレア・リベルタス》の内容を話す。

領主であろうと法を順守する「法の支配」と、軍隊を役人に掌握させ、いずれ選挙で選ばれた領民の代表を議会に召集し、その下において政治を進めていくこと。そしていずれは「君臨すれども統治せず」の政治体制に移行しようとしている、だとか。

ラシードさんにも奏くんにも黄金の自由《アウレア・リベルタス》に関しては初めて話すことだったから、凄く驚いたみたい。

話し終えると、統理殿下とシオン殿下、ゾフィー嬢はあっけらかんとしたもので。

「なんだ。皇室《うち》よりはっきりした指針があるじゃないか」

「やっぱり、国民全員に学問は要りますよね。初代様も『私はしがない会社勤めで、私くらいの知識はあっちなら誰でも持ってる』って言ってたらしいですし」

「そうですわね。選挙を行うにしても誰の主張が正しいとか、自身に都合がいいだとか、そういうことを判断するには、やはり知識や見識はある程度必要かと」

そんな話をしている傍ら、奏くんが少し難しい顔をしている。

「どうしたの？」と声をかけると、奏くんが視線を紡くんに飛ばした。

紡くんはアンジェちゃんと仲良くスイカの氷を食べてニコニコ。

「いや、おれは若さまの騎士になるから、その政治の代表は紡になるなって」

「だろうね。最初は皆誰を選んだら良いか解らないだろうから、賢くて私と繋がりがある人に代表してもらおうと考えると思う」

「だったら紡だな。アイツ賢いもん。我慢強いし、人の話はよく聞けるし」

「まあ、大人になった時の話だし、紡くんが嫌がったらそれまでだけど」

「まあな」

ふっと奏くんが柔らかく笑う。

頼れる弟がいるって、良いよね。うちのレグルスくんも頼りになるし。

そしてもう一人のお兄ちゃんが、弟の顔を見る。

「その辺の事は帰って父上に相談だな」

「そうですね。でも手紙で先に少しだけ知らせますか？」

「俺達にも考えをまとめる時間が必要だからな。空飛ぶ城に帰ったら一緒に考えよう」

「はい。勿論です」

そんな光景に、ゾフィー嬢が穏やかに微笑む。

それからこっそりと、私に尋ねてきた。

「鳳蝶様、この件は秘密でないにせよ、知る人が少ないお話です。何故こんなにもはっきりと議会制や他の事も考えられましたの？」

「祖母がその当時の貴族社会から見たら、相当な変わり者だったのはご存じでしょう？」

「ええ、まあ、それなりに」

「その祖母を見出したのは曽祖父ですが、彼の家庭教師の知り合いに渡り人がいたそうです。その曽祖父は異世界の政治体制に興味があったようですし、それが祖母に伝わって、更に私に……という感じですね」

「なるほど」

頷いてはいるけど、完全には納得したかどうか解んない微笑みだ。

でも私に嘘を吐く理由もない。

祖母の事情についてはシオン殿下からいずれゾフィー嬢に伝わるだろうし、伝わらなくても聞かれたら答えるだけ。私にやましいところはない。

同じ仲間だって言っても、何でもかんでも話すのは違うだろう。

後の解釈はゾフィー嬢次第だ。

そう思っていると、ゾフィー嬢が何かを思いついたのか、はっと私を見る。

「ならば、ルマーニュ王都の冒険者ギルドを粛清して、完全にルマーニュ王国と対立する形にさせたのは偶然ではないんですね？」

「え？」

なに、どういう事？

「え？」

「……あら？」

ぱちぱちと何度か瞬きすると、ゾフィー嬢も同じく瞬きを繰り返す。

何でここでルマーニュ王国の話が出てくるんだ？

首を捻っていると、ゾフィー嬢も同じように首を傾げる。

腹の探り合いって目線じゃなく、戸惑いに揺れるゾフィー嬢にロマノフ先生が声をかけた。

「その件はまだ鳳蝶君には話してないです」

「まあ、そうなんですの？　では、私、余計なことをお耳に入れたのかしら……？」

「いや、一両日中には鳳蝶君に聞こうと思っていた事なので」

ロマノフ先生とゾフィー嬢の間では、会話が成立しているっぽい。

なので二人に「どういうことです」と尋ねれば、何故かシオン殿下から答えが返ってきた。

「ルマーニュ王国が少しきなくさいんだよ」

「きなくさい？」

そう言われても、あそこはそもそもきなくさいんだよ。

何十年も前からその圧政に対して、一揆や暴動など、武装蜂起されては鎮圧するっていう状況の繰り返し。

暴動が起きれば数年は臣民に対してご機嫌取りのような政策を打ち出すけど、のど元過ぎて熱さを忘れたらまた弾圧と搾取だ。

よくそんなんで国家として成り立ってるなと思うんだけど、武装蜂起側も彼らをまとめ上げる確固たるリーダーというかカリスマ的指導者がいなくて、纏まり切らないうちに内部崩壊を起こして鎮定される。

帝国ではその度にどちらにも対話で物事を収めるよう勧告するだけで、武力干渉を行うことはない。

王国側が非戦闘員に手を出すのも非難するし、武装蜂起側が無暗に貴族を襲撃するのも非難する。

完全中立、そんな感じ。

それできなくさいとか今更過ぎる。

それは殿下方もゾフィー嬢も、先生方も解ってることだし、帝国人ならちびっ子でもルマーニュ王国のきなくささは知ってるレベルだ。

けど、この場にはそういうのを知らないラシードさんとイフラースさんがいる。

「きなくさいって？」

素直にラシードさんが尋ねる。

それに統理殿下がざっとあらまし——ルマーニュ王国は帝国以前の強国だったのが、帝国成立時に滅亡寸前まで追い詰められたこと。そして帝国に臣従する形の、ルマーニュ王国にとって不平等な和平条約が結ばれたこと。ルマーニュ王国は今でも圧政を敷いていて、そのせいで何年かに一度武装蜂起が起こることなど——を話す。

ラシードさんとイフラースさんが溜息を吐いた。

「……圧政止めりゃいいんじゃね？」

その感想は、ルマーニュ王国を知る人なら皆思う事だろう。

民衆の武装蜂起が度々起これば、それだけで国力は低下する。それなのに国としての体制を保っていられるのは、貴族・王族にも圧政を良しとしない人がいるからか。

時々そういう人を用いては、国力が回復してきたら放り出すなんてこともやってる。

翻って民衆が勝ち切れないのは、やっぱり純粋に武力が足りないのと、やっぱり指揮官がいない事が大きい。

けども、その状況が変わりつつあると先生が言う。

「ルマーニュ王国の冒険者ギルドが、役人の理不尽に対抗する人達のために、冒険者に用心棒としての依頼を出し始めたそうです」

勿論、冒険者達はルマーニュ王国の国法には従う。

けれどその法の垣根を越えて、理不尽な圧力を加えてくる役人に対して、睨みを利かせるようになったそうだ。

ルマーニュ王都の冒険者ギルドが率先して役人の不正を正すよう動いている。

元々冒険者ギルドの役割である、国家の監視者業務を忠実に行っているってことだ。

「なるほど、そういう……」

私が打ち込んだ楔はきちんと機能しているらしい。

ゾフィー嬢が何をいわんとしたかも、ロマノフ先生が私に聞こうと思ってたことも解った。

どう説明しようかと、行儀は悪いけれどテーブルを指で軽く叩く。

「ルマーニュ王国の冒険者ギルドと、ルマーニュ王国が対立するように持って行ったっていうのは、ちょっと違います。私は平地に乱を起こす気はないですから」

「そうですの？」

「はい。ただ、私のやったことが真実機能するなら、王国と冒険者ギルドの対立は避けられないだろうなとは考えてました」

「粛清が成功したら、冒険者ギルドは自他に厳しい視線を向ける組織に立ち返るだろうから、ですか？」

ロマノフ先生の言葉に頷く。

腐敗していた組織が綺麗になれば、やることも自ずと浄められて、正道に立ち返る。

そうなればルマーニュ王国の冒険者ギルドは、国家の監視役に立ち返って組織のなすべきことをなすだろう。

冒険者ギルドはそもそも腐った国家の圧政から、弱い民衆を救う事を目的にしていたんだから、当然ルマーニュ王国とルマーニュ王国の冒険者ギルドは対立する。

それだけの事だ。

そして次に武装蜂起があった時、冒険者ギルドが味方するだけの大義が民衆にあれば、冒険者ギルドは民衆の保護を掲げて騒乱に介入するだろう。

どっちが勝つか？

そんなもの、民衆であろうが王国軍であろうが、数に勝る方だよ。

ただルマーニュ王国の圧政は世に知られているし、ついこの間の決闘裁判事件でルマーニュ王国と古の邪教との繋がりも疑われている。

「そんなルマーニュ王国で民衆の武装蜂起があったとして、冒険者がどちらに味方するか……」

答えは知れてる気がするけどね。

そうなれば私はバーバリアンや晴さんへ秘密裏に「民衆に犠牲が出ないように何とかなりませんかね？」ってお願いするし。

エストレージャやベルジュラックさんは、私の息がかかり過ぎてて動かせないのが辛いな。

つらつらとそういうことを話すと、ラーラさんやヴィクトルさんも「なるほど」って言ってくれた。

ロマノフ先生も頷いてくれて。

「大体そんなところだろうと、一応陛下と宰相閣下にはお話ししておきましたよ」

「ありがとうございます」

お礼を言えば、統理殿下とシオン殿下、ゾフィー嬢が大きく息を吐いた。

何ぞ？

きょとんとしていると、奏くんが苦く笑う。

「アレだよ。若さま、ルマーニュ王国の尻の毛むしりに行く支度してるって思われたんだよ」

「は？　いやいや、そんななんでもかんでも四方八方首突っ込んだりしないよ。私が冒険者ギルドに期待するのは、武装蜂起があった時に、か弱い一般市民を守ってくれることなんだけど……？」

民衆に味方するってそういう事だろう。

ただ、ルマーニュ王国にはルイさん達の気持ちが残ってるから、何とかしてあげたいとは思うけど。だけどそれは他国の介入を当てにするのでなく、その国の人間がケリをつけないといけない事でもある。じゃないと、その国の主権ってヤツを手放すことになりかねない。

それにルマーニュ王国で革命なんてものが起これば、その余波は必ず帝国にも及ぶだろう。

例えば帝国がルマーニュ王国の民衆の武装蜂起を容認したら、じゃあ自国での革命に関して武力制圧を選ぶのも矛盾した話になってくる。難しい話だ。

なので私が出来る事っていえば、冒険者ギルドや冒険者達と関係を良くしておいて、ルマーニュ王国で武装蜂起があった際にごにょごにょするくらいだろう。

「か弱い民達が犠牲にならなきゃいいなぁ」って独り言をお聞かせして、皆さんに忖度してもらうって訳だ。

危ないとこに行ってもらうんだから、無事に帰って来れるように色々餞別を渡してさ。

「その程度で精一杯なんだから、溜息しか出ませんね」

大人だったら、もっと色々できるのかな？

目を伏せて大きくため息を吐けば、統理殿下が額を押さえて天を仰いだ。

それから何だか強引に、テーブルをコツコツ叩いていた指に、手ごと触れられる。

「あのな、鳳蝶。今度から何かする時は、俺でいいから全部一回話してくれ。理解が及ばんところは俺の頭が悪いからって事で構わないから」

「えぇ……？」

真剣な顔の統理殿下に、エルフ先生達は苦笑してて、シオン殿下とゾフィー嬢が凄く頷いてる。

何でだよ？

ちょっとびっくりして身を引くと、奏くんがかぱっと笑う。

「若さま、ちょっと誤解されやすい感じだもんな。黒幕とかって」

「黒幕!?」

「うん。顔とか雰囲気とか、ちょっとそれっぽいから」

え？　なに？　私、悪人面ってこと？

ちょっとショックを受けていると、ひよこちゃんが首を横に振る。

「にぃにはなんでもできて、つよそうだからだね！」

にぱっと笑うレグルスくんは今日もとっても可愛いです。

まあ、ね。

皆なんか誤解してるって、薄々思ってはいたけど。

私のやることとなすこと、全部計算ずくって思ってる訳だ。

そんな訳あるかい！

「いや、そりゃね？　今回大掛かりな事をやりましたから、そう思うのもおかしくないかもですけど、私、流石に未来予測は出来ませんから」

「でも、ルマーニュ王国で冒険者ギルドと国の対立が始まるというのは予測できたわけだろう？」

シオン殿下がジト目でこっちを見るけど、それは予測出来てもおかしくないだろう。

だってそもそもの冒険者ギルドの立ち位置は国家の監視だもん。

それを踏まえた上で、ルマーニュ王国の圧政が、国家として正しいのか考えたら自ずと答えはでる筈だ。

そう言えば、統理殿下は首を否定形に動かす。

「一面ではそうだろうな。でも民からの搾取を当然と考えるものはそんな事は考えない。自分達は正しい事をしていると思っているだろうからな。そうであれば不満を抱える民こそがおかしい。その武装蜂起なんてとんでもない事だし、それを陰で唆しているものがあると考えるだろう。ルマーニュ王国はそういう奴が多いんだ」

「価値観の違いですね」

「そんなヤツからしたら、お前は見事に扇動者だ。皇家はルマーニュ王国から、そろそろお前に暗殺者が放たれるんじゃないかと危惧している」

統理殿下の口から出た暗殺者という単語に、レグルスくんや奏くん、ラシードさんやイフラースさんがそわっとする。

紡くんとアンジェちゃんも、お兄ちゃんたちの雰囲気が張り詰めたのを察して、果物氷を食べていた手を止めた。

でも、エルフ先生達は平然としたもので。

「遅いくらいですね」

「だね。僕らがなんのために菊乃井に敷く結界を毎月強化してると思ってたのさ」

「まったくだよ。闇に潜んでる小蜘蛛の数も、どれだけ増えたか」

ロマノフ先生もヴィクトルさんもラーラさんも、その可能性を大分前から考えて行動してくれてる。

それは勿論私も知ってるし、ルイさんやロッテンマイヤーさんも承知の事。

だって私だけじゃなく、屋敷の皆は当然として、ルイさんやエリックさん、ユウリさん、ヴァーサさんにも狙われる可能性がある訳だから、陰に小蜘蛛を潜ませてるし。

勿論、歌劇団や冒険者ギルド、ブラダマンテさんのいる神殿、役所。主要な所には小蜘蛛ちゃん達が潜んでいて、怪しい動きをするものは、闇に紛れて……。

「……まさか、殺して?」

「ないですよ。捕まえて必要な情報を抜き取った後、暗示をかけてからの再教育です」

「あらあら、やりますわね」

ゾフィー嬢の目がきらりと光る。

皇家にとっても密偵の再教育は、興味深いところだろう。

他人の記憶を弄って再教育って人道的には良くないんだろうけど、どうせこちらに捕まって必要な情報を抜き取られたなんて知れたら、末路は自害か雇い主に消されて終わりだ。

人間だって資源なんだし、無駄に散らせるくらいなら良いじゃん。良くないけど良いじゃん。だって捕まえた密偵、皆セバスチャンか威龍さんとこの諜報部に送ってるけど、顔色良くなってるらしいし。

密偵って仕事の難しさの割に使い捨てだし、ブラック多いのかね？

「菊乃井に仕えていたけど、君は某国に潜入調査で潜んでて、役目を終わらせて帰って来たんだよ」っていう設定を強めに刷り込んだら、「もうめっちゃ最悪な調査だったわ。使い潰されて死ぬかと思った〜」って、大概の密偵がのんびり過ごしてると聞いている。

次の仕事はブリリアントホワイトだと良いね……。

というか、私は今のところ情報収集以外に密偵を使うつもりがないので、彼らを使い捨てにする気はないけど。

「人の記憶を弄るとか良くないとは思いますが、菊乃井には何せ人手もお金もないんです。使えるものはなんでも使います」

「まあ、その辺は口出し出来る立場ではないから、危ない事は出来れば避けてくれとしか。いや、何かやるなら俺にも話しておいてくれたら、後々『第一皇子として命じた』って言えるから」

「む、それは、なんか……」

統理殿下の言葉に眉が寄る。

自分に話せっていうのは、私に向かう恨みや何かを「帝国がやらせた」ってことで薄めようと考えてくれての事だ。それは解る。

だけど、それをすれば最悪統理殿下が矢面に立つことになったり……。

それは、どうなのか。

そんな私の顔を見て、統理殿下は苦く笑う。

「お前が守ろうとする不特定多数に俺が含まれるように、俺の守りたい誰かの大事な誰かにはお前も入ってる。それだけの事だ」

この話はまたしよう。

統理殿下が静かに言えば、これでその話は終わり。

和やかに果物氷を食べた後は、買い物へ。

まずはアンジェちゃんが買いたいって言ってたお花を買いに、花屋。

此処ではアンジェちゃんとゾフィー嬢が出し合って、大きな花束を歌劇団全員に、小さなブーケをシエルさんへの贈り物にした。

統理殿下は剣を見たいそうだから、武器屋に。

今腰に佩いてる剣は、陛下が子どもの頃に使ってたモノだとか。

切れ味に不服はないけど、剣の鞘とかのデザインがしっくりこないらしい。

シオン殿下も使ってるクロスボウをデコりたいらしく、何か飾りが欲しいそうだ。

「れーもおはなかおうかな?」

「んん？　なんで？」

「あした、なごみちゃんくるから」

「ああ、そう言えば」

道々歩いていると、レグルスくんがはにかんだように言う。

レグルスくんは、和嬢のことが結構気になってるみたい。可愛いし、なんというか貴族社会にどっぷり染まってない感じがしていいよね。

でも彼女も公爵家のお嬢さんだ。きっと守られるだけのお嬢さんとは違うだろう。今がか弱くても、十年後もそうとは限らない。

それに十年後、凛々しく成長したレグルスくんにおっとりした和嬢が寄り添うって、騎士と姫君って感じでロマンじゃん？　リアル騎士物語じゃん？

想像するだけで、なんかキュンとするわー。

よし、お兄ちゃん、いい事考えた！

「レグルスくん、お花はござる丸に頼んでみようよ」

「ござるまるに？」

「そう。珍しい、可愛いお花を見せてくれるかもしれないよ？」

「そっか！　うん、そうする！」

ぱぁっと目を輝かせるレグルスくんはとても可愛い。

そんな話をしている間に、殿下方は買い物を済ませたそうで、今度は屋台で買い食いだ。

町の屋台は事前に調査して、何処のものなら食べやすいかとかも把握済み。

なのでさりげなくその店舗に奏くんと紡くんに誘導してもらえば、場所は孤児院の前。

屋台で売っているものは、孤児院にいる子たちがたこ焼き用のプレートを使用して作った焼き菓子だった。

ここならブラダマンテさんが監修してるから、たしかに安全。

ただし焼き菓子は焼きたてだから、急いで食べてやらかした舌の火傷は自己責任です。

皇子殿下やゾフィー嬢にブラダマンテさんも挨拶して、孤児院の経営の話とかも聞けた。

帝都にも孤児院はあるそうだけど、菊乃井や次男坊さんと関わりのある孤児院と違って、何か自分達で経営しているのでなく、全て行政からの支援金と寄付で賄っているため、かなり困窮しているらしい。

「こういう店を出して、それで資金を稼ぐというのも必要かもしれないな」

「うーん、でも、うちのは参考になるかどうか……」

「と言うと？」

「Effet《エフェ》・Papillon《パピヨン》の職人養成所としての側面があるから、他所の領地の孤児院より支援金は多めなんです。それに焼き菓子だって材料で一番コストのかかる蜂蜜と卵は、ブラダマンテさんが冒険者として採取してるものなので」

「なるほど」

統理殿下が難しい表情を見せ、シオン殿下もゾフィー嬢も頷く。

お忍びって言うより視察旅行なんじゃないか、これ？

地位があるって大変だよなぁ。

魔物解剖教室

買い食いを満喫した後、私達はリュウモドキの解体・解剖の準備が出来たというので、冒険者ギルドに戻って来た。

準備というのは空飛ぶ城に置いている、フェーリクスさんの解剖用具を取りに行くことで、フェーリクスさんが戻って来たのだ。

場所は冒険者ギルドの解体部屋で、通常はここで職人さんがお肉と皮・骨・内臓を分けて買取や処分を行っているという。

雰囲気的には前世の病院の手術室っぽい。テレビで見てただけで、入った事ないけど。

中央には大きくて広いテーブルが置いてあって、倒したリュウモドキはロマノフ先生のマジックバッグから移されてる。

解剖の見学をするのは、私とレグルスくん、ロマノフ先生と二人の皇子殿下、奏くん紡くん兄弟、ラシードさんだ。

アンジェちゃんとゾフィー嬢は解剖を見学しない代わりに、ブラダマンテさんの孤児院で奉仕活動をするんだって。

いうても、さっき食べた焼き菓子作りを一緒にするそうだ。

ヴィクトルさんもラーラさんもそちらの護衛に回ってくれている。

「さて、始めようか」

「お願いしやす！」

フェーリクスさんの声に反応したのが、いつも解体を担当してくれてる職人さん。めっちゃ美人のお姉さん・カタリナさん。

緑色の髪の毛を縛り上げて邪魔にならないようにしつつ、ツナギ着てエプロンをかけて、首からタオル。

フェーリクスさんは白衣に白い布で髪の毛と鼻から下を覆った、本当に前世の手術する時のお医者さんスタイル。

それともう一人、見覚えのない女の人っていうか、女の子がフェーリクスさんと同じ格好で道具の準備をしていた。

誰かというと、フェーリクスさんのいつ来るか解らないお弟子さんの一人だそうな。

空飛ぶ城に道具を取りに帰った時に、丁度良く菊乃井の屋敷にやって来たんだって。それを拾って早速助手として連れて来たんだから、フェーリクスさん強い。

「うち、いきなり手伝え言われて『マジか？』って感じなんですけどぉ。ごりょーしゅサマにも挨拶してないし、怒られたらしっょーのせいだかんね！」

「大丈夫だ。ご領主なら、ここにおられる」

そう言ってフェーリクスさんが私の方に顔を向ける。なので簡単に挨拶して自己紹介すれば、女の子の目が点になった。

「ヤバい……可愛すぎん？　え？　可愛すぎん？」

何で二回言ったし。

モジモジしつつ、彼女がぺこんと頭を下げた。

「えーっと。あの、うち、菫子《すみれこ》っていいます。今日、菊乃井に引っ越してきました！　もっと美味しくて栄養のある食材を作るための品種改良や、美味しくご飯を食べて健康でいるための食品の研究をしてます！」

「あ、はい。品種改良はうちも研究が必要だと思ってた分野なので、よろしくお願いします」

「う、あ、はい！　お金にはなりにくいですが、その、成功すれば取り返しが利くので……」

「研究にお金がかかるのは当たり前の事です。その分は何とかしますから、領民に、ひいては全世界に美味しくて栄養価の高い物を届けられるよう、頑張ってください。美味しく食べて健康的って、凄くいい事じゃないですか！」

「ふぁい！　頑張ります！」

菫子さんに手を差し出せば、おずおずと握り返してくれた。

けど、積もる話は後回し。

今はリュウモドキの解剖が先だ。

フェーリクスさんが菫子さんにメモを取らせつつ、カタリナさんにリュウモドキの部位の名称を教えていく。

まず頭部。使えるものは目玉と骨と牙と舌、それから脳みそ。

目玉と脳みそはそれぞれ薬になるそうなので、傷つけないように取り外さないといけない。

まずはメスやナイフを入れるために、全身の滑りを取る。

これはダンジョンでも教えてくれたように、沸騰したお湯をぶっかければいい。そうするとすぐに滑りが取れた。

頭部の皮は脳天からナイフやメスを入れるから、使い物にならない。でも胴体の皮は、滑りさえ取れれば、流石ドラゴンだけあって良質な軽鎧の材料になるそうだ。

なので頭と胴体をまず退化した逆鱗を目安に切り離す。

退化した逆鱗ってのは、リュウモドキには基本鱗ってないんだけど、頭部のやや下あたりに一枚だけ逆さに生えた小さな鱗っぽいものがあるんだよ。鱗っぽいだけで、実際は皮の模様みたいなもの。

骨も鎧や武器の材料に使えるらしいけど、大概は骨格をそのまま調度品にするとか。

貴族が珍しがって買うらしいけど、家に骨格標本飾りたいっていう人の趣は正直理解できない。

ただ今回はひょっとすると菊乃井の冒険者ギルドの調度品になるかも。

冒険者ギルドの箔付けのために、その土地で倒された大物モンスターのはく製や、ダンジョンから出た宝物を飾っておくことがあるそうだ。

もし飾るんだったらローランさんが私の名前で飾るとか言ってたから、せめてフォルティスのパーティーネームにしてくれって頼んでおいた。

頭部の骨もゆっくりと外して、脳みそと目玉をそれぞれ時間停止魔術のかかった瓶へと入れる。

骨から外した顔の肉は食べられるそうなので、それも専用の冷蔵庫に保管。

次は胴体。

腹開きか背開きかでフェーリクスさんとカタリナさんが協議した結果、今回は腹開きになった。

取り外した内臓だけど、心臓・肝臓・腎臓・膵臓・脾臓・血液、これら全ては薬の材料行きの予定。

心臓は特に不老長寿の薬の材料となるって古文書に載ってるらしい。フェーリクスさんからも研究材料に少し分けてほしいって申し入れがあったので、そのように。他の部位に関しても、研究に使う分は好きなように取り分けてもらうことになってる。

胃や腸は丈夫な紐や袋の原材料になるそうで、ドラゴンの腸の紐で弦を仕立てたハープやリュートはどこぞの王家の秘宝だった筈だ。

胴体にくっついてるお肉も勿論食べられる。

前脚上部の三角形の塊と、どこからなのか解んない腰の上部の内側、その更に上質な脂の程よく乗った柔そうなところ、後脚の内側の程よい赤身、あとは肋骨辺り。

その辺のお肉を多めに貰って、他は全て領民へと振舞う。

尻尾も煮込むと凄く美味しいスープになるようで、それも料理長が煮込んで必要分を取り分けた後、領民に炊き出しとして振舞われるそうだ。

当面美味しいモノには事欠かない。

流石ドラゴン、捨てるところが全くなさそうだ。

フェーリクスさんの解説を聞きながら、解剖されていくリュウモドキの姿は何だか凄く立派な生き物に見えるから不思議。

いや、生き物は並べて尊いんだよ。他の命を踏み台に生きて、誰かの命の踏み台になって消えるんだから。

感慨深く見守っていると、同じく見守っていた皇子兄弟が難しい顔をしているのに、ふと気が付いた。

「どうしたんです?」

「いや、嫌なことに気が付いて」

「兄上もですか? 僕もです」

二人して顔を見合わせてため息を吐く。

何だろう?

首を捻ると、シオン殿下が眉間を揉みながら口を開いた。

「ドラゴンの心臓って不老長寿の妙薬の材料だろう? 後々『菊乃井侯爵は不老長寿の妙薬を独り占めするために大賢者殿に便宜を図ったのだ』とか言いそうなのがいるよなぁと思って。自称僕の後ろ盾、他称空気読めない外戚公爵家」

「シュタなんとか公爵家な」

「とうりでんか、それ、おこたえ……」

レグルスくんすら突っ込むほどの隠してなさに、私も若干遠い目になる。

それはまあ、あり得る話だよな。

でもそんなんでフェーリクスさんや菊乃井冒険者ギルドを矢面に立たせたりはしない。簡単な話だ。

「フェーリクスさん」

「ん？」

「不老長寿の薬とか出来そうです？」

「……出来んことはないが、あんなものは栄養剤以上の効果はないと思った方がいいぞ？」

「それでいいんで、出来次第両殿下に差し上げる事ってできますか？」

「ああ、なるほど。牽制かね？」

「そんなとこです。ご両親へのプレゼントに加工を賜りましたって事にしておいたら、然う然う文句も言えないでしょう」

これで平穏が担保できるなら、リュウモドキも浮かばれるだろう。

合掌。

さて、解剖には続きがある。

何処からそうなんだか解らないけど、下半身にも重要な臓器があるんだよ。

所謂生殖器ってやつ。

これは大人の間では物凄い値段が付くという。

それにドラゴンは卵生なんだけど、雌なら卵があるかもしれない。

勿論ドラゴンの卵も美味だし、滋養強壮とかに大変いいし、殻も顔料や魔術の媒介として使える。

でもそんなに貴重なら、やっぱり献上とか言う話が出て来ちゃうのでややこしいんだよ。

ってな訳で、フェーリクスさんがリュウモドキのモツを取っ払って、その先にメスを入れる。

「……メスだな」

「え？」

「見なさい、卵がある」

そう言って取り出したちょっとオレンジ色したそれは、ごつごつと真珠のような塊が無数に見えた。

「これ、全部卵だけど……一般のドラゴン種と違って魚卵ぽぉい。醤油漬けにして食べたら美味しそうじゃね……じゃなくて、ですね？」

菫子さんが慌てて語尾を付け直す。

普通に喋ってもらって全然かまわないんだけど、まあ、皇子殿下方いらっしゃるしね。

で、たしかに菫子さんが言うように、リュウモドキの卵は鳥の卵でなく明らかに筋子だ。

これってこんなに沢山のリュウモドキが、菊乃井のダンジョンで生まれようとしていたって事だろうか？

ロマノフ先生が眉を顰めた。

「これはあの場で始末して正解、だったんですかね？」

「そうさな。リュウモドキの幼生は然程強くはないが、それでも中の下くらいの実力がなければ苦労はする。ましてこの卵の数……。百や二百じゃ足らん。外に出さず時をかけずに倒せたのは僥倖だな」

なるほど。

あの時「この場でなら絶対に勝てる」・「寧ろここでないとダメ」って感じたのは、このためだったんだな。

奏くんと顔を見合わせて肩をすくめる。

奏くんの直感から派生したスキルは「真眼《しんがん》」というらしい。

真《まこと》を見抜く目ってやつで、直感的に正しい行動を何のためらいもなく取れるようになるヤツだそうな。

それでもまだ下級らしいから、完璧になんでも見抜けないいんだって。

嘘の上手な人とか、自分ですらそう思い込んでる人の言葉の真偽を見破るまでは出来ないみたい。

だけど今回の事を鑑みるに、十分戦闘時には発揮されてる。素晴らしい。めっちゃ頼りになる。

そう思って拳を差し出すと、奏くんは解ってる顔でこつんと拳を合わせて来た。

そんな私と奏くんを他所に、解剖は進む。

とりあえず卵は一旦時間停止の瓶に保存、かつ冷蔵庫へ。

領民に振舞うほどにはないし、さりとて下級とはいえドラゴンの卵に安値が付くはずもないから、卸先があるかも解らない。

しゃあない。うちで責任取って食べよう。

別にイクラっぽいのを食べたいからって訳じゃないんだ、これは命を無駄にしないためなんだ。

さて、次は足。

トカゲの足に似てるんだけど、爪と水かきが採れる。

リュウモドキって水陸どちらでもいけるそうで、水かきは防雨用の道具になるとか。爪は他のドラゴンと同じく、武器に出来るそうだ。

本当に捨てるところがない。

「これ、市場に流したらどんだけの値段が付くんでしょうね？」

カタリナさんはギルドの職員でもあるから、その辺凄く気になるみたい。

フェーリクスさんが顎を擦りつつ答える。

「そうさな。リュウモドキは下級のドラゴンだから……金貨千枚から競りが始まるくらいか？」

いや、こっわ。

思わず遠い目をすると、カタリナさんも顔を引き攣らせる。

「ヤバい。ウチのギルド、儲かってるけどそんな金額見た事ないですよ……？」

「そうは言ってもな、ほぼ完全体のリュウモドキなぞ珍しいんだ。それくらいの価値はあろうよ」

「ドラゴンにほぼ傷をつけずに勝つことが、そもそも難しいですからね」

フェーリクスさんの言葉にカタリナさんも頷く。

ドラゴンみたいな強い生き物を倒すのは本当に苦労するんだ。

まず人数がいるし、そもそも強い生き物なんだからお互い無傷って訳にはいかない。

倒されたあとのドラゴンの身体なんて無残なもので、鱗も剥げてれば皮も肉も骨もズタズタって

事がほとんど。

内臓だって破裂してたり、ぶちまけられてたりで、売り物にならないのだそうな。欠片でも残ってたら、御の字だってさ。

ぽんっと菫子さんが手を打った。

「ごりょーしゅサマ！　卵食べるんなら、舌とモツも少しずつ貰ったらいいですよ！」

「モツ？」

「そう、臓物《ぞうもつ》！　腸とか胃とか肝臓とか心臓とかです。特に肝臓はレバーペーストにするとお酒のあてにも、パンのお供にもなるし！　胃とかは煮込み料理にすると最高ですよ！　舌は薄切りにして塩と葱とレモン！」

「なにそれ、美味しそう！」

あれか？

肉は断面が牛肉に似ていたから、もしやモツってのは前世でいうところのホルモンとかそんな感じだったりするんだろうか？

レバーはペーストにしたら美味しいのなら、もしや豚レバーとか鶏レバー的な味なのかも。もし豚系なら、前世で好きだったパテ・ド・カンパーニュを食べられるかもしれない。

「やりますね、菫子さん！　美味しいモノを流石に良く知っておられる！」

「でしょ？　でしょ？　うちの専門ですから！」

わぁっと二人で盛り上がる。

しかし、フェーリクスさんの冷静な声が、それを一気に沈静化させる。

「菫子、君、料理出来たのかね？」

「痛⁉　ししょー、痛いとこつかないで⁉」

「おや、出来るようになったわけではないのか」

「料理は出来なくても調合は出来るからいいんですぅっ！」

うぎっと叫ぶ菫子さんに、何だか温い視線が向けられる。

でもそれならウチには凄い人がいるんだ。

素人の思い付きから茶碗蒸しを再現したり、タコ焼きを焼けちゃったり、圧力鍋を颯爽と使いこなせたりする、うちの料理長が！

そう思っていると、レグルスくんが胸を張った。

「あのね、りょうりちょうにおねがいしたらいいとおもう！　りょうりちょう、すごいんだよ。れー、レバーすきじゃなかったけど、りょうりちょうのレバーペーストはたべられるんだから！」

そうなんだ。

レグルスくん、好き嫌いないのかと思ってたら、唯一食べられなかったのがレバーだったらしい。でも菊乃井に来た当初に、レバーペーストが出たんだけど、レバーだと解らないまま食べちゃってたそうな。

宇都宮さんによると、帝都のお屋敷で食べたレバーペーストが凄く美味しくなかった上に、生臭かったみたい。それ以来レバーが全くダメだったんだけど、うちの料理長のレバーペーストは臭みもないし濃厚で豊かな味わいで、とっても気に入ったそうな。

今では出てくるともりもり食べて、お代わりまでしてるくらいなのだ。

「とってもおいしいんだよ！」

胸をはって物凄く得意そうな顔をするレグルスくんに、カタリナさんが「かわゆいわぁ」とため息を吐く。

そうでしょう、そうでしょうとも。私の弟は最高に可愛いんだ！

私もふふんっと胸を張っていると、それまで静かだったラシードさんが「そうだ」と呟く。

「あのさ、俺の一族にはモンスターのすり身に血とか内臓を混ぜたのをソーセージにするっていう料理があるんだけど……。料理長さん作れっかな？」

「うん？　豚の血を詰めたソーセージは帝都にあったけどね？」

シオン殿下が「どうなの？」と私とレグルスくんに尋ねる。

そういや、帝都にそういうのあった。前世でいうところのブラートヴルスト或いはブラッドソーセージ。

帝都にあるなら、菊乃井でも出来るんじゃないかな？

そう言えば、ロマノフ先生が「ふふ」っと笑った。

「君は大抵の人には我儘らしいことも言わないのに、料理長には遠慮なく甘えますねぇ」

だって料理長のご飯が美味しいんだもん。

転がる石に苔はつかないけど、花は咲くかもしれない

リュウモドキの内臓のうち、二つある肝臓の丸一個と心臓の三分の二、腸と胃の半分、すい臓と脾臓の半分ずつと、血と舌半分、卵と卵巣をうちで引き取ることになった。

勿論切り分けてもらった肉も。

この結果に、ギルマスのローランさんは「良いんじゃね？」の一言。

骨はやっぱりギルドに飾って、肉のほんの一片と皮の全部と残った内臓を売りだすんだとか。

それで良いっていうのは、結局全部売り出したところで買い手がつかないって判断なんだとか。

ドラゴンの内臓やら血なんて食べる以外には秘薬の材料にしかならないので、買い手が決まってくる。でもその一番の買い手っぽい、象牙の斜塔の大賢者様や研究者連中は何故か菊乃井にご滞在だし、貴族が買ってやんごとない方々に献上って手もあるけど、それはうちに皇子殿下方がご滞在中なので先んじてやっちゃってる。

他の国の貴族が買わない事もないだろうけど、それだってそんな沢山買える貴族のお家なんか知れてるそうだ。

それなら皮の方が余程良く売れるって算段なんだって。

ただ腸についてはもう買い手がついたらしい。

これは職人ギルド、それも楽器を作る部門が飛びついたそうな。なんでも何処かの国のお姫様に依頼されてた最高級ハープの弦に使うらしい。金貨百枚でお買い上げ。

書類上、利益の一割が私個人に支払われるっていう処理をして、あとはお役所への寄付へと処理。

この調子で他のも売れてくれれば、領地が潤うってもんですよ。

それでこの件は公けには終わり。次は私の部分。

屋敷に持って帰って料理長に食材としてお肉とか内臓や卵を渡したら、めっちゃ笑われた。

「いいんですかい？　皇宮の料理人の方が、もっと旨いモノをこさえるかもしれないのに」

「料理長のレバーペースト最高だし、私もレグルスくんも料理長のご飯が一番安心出来るから。駄目？」

「いやいや。嬉しいですよ、任せてください」

そう言ってにっかり豪快に頷いて引き受けてくれた。

そんな訳で、本日のお夕飯はリュウモドキのステーキ登場！

お肉の熟成にはロマノフ先生やヴィクトルさんが手伝ってくれたそうで、菫子さんも研究して解った一番美味しい熟成期間の説明を三人にしてくれたんだって。

今日の食卓は一層賑やかで、ゾフィー嬢もだけど奏くんや紡くん、アンジェちゃんやラシードさん、菫子さんも加わった。

料理長はアンジェちゃんからゾフィー嬢が肉の臭みが苦手だって聞いたそうで、本日のソースは姫君からいただいた蜜柑をジャムにしたものをベースに作ったそうな。

結果は大好評。

ゾフィー嬢がビスクドールのような白い頬っぺたを僅かにばら色に染めて「まぁ、素敵」って言うもんだから。

「鳳蝶、このソースのレシピが欲しいんだが」って、統理殿下に耳打ちされた。

皇宮にゾフィー嬢が来た時に、苦手なお肉も無理なく食べられるようにしたいんだそうだ。甘ったるい。

他の料理だって皇子殿下方がもぎったキュウリの冷たいスープや、トマトとナスや玉ねぎを煮込んだものとか、凄く美味しかった！

本当に料理長はこういう時は外さない。

さて、その料理長の外さないお料理に貢献してくれた菫子さんなんだけど、やっぱり菊乃井移住希望みたい。

「うち、明日は魚卵の醬油漬け、じゃない、リュウモドキの卵の醬油漬け作るのに協力するんで、泊めていただけると助かります」

「菫子の身元は私が保証するので、駄目だろうか？」

フェーリクスさんも後押ししてくるけど、そもそもお弟子さんが来たら受け入れるのは約束済みの事。

勿論部屋の用意もしてるし大丈夫と伝えれば、ロッテンマイヤーさんが頷いてくれた。

「お家の方もいくつか見繕って御座います。街中の物件ではありますが、明日内覧なさるのはどうでしょう？」

「マジっすか⁉　いつ来ても良いようにしてもらってるって、ししょーから手紙貰ってましたけど……！」

「勿論ですよ。何なら他のお弟子さん達に手紙でそうお知らせくださって大丈夫ですよ」

穏やかに告げれば、菫子さんが「はわわ！」と慌てる。

そしてフェーリクスさんと私の間で視線をうろつかせると、ほうっと大きく息を吐いた。

「マジでししょー、うちらにも居場所が出来たんすね」

「だから手紙に書いたじゃないか。安心して来なさい、と」

「うん？　どういうことです？」

「だれかに、いじめられたの？」

私の言葉を受けて、レグルスくんも首を捻る。

それだけじゃなく、皆の目が菫子さんとフェーリクスさんに向いた。

それにフェーリクスさんがそっと目を伏せる。

「あの、その、うちも他の弟子も、研究が中々お金にならないんです。でも研究するにも食べていくにもお金は必要で……。他の象牙の斜塔にいる研究者に、邪魔者扱いされて肩身が狭くて。それでもししょーが面倒見てくれてて……。だけど、ししょーにも圧力かけるヤツもいたし、だからうちら、なるべく象牙の斜塔から離れて研究してたんです」

「研究には元手がかかるし、結果が出るのが恐ろしく先だという事もある。あまたの失敗の上に、たった一つの成功しか残らぬこともあろう。無駄なことなど何もない。それが今の象牙の斜塔の連中には解らんのだ」

世知辛いなぁ。

フェーリクスさんと菫子さんの話に、食卓が静まる。

「人間、パンだけ食べて生きてる訳でもあるまいに。なぁんでそんなに効率ばっかり求めるんでしょうね？」

ちょっとヤサグレた気分でそう言えば、菫子さんがキョトンとする。

「私はパンだけ食べてりゃ生きていける人間じゃないんです。レバーペーストも必要だし、お肉も野菜も必要なんですよ。だいたい、何が必要不可欠になって効率が良くなるとか、解んないじゃないですか。いつか菫子さんが品種改良した麦が、世界を救うとかあるかもしんないし」

「え？　う、うちが？」

「そりゃそうでしょ。品種改良って味だけじゃなく生命力が強いとか、干害塩害虫害、その他もろもろに強い上に、量が沢山採れるってのを目指すもんでしょう？　いつそんなのが起こるか解らないけど、それに備えておけば、何処かの未来で死ぬはずだった人が助かるかもしれないんです。バタフライ・エフェクトってそういう事も含まれるんですよ。それを起こす一手になるかもしれないものを、同じ現象を意味するEffet《エフェ》・Papillon《パピヨン》の名を持つ商会が見逃すわけないじゃないですか。いつかの得のために、今投資するのは商売の基本ですよ」

「は、はぁ……」

「それに私、復讐戦得意なんです」

「え？　ふ、復讐って」

おろおろする菫子さんに、にやっと笑いかけると視界の端々でロマノフ先生やヴィクトルさんやラーラさんが忍び笑い、レグルスくんや奏くん、紡くんやラシードさんがワクワクしたような目をしてる。

「美味しい麦なり米なり、なんだっていいけど、そういうのを作って世界に流通させるんですよ。そしてその時に無駄だと言った連中に『お宅が今食べてるの、私が作った美味しい研究成果なんですけどぉ？　無駄なんでしょ？　食べてもらわなくて結構ですけど？　でも私が作ったもの食べなきゃ、お宅食べるもんなくなるけど？』って煽ってやったらいいじゃないですか。餓死する気概があるやつ以外は皆貴方にひれ伏しますよ」

「う、え、そ、そんなこと出来るはず……」

「なくない。貴方にその気概があるなら、いくらでも手は貸す。エストレージャもベルジュラックさんもその気概があったから拾ったんです。貴方にその気があるんだったら、一緒に復讐しましょうよ」

さあ、どうする？

じっと菫子さんを見ていると、彼女が迷うように俯く。

声もなく見守っていると、菫子さんがツインテールにした菫色の髪を揺らして顔をあげた。

「やります。うち、やってやる」

「そうですか」

「はい。でもうちの事を馬鹿にしたやつなんかどうでもいい。うちは大賢者・フェーリクスの弟子です。偉大なししょーの名前に恥じぬ弟子でありたいから、挑みます！」

「よろしい。そういうの、私大好きです」

これからよろしく。

そう言えば、菫子さんの顔が真っ赤になった。

こういう気概がある人って、なんか皆感激屋さんなんだよなぁ。

はくっと金魚が呼吸するように何度か口を開け閉めしてた菫子さんが、ふっと真顔に戻って「あの！」と手を挙げた。

「あの！　うちだけじゃなく、ししょーの弟子って大半こんなで！　自分が馬鹿にされんのは良いんです。でもししょーの弟子として、世の中に挑む気概は皆持ってます！　だから！」

「気概があって挑むなら、勿論援助は惜しまないつもりです。ただ研究成果は分かち合ってもらいますけど。それだけじゃなく、後任の育成とかもやってもらいます」

「ほぇ⁉」

告げた私に、菫子さんがフェーリクスさんに視線を送る。

興味深げに私と菫子さんのやり取りを聞いていたフェーリクスさんが、顎を撫でつつ菫子さんに告げた。

「菊乃井侯爵領は、世界に名だたる学術・芸術・技術研究都市を目指すんだそうだ。世界中から智と芸術を求める人間が訪れる、そういう場所にするんだとか」

「それって、うちらに先生やれって感じっすか⁉」

「手紙にも書いたろう？　小さい子どもに勉強したいという意欲を持たせる方法を考えて来なさい、と」

「あ、はい。それはうちも考えて来ましたけど……！」

そんな二人のやり取りに、皇子殿下方とゾフィー嬢が私の方に視線を飛ばしてくる。目は口ほどにものを言うって感じで、三人の視線には「どういうこと？」って疑問がありありと感じ取れた。

どういうことも何も、菊乃井は学問と芸術の都を目指すんだよ。

考えてることは教えといてくれって言われてるので、以前ルイさんやロマノフ先生に話したことに、フェーリクスさんに話したような事を付け加えて説明すれば、三人と菫子さんが唸った。

「……君って野心の方向性が穏便なだけで、とんでもないね」

「たしかにそれじゃあ、平地に乱なんか起こしてる場合じゃないな」

「殿下、これは寧ろ私達がお尻を叩かれかねない事案ですわ。もっときちんと国とその行き先を考えよ、と」

シオン殿下の呆れたような言葉に、統理殿下が溜息を吐き、ゾフィー嬢がころころと笑う。

別にお尻を叩く気はないんだよ。だって、私一代で出来るとは思ってないもん。

だからこそ、今の内から次の世代を育てる人材を探しておかないといけないんだよ。そしてその次の世代の育成には、世の中を良いように変えていこうっていう気概がある人に関わってほしい。

そういう意味では菫子さんは飛んで火にいる何とかだ。

他のお弟子さん達も、同じような気概のある人なら儲けもんだよね。

そんな事を考えてたら、ロマノフ先生がとうとう耐えきれないって感じで笑い始めた。

「いや、菫子さん。貴方、とんでもない子に見込まれましたね」

「ぅえ？　そ、そうなんです、ししょー？」

「吾輩の弟子の中から世界を救うものが現れるか……。うん、楽しみだ」

「ししょー⁉　なんでそんな爽やかな笑顔なんですか⁉」

「ししょー⁉」と菫子さんの悲鳴のような言葉が食卓に響く。賑やかな食卓は実に豊かだった。


明けて翌日。

本日は朝から少しバタバタ。

予定としては朝ご飯の後で、私達兄弟と皇子殿下方、ゾフィー嬢は家庭菜園の世話をすることになってる。

その間にヴィクトルさんが梅渓宰相閣下のお宅に和嬢を迎えに行ってくれて、歌劇団の使ってるカフェの前で待ち合わせ。

今ちょっとお城に貴賓が来てるから、城内劇場が使えない。でも演目はダンスと歌中心の短いショーだからカフェでの公演は出来るってことで、今日は歌劇団の元々の本拠地での公演と相成った。

で、いかにも貴族ですよって感じの服で行くのもなんだから、ちょっとお金持ちの商人の子どもって感じの簡素な服にお着替え。

和嬢にもそうしてもらう間に、殿下方やゾフィー嬢は件の冒険者三人に回復魔術をかけに行くことになってる。

私とレグルスくんは普段着。

だって顔知れてるし、ブロマイド売ってるし。変装したとして、何になるのかっていう。

それにお金持ちの子どもが一番良い席に陣取ってたらちょっとややこしいけど、私が隣にいたら「友達なんだな」で済む。

菊乃井は他所に比べて治安が良いほうだけど、完全に何にも起こらない訳じゃないしね。

それはそれとして、レグルスくんが朝から何やら張り切ってる。

鏡に向かって、ブローチの位置をああでもないこうでもないって悩むところなんか初めて見た。

「何してるの？」

「どうやったら、カッコいいかなって」

「いつもレグルスくんはカッコいいよ？」

「ほんとう？　れー、カッコいい？」

「うん。和嬢もカッコいいって言ってくれるよ」

「うん……！」

にぱぁっと笑う弟が尊い。

もう！　これは！　アレだ、初恋ってやつなんだよ、きっと！

これは是非一部始終を見届けて、姫君様にもお知らせしないと！

内心盛り上がりながら、レグルスくんの身支度を手伝う。すると、レグルスくんがモジモジと私の手を握った。

「にぃに、なごちゃんにあげるおはな……」

「うん、ちょっと待っててね。ござる丸、起こすから」

「はい！」

良い子のお返事をするレグルスくんが可愛い。

ござる丸は昨夜のうちに、籠に入れて寝室まで連れて来ていた。

その籠を覗けば、ぷうぷうと何処にあるか判らない鼻から寝息を漏らして大根がすやすやと寝ている。

大根をちょんと突く。

「おはよう、ござる丸。ちょっといい？」

「ゴザー？」

これまた何処にあるんだか解らない目を擦っているような仕草で、ござる丸が籠から起き上がる。

ロッテンマイヤーさんに躾られているせいか、洗面器に水を用意してやると自分で顔を洗い、フサフサな葉っぱを梳かして、改めて私とレグルスくんに「ござ！」と朝のご挨拶をした。なんか、人間みたい。

「ええっと、ござる丸。お花が欲しいんだけど、出せる？」

「なごちゃんにあげるの！」

「ゴザ～?」

大根が首を傾げる。

それにレグルスくんが和嬢の事を「かわいくて、ちいさくて、ふにふになおんなのこ」と説明すれば、ござる丸は解ったのかポンと手のような根を合わせた。

「ござ～!」

ぽふんっと音がして、マンドラゴラのフサフサの葉っぱの中に、一輪可憐な花が揺れている。

それは去年の夏、私がネフェル嬢に贈った花にそっくりだったんだけど。

「え?」

首を傾げる。

あの時の花はたしか虹色に輝いていたけれど、今の花は透明で仄かな輝きを放っている。

「ござる丸、どうして?」

「ござー!　ゴザルゥ!」

相変わらずござる丸の言葉が私には解らない。けど、レグルスくんは解ったみたい。

「えっと、なごちゃんがさわったらいろがかわるの?」

「ござ!」

「あー!　なごちゃんのまりょくでいろんないろになるんだね!　わかった、つたえる!」

「どういうこと?」

レグルスくんに聞けば、なんとこの花、和嬢の魔力で色んな色にころころ変わるらしい。しかも光るっぽくて、夜にはルームライトの代わりも出来るんだとか。ロマンチックじゃん。

あれ、でも、和嬢って魔術使えるんだろうか？

そこは後で聞いてみなきゃ解んないな。

なので、それは一旦置いとくとして、花を生ける花瓶的な物を去年のネフェル嬢にお花を差し上げた時同様、私の魔力と迎えに来てくれたタラちゃんの糸で作り上げる。

それを持って食卓に行くと、同じく食卓に着こうとしていた殿下方やゾフィー嬢、先生方とばったり。

ヴィクトルさんが、レグルスくんが持っていたござる丸のお花をじぃっと見て、それから肩をすくめた。

「それ、和嬢にあげるの？」

「はい。ダメ？」

こてんと可愛くレグルスくんが首を倒す。

ヴィクトルさんはレグルスくんの頭に手を伸ばし、わしゃわしゃとその金髪を撫でた。

「ダメじゃないよ。和嬢も喜ぶと思う……けど」

「けど？」

「けーたんも喜ぶね、間違いなく」

聞き返した私に、げっそりとした顔でヴィクトルさんが言う。

それだけじゃなく、統理殿下やシオン殿下、ゾフィー嬢が「やれやれ」って顔だ。

なんでさ？

それぞれの花模様

梅渓宰相はそもそも公爵家を継ぐ立場になく、物凄く遠縁の子爵家のご出身だったそうだ。植物学者を目指し、末は象牙の斜塔に身を置きたいって希望していた人だったという。それが何で公爵家の当主にして、世界に名を轟かせる敏腕宰相になったのか？

答えは簡単。

梅渓家のご令嬢が、契沖少年を見初めて「彼でないなら尼になる！」って頑張ったから。たった一人しかいないお嬢さんに、親は弱かったらしい。しかしそのお嬢さん、物凄い人を見る目があった。

契沖少年はなんとエルフの英雄の一人、ショスタコーヴィッチ卿のお気に入りの弟子だったのだ。契沖少年は非常に魔術師としての才もあり、学ばせてみれば政治や経済学その他色々をさくっと吸収したそうな。

元々契沖少年は学ぶのが好きだったし、それを実践するのも好きだったようで、あれよあれよという間に宰相になって早数十年。だけどそんな傍ら、今でも植物学が大好きで、お家で色々育ててるとか。

そもそも梅渓家への婿養子の条件にさえ、植物学は続ける。公爵家の庭に彼専用植物園を造るってのを入れたぐらいだ。

公爵家はその条件を呑んでもお釣りが出るほどの人材を手に入れた訳だし、公爵家令嬢・現公爵夫人は今でも旦那さんに夢中なんだそうな。

うちと似た境遇なのに、あまりにも違い過ぎて羨む気にもなれない。

「だから、マンドラゴラの花は凄く喜ぶと思う」

「あー……」

ヴィクトルさんの言葉に、レグルスくんと二人で頷く。そら植物好きならマンドラゴラにも興味あるか……。

だからって孫娘に贈られたものを、あの好々爺然とした宰相閣下がどうこうするとは思わないけど。

でも、多分殿下方の反応を見るにそれだけじゃないな。

それはそれで気になるけど、聞いたところで答えないんだろう。何となくそう思うから、この件はもうスルーする。

今日のレバーペーストは料理長お手製、リュウモドキのレバーペーストだ。

どうあっても美味しいそれを楽しんでいると、ゾフィー嬢が昨夜に引き続いてその白磁の肌を嬉しそうに上気させた。

「美味しい……！」

「臭みが全くないな。これは気を付けないと食べ過ぎてしまう」

「レバーが好きじゃなくても、これは好きになってしまう味だよ。本当に凄い」

しみじみと統理殿下もシオン殿下も、レバーペーストを塗ったパン片手に唸る。

するとフェーリクスさんがこれまたしみじみと呟いた。

「皇帝陛下方に差し上げるに、何の変哲もない栄養剤のような不老長寿の薬とやらより、このレバーペーストの方が余程気が利いてると思うがなぁ。どうだね、鳳蝶殿。瓶のラベルに『不老長寿』とでも書いて、このレバーペーストを差し上げるのは？」

「いやいや、そんなこと……。え？　そっちのが良いです？」

「吾輩はその方が余程気が利いてると思うぞ。結構な事じゃないか、ドラゴンのレバーペースト。美味な上に、ドラゴンの肝自体に妙薬としての思い込み……じゃない、概念があるのだから」

そんな身もふたもない事言われても……。

ちょっと反応に困っていると、ロマノフ先生が「良いんじゃないですか？」と口を開く。

「陛下は洒落が解る人ですし、寧ろそっちの方が喜ぶんじゃないですかね？　彼も食道楽なところがあるから」

「そうだな。父上も母上も、薬よりこのレバーペーストの方が喜ぶかな。ここのレバーペーストは、食べたら本当に長生きできそうなくらい美味だ。なあ、シオン？」

「はい、そう思います。父上にも母上にもお土産話をしたら、絶対このレバーペーストを食べたいって言うだろうし」

皇子殿下二人して、凄く力強く頷く。

それならそれでいいか。

料理長はレバーペーストをその日食べる分だけしか作らないから、材料はまだ時間停止状態で鮮度を保ったまま残されている筈。

皇子殿下用のお土産にちょっと確保しといてもらうように、ロッテンマイヤーさんから料理長へと伝言してもらって、後はフェーリクスさんが洒落になるようなラベルを作ってくれるそうだ。

ご飯の後は殿下方とゾフィー嬢にお着替えしてもらって、街へ。

待ち合せの時間まではまだあるから、件の三人組冒険者に回復魔術をかけるために冒険者ギルドに行けば、彼の三人組は神妙な顔で待っていた。

「お？　昨日と顔つきが違うな？」

挨拶もそこそこに、統理殿下が三人に声をかけた。

それに対して、三人はへにょっと眉を下げて話し出す。

彼ら、あれからシャムロック教官とお話ししたそうだ。

最初は自分達の実力も顧みない行動に対するお説教かと思っていたそうだけど、そんなことはちっともなくて。

命があって良かった事、初心者だって言ってもわりにしっかり修業した回復魔術の使い手の練習台になった事、凄く運が良かったしそれも成功に必要な要素だと言ってもらったらしい。けれど、そんな成功する要素を持っているなら、尚更知識や経験がない事が惜しまれる。

だから初心者講座をきちんと受けて、それを階《きざはし》に大きく育っていくと良い。そうなるよう、きちんと手助けはする。

シャムロック教官は彼らに懇々と言い募ったそうだ。

「……俺ら、前にいたパーティーではろくすっぽ立ち回りとかも解んなくって。『目で盗め』とか『自分の頭で考えろ』って怒鳴られて、その癖教育費とかって給料差っ引かれてさ」

「真面目に、『きちんと生きてく術を教えたい』とか言ってくれる人がいるなんて思わなかった……」

「シャムロック教官だけじゃなくて、アタシ達が話を聞いたパーティーの人達も心配してお見舞いに来てくれたんだ。親以外に心配してくれる人なんか、いないと思ってたけど……そうじゃなかった……」

そんな訳で彼らは親身になってくれるシャムロック教官を信じて、初心に帰って学び始めるそうだ。

ぽつぽつと語られる三者三様の言葉に、内心でため息を吐く。

彼らは社会にいながら、孤立していたのだ。頼れるものは自分達だけという状況に、いつの間にか追い込まれ、また自らで追い込んでいたのだろう。

だから冒険者同士、仲良くしてほしいんだよ。同業者とのつながりがセーフティーネットの役割を果たすこともある。いや、人と人とのつながりが、命綱になるのは何だってそうだ。

冒険者ギルドが真に頼れる組織であれば、彼らのようにはじき出される存在も減っていくだろうけど、一度朽ちかけたものを蘇らせるのは何と難しい事か。

それでもこの菊乃井においては、冒険者ギルドとシャムロック教官が、三人の冒険者達の力になってくれるだろう。

一先ず私達は彼らの復帰を早められるよう、魔術をかけるだけだ。

統理殿下が穏やかに笑う。

「命あっての物種だし、経験も怪我が治ってからの事。さて、俺も君らのその気持ちを酌んで、頑張って治療するよ」

「兄上の仰る通りだよ。僕も頑張るよ」

「私も。そしてまた元気にご活躍なさってね？」

シオン殿下もゾフィー嬢も、同じく笑顔で冒険者三人ににじり寄る。

グレイといった坊主頭の少年も、軽装備のビリーも、ローブの女の子・シェリーも、顔を引き攣らせてはいたけど、今日はちょっと悲鳴を我慢してたみたい。

終わった時には三人とも、肩で息してたけど。

まあ、自分がどう生きるか覚悟したところで、痛いもんは痛いんだ。合掌。

彼らは明日の治療で完治って事で、ゾフィー嬢の代りはレグルスくんがやることになってる。

そのレグルスくんはというと、待ち合わせ場所に一足先に着いてからマンドラゴラのお花を抱えてずっとソワソワしていた。

そして時刻到来。

待ち合わせ場所に、ヴィクトルさんに手を引かれ、小さくてフワフワしたお嬢さんが。

「菊乃井さま、レグルスさま！」

きらきらと笑顔を弾けさせて、和嬢が菊乃井にやって来た。

楽しみなのは、きっと……。

避暑の旅行に必要な着替えが数着に、勉強道具、それから愛用の剣と……。

空間拡張魔術のかかった鞄に詰めた荷物を、また取り出して点検する。

本当はこういう事は侍従の仕事で、俺が直接してはいけない事なのだけれど、今回は特別に自由にさせてもらえていた。

「またですか、兄上」

「またってなんだ、シオン。お前だってやってるじゃないか」

隣では同じようにシオンが荷物の点検をしている。

明日はとうとう避暑を兼ねたロートリンゲン公爵領への旅行に出発だ。

俺を迎えるために一足先に戻ったゾフィーからは「お越しを楽しみに指折り数えている」という手紙も貰って、すっかり浮足立っている。

そんな俺をシオンは苦笑いしながらも、一緒に旅行の計画を立ててくれた。

少し前は話すのにも気まずさを感じていたのに、今はもうそんなものはない。

事あるごとに俺への好意を伝えてくれるシオンを見ていると、俺は何故一瞬でもこのいじらしい弟を信じられなくなってしまったのかと情けなくすら思う。

それに関して、俺は菊乃井伯、いや、菊乃井侯爵鳳蝶に感謝しなければいけない。

菊乃井鳳蝶。

エルフ三英雄が望んで弟子にした子ども。

ロマノフ卿やルビンスキー卿、ショスタコーヴィッチ卿が、俺というか俺達皇子兄弟の家庭教師を拒んだにもかかわらず、菊乃井のような田舎で教師をするという話が出た時、貴族連中は随分と彼ら三人に文句をつけていた。

勿論本人達には直接言わず、陰でコソコソと「不敬」だと。

俺にしてみれば不敬はそいつらの方だ。

だって俺達兄弟の家庭教師は現宰相だし、その他のお目付け役は初代皇帝の軍師を務めて、現在も帝国軍の名誉参謀を務めてくれているソーニャ様なんだから。

本人は「ご近所のおばさんよ〜」なんて言ってるけど。

たしかにご近所のおばさんぽく、色々と「皇子」っていう立場にこだわらず世話をしてくれてると思う。

思えば俺が鳳蝶に会いに行ったのも、色々出来がいいと聞く少年の、その心の繊細さを彼女から聞かされていたからだろう。

俺と同じく複雑な兄弟事情を抱えて、その繊細な心の主はどう過ごしているのか。

弟と仲が良いと言っても、賢い奴だから上辺だけなのを誰にも解らないよう取り繕っているのか。

じゃあ弟の方は？

兄を屈託なく信用できるものなのか？

ぐるぐると色んな事が気にかかった俺は、なんと彼に黙って会いに行ったのだった。

まあ、結果俺のお悩み相談会になった挙句に、俺の不用意さで少し怒らせてしまったけど、概ね彼は俺の気持ちに整理をつけてくれた。

そしてそれはシオンも同じことで、シオンの方はひよこのような髪色の弟・レグルスに「ぴよぴよ良い事を教えてもらいました」と、報告に来てくれた上で笑っていた。

俺の手を幼い頃のように握り「僕は兄上が大好きです！」と、人目も憚らず大きな声で叫んだおまけもあったけれど。

一日に何度も「大好きです！」と言われては、解らない筈がない。

レグルスから教わってきたのは「好き」という気持ちは、思うだけでは伝わらないという事だったんだろう。

俺も「お前は可愛い弟だよ」と返すようにしてからは、シオンを担ぎたい煩わしい奴らの嫌みも聞こえなくなった。

多分俺がシオンの言葉以外を信じなくなったことで、雑音が遮断できるようになったからだろう。それと同時に、シュタウフェン公爵家の息のかかった家の令息が、親に付いて皇宮にきて俺に会っていくという事が少なくなってきたからか。快適になったもんだ。

シオンにその話をすればニコニコ笑って「彼ら、やらかしちゃいましたからね」とか言ってたな。なんでも茶会の席でシュタウフェン公爵家の嫡男が鳳蝶に喧嘩を売った事で、止めなかった取り巻きの子ども達は親から叱られて謹慎を命じられているらしい。

「やらかしたシュタウフェンの嫡男も相当叱られたようですよ」

「そんな話、シオンはどこから聞いてくるんだ？」

「え？　その弟から手紙で。『蝶々ちゃん怒らせたって本当か？』って聞いて来たので」

「ちょっと待て。アイツ、鳳蝶を『蝶々ちゃん』なんて呼んでるのか⁉」

「性別間違えてて『可愛い名前だなと思ってそう呼んでたら、男って聞いてショックだから今は腹いせで呼んでる』んですって」

「八つ当たりじゃないか……」

頭の中に、話の解るいとこの顔を思い浮かべる。

深い深い群青の髪に、少し吊り上がった目つきの、見かけはとっつきにくいけど、懐に入ってしまえば甘いヤツ。

歳より大人びた逃げ上手のソイツは、公爵家からの逃走を目論んでいる。

けども、大人はもっと狡猾だ。逃げを打つアイツを逃がしてやる振りをして、違う囲いへと誘導しているのだから。

その企みは俺の将来の治世のためだから、すまんが諦めてくれ。

それは鳳蝶にしても同じことだ。

そしてアイツと鳳蝶の違いは、その事に気付いているかいないかで、前者はまだ気づいておらず、後者は気づいて距離を何とか取ろうとしている。

ゾフィーに言わせれば、両方とも現実逃避なんだそうだ。

鳳蝶は解っていて逃避して自分を納得させている節があり、アイツの方は解らない振りをして自分を騙そうと試みているそうだ。

うん、二人ともすまん。

でも意地でも離さないし、後悔だけはさせないようにするので、とっとと諦めて俺の力になってくれ。

俺は皇帝になる男だ。

ソーニャ様に言わせれば、俺と初代様は「そういうある種の図太さが瓜二つ」なんだそうだ。

因みにソーニャ様は初代様を「その気になりさえしたら、後宮を性別問わず満員に出来るタラシ」と評価している。それと似てるって微妙。いや、初代様はたった一人お妃様にぞっこんだったらしいけど。

……何で旅行の話から、こんな話になったんだ。

首を振って脳内から今の話を追い出す。

そう、旅行だ。

この旅行の行先はもう一つ、菊乃井侯爵領がある。

鳳蝶が治める領地は、去年からじわじわと景気が上向きになり、今では国内で一番の成長率を誇るらしい。

そう宰相から経済の勉強がてら教わった。

他にも初心者冒険者を育てる仕組みをつくり、領地にあるダンジョンの大発生に対する対策を強化したりと、何処の領地よりも進歩した取り組みを行っているとか。

鳳蝶はその取り組みを他所の領地にも、求める者には開示している。

知識は一人に独占されるものでなく、広く共有され、枝葉を伸ばして発展していくものなのだぞうだ。

つまり自分がやってる取り組みを教えるから、それを進化させよ。そしてそれを共有し、また発展させていくべし。そうやって循環する輪をつくろうとしているようだ。

ようだ、というのは、本人が明言しないからだけど、他に分け与えるという事はそういう事なのだろう。

その知識を、皇家の代表として吸収しに行く。

実際の滞在期間はあまり長くない日程になっているから、吸収までいけるかは解らないけど、無駄な事をしたと思われないように少しでも学んで帰らなければ。

ただ一方で、それだけではない楽しみがあるのも事実だ。

だって初めて友達の家に泊まるんだから。

「空飛ぶ城に泊まらせてくれるって言ってたな」

「はい。父上がロマノフ卿から『空飛ぶ城の客間くらいしか部屋がないんですけどいいですか？』と言われたとか」

「俺はあんなにしみじみ『羨ましい……代わりたい……』って呟く父上は初めて見たな」

「宰相も時間が許せば行きたいって言ってましたしね」

二人の様子を思い出して、俺とシオンは顔を見合わせて笑う。

父上は母上から「皇帝のお忍びなど菊乃井侯爵に嫌がられますよ？」と止められるくらい、本当に空飛ぶ城に行きたそうだった。

宰相は孫娘の和嬢が招待されたことで、彼女の保護者として実際に菊乃井領を訪ねようと考えていたらしい。

しかし計画を練りに来ていたショスタコーヴィッチ卿から「来たら和嬢そっちのけでお城ツアーになりそうだからダメ。れーたんと和嬢の邪魔しないんだよ」と、言い渡されたそうだ。師匠はいくつになっても強い。

強い、で思い出したことがある。

荷物の点検中だから、手元にはもって行くことになっている剣があった。

じっと見ていると、シオンも自分の武器であるクロスボウに視線をやる。

「……初心者講座を受講するんでしたっけ」

「ああ。菊乃井が送り出した冒険者は、皆成績が良いらしい」

「冒険者ギルドの方から、そういう報告があったんでしたよね？」

これも宰相から聞いたことだ。

菊乃井領の冒険者ギルドで行われている初心者冒険者講座を受講して、他所の地域に出て行った冒険者は成績がとてもいいという結果があるらしい。

いや、逆か。

初心者に近い位階の冒険者が、その位階の低さに反して実力がかなりあって、実際の位階よりも随分と高い難易度の討伐依頼を、それと知らずに何度か達成していたという事例が続いたそうだ。

一度や二度ならそんな偶然があってもおかしくはないだろうが、それが両手の指を越しそうな事態に、冒険者ギルドの長たちは首を捻った。

疑問に感じて調査を行ったら、その位階が低いにも拘わらず難易度の高い討伐依頼を知らずにこなした冒険者パーティーには皆共通点があって。

全員菊乃井の初心者冒険者講座の卒業生だったのだ。

それはつまり菊乃井領の取り組みが結果を出している事の証明である。

初心者冒険者講座を受けるというのは、その一端に触れる事だ。

俺もシオンも一応、戦闘訓練は受けている。評価としては剣士としても魔術師としても、それなり。訓練された兵士と戦うくらいの事は難なく出来る。

しかし、鳳蝶とはどうだろう？

伝説の霊獣と言われる獣を平伏させ、神の龍を召喚するような魔術師に、果たして勝てるだろうか？

「まあ、無理だな」

俺が何を考え、何に対して無理だと言ったのか、シオンには解ったのだろう。

軽く頷いて、シオンは苦く笑った。

「ですね。それにロマノフ卿によるとレグルスもかなりの使い手らしいですし。何ですっけ？　クラーケンの足を切り落としたとかなんとか」

「四つの時だろう？　あの兄弟何なんだろうな？」

「さあ？　友達……ではありますすね」

「そうだな、友達だ。耳に痛い事をズバズバ言ってくる類の」

実際、鳳蝶からもそう言われた。

俺が間違えても見捨てる気はないけれど、言うべきことはガンガン言うし、もしも俺が志を忘れて調子に乗ったりすれば、いい気になっている鼻っ柱を複雑骨折させに来るだろう。

いや、粉砕骨折かもしれない。

「……絶対精神だけでなく、物理でも折って来そうだな」

「ああ、間違いなくやると思います」

だから安心して付き合えるというものだけど。

独り言ちて、剣を鞄に仕舞いなおす。

するとシオンが「あ」と声を上げた。

「動きやすい服を何枚か別にもって行った方が良いんじゃないでしょうか?」

「ああ、そう言えばダンジョンに連れて行ってもらえるんだったか」

でもそれは手持ちの乗馬服で良いかという話になったはずだ。

キョトンとシオンを見れば、ブンブンと首を横に振る。

「菊乃井家は自宅菜園や酪農の真似事をやってて、それを手伝わせてくれるって言ってましたよ。野菜は兎も角動物の世話をさせてもらえるんですよ!」

「ああ、厩舎に馬だけじゃなくてオルトロスやグリフォンがいるんだったな?」

「最近は絹毛羊に星瞳梟《スターアイズオウル》や牛が増えたそうですよ!」

興奮気味のシオンに、ほんの少し気圧される。

シオンは動物が好きなのだけれど、何故か動物側からは好かれない。

別に香水をつけているわけでも、構い倒すわけでもないのにも拘わらず、あまり触らせてはもらえない。

だから菊乃井家で「野菜の世話や動物の世話の手伝いをする」と聞いて、凄く張り切っているのだ。世話をするからには触らせてもらえるだろうってことらしい。

「なんか凄く珍しいのがいるらしいな」

「えっと、妖精馬《ケルピー》ですかね。凄く速く走る伝説の駿馬らしいですよ」

「絹毛羊も中々お目にかかれないらしいが……。俺としては『ぽち』が気になる」

「ああ、火眼狻猊《かがんさんげい》の事ですね」

武闘会の後、あの猫と呼ばれた霊獣は「ぽち」という気の抜けた発音の名前が付けられ、菊乃井領で飼われることになったと聞いた。

なんで「ぽち」なんて名前にしたのかよく解らないが、可愛がられているようで少し安堵している。

あの鳳蝶の「大人しくしていたら優しくしてあげる」という言葉は真実だったようだ。

「あれ、ショスタコーヴィッチ卿に聞いたんですけど、兄上、象って知ってます？」

「ああ、コーサラの草原に棲む、身体が大きく、耳も幅広で、鼻が長い生き物だろう？」

「はい。それなんですけど、本当の火眼狻猊《かがんさんげい》ってそのくらい大きいんですって」

「え？　そんなに大きいのか⁉」

闘技場で観た時は遠目だったから解らなかったが、そんなに大きかったのか。

しかしシオンの話では菊乃井の「ぽち」は、最初の出会いで鳳蝶を見下ろして逆鱗に触れたために怖い思いをしたからか、魔術で彼を見下ろせない大きさに自分を留めているそうだ。

「時々子猫姿で空飛ぶ城で遊んでる事もあるそうですよ。そういう時は抱っこして良いんだそうです」

「へえ、見つけたら是非抱っこさせてもらおうか」

「はい！　楽しみですね！」

シオンは明るい笑顔で返事した。

そう言えば、ぎくしゃくしていた頃、シオンはあまり笑っていなかったように思う。

皇子という立場柄、不機嫌だったり落ち込んだりする姿を他人におそれと見せる事は出来ない。

しかし、笑いたくもないのに笑顔でいる事は強要されるのだ。

そんな時、シオンの表情筋は笑顔を形作ってはいたけども、目からは覇気も彼の優しさを思わせる温かさも失われていたように思う。

それが最近では、ずっと心からの笑顔を見せてくれていて。

「あのな、シオン」

「はい、兄上。なんでしょう？」

こてっと首を横に倒したシオンの頭に手をやると、柔らかい髪を梳くように撫でた。

シオンが驚きに目を見開く。

「楽しみなのは、お前と一緒に行ける事もだぞ？」

「え？」

「大好きな弟と、大切な婚約者の家に行って、大事な友達の所にも遊びに行くんだぞ？　楽しみにしない訳ないじゃないか」

勉強だとか、知識を得たいとか、色々とこの小旅行に思うことはある。

けれど突き詰めてしまえば、どれもこれも丁度良い言い訳でしかないんだ。

弟と婚約者と友達と。

大事なものを大事だと思う心そのままに、今しかできない事をしたい。ただそれだけの事だ。

そう言えば、シオンが頭を撫でている俺の手を掴まえて、ぎゅっと強く握る。

「僕もです。一時期は僕もどうしていいか解らなかったけど……。兄上がまたこんな風に僕とお話ししてくれるようになって、僕、嬉しいです……！」

「悪かったな、悩ませて」

「僕……嫌われたのかって、ずっと……！」

「もう二度と惑わされたりしない。ごめんな、シオン？」

「はい……！　絶対ですからね！」

ぐすっと鼻を鳴らすシオンなんて、もう何年も見ていなかった。けども、今の俺の手を握るシオンは、小さい頃俺の後を付いて回る可愛い弟の顔をしている。

「……一緒に楽しもうな？」

「……はい！」

ぐすぐすと泣く弟を抱き寄せて、俺は失いかけた温かさを実感する。

失くさずに済んだ安堵に大きく息を吐くと、頭の中の鳳蝶に「弟を泣かすとは、貴方それでも兄ですか⁉」と叱りつけられて。

俺はひたすら苦笑するしかなかった。

愚か者の恋の先

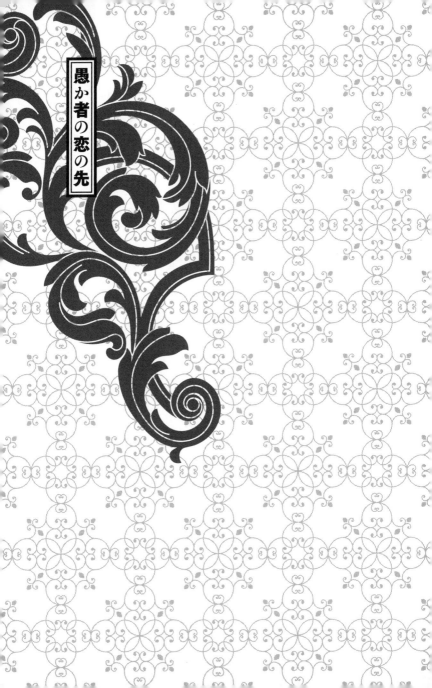

「王妃よ、ともに麒鳳帝国へと行かぬか？」

夫である北アマルナ王国国王・セティが私を穏やかな瞳で見ていた。

今年も麒鳳帝国の即位記念祭の時期がやってきた。

両国の間で国交が正常化してからというもの、毎年この季節にはあちらから招待状がやってくる。

北アマルナ王家としては帝国に従属はしないが、良好な関係ではいたい事から理由がない限りにはそれに参加していた。

しかし去年は私が身重だったことと、南アマルナとの小競り合いがあったことが影響して、祝福の使者を送るだけになってしまっていた。

今年は参加するに障りはない。

いや、寧ろ行かねばならない理由のほうがある。

でもそれならば私より、娘を行かせてやりたくもあって。

「……ネフェルは？」

ネフェルティティを。あの子を、どうか。

言葉には出さなくとも夫には通じるだろう。

けれど返ってきたのは静かで苦さのある微笑みだった。

「断られてしまったよ。まだ『資格がない』とね」

「まあ……」

絶句する。

かつて私は自分の恋を叶えるために、人を踏みにじったことがある。それも「人を愛するのに資格などいらない」という言葉で。

しっぺ返しが、私でなく悉く娘に降り注いでいる。

忸怩たる思いに唇を噛めば、夫が「すまない」と私に詫びた。

違う。謝らなければいけないのは私で、貴方ではないの。

そっと目を伏せる。

母として国母として、私が出来ることは何なのだろうか。


私と夫は身分違いの恋を叶えた。

市井ではそれは美談として語られ、王室は開かれていると国民には思われている。

しかし実態はそんな美しいものではなかった。

夫と私が出会った時、彼はまだ立太子されたばかりで若く情熱の方が先走る人だった。

彼には美しい婚約者がいて、とてもお似合いだとされていた。

けれどその二人の間にあったものは愛でなく、国を支えるという義務。

口を開けば婚約者は彼に立派な王になってくれというだけで、心底寄り添っていてくれる気がしなかったそうだ。

私は子爵家の、それも南アマルナからの亡命貴族の娘で、城へと行儀見習いに上がったばかりの世間知らず。

落としたハンカチを拾ってくれた王子殿下に、私は一目で心奪われた。

彼の方も、唯々諾々と彼の話を聞き寄り添う私に好感を持ってくれて。

障害のある恋こそ熱病のように温度が上がっていく。それは私達も同じこと。

彼には決められた婚約者や王への道に対しての反発もあったのだろう。人目もはばからぬ逢瀬に、ついに婚約者から苦言を呈された。

曰く、「この貴族の義務を解せぬ娘に、王子殿下を愛する資格はない」と。

その言葉は正鵠を射ていた。

だって私が王子殿下に寄り添えたのは、それしか出来なかったからだ。道に迷い戸惑う彼を諭して然るべき道に戻すことが出来ない、その程度の本当に「王」という存在の隣に「王妃」として立つ資格のない女だったから。

そして私は「人を愛するのに資格など必要ない。あの方が選んだのがあなたではない、それが答えです」と、彼女に返した。

私達の愛は真実の愛なのだ、と。

しかしそれは本当に正しかったのか？

結局、彼と婚約者の間は破談ではなく白紙に戻され、彼の婚約者の家は中央から大きく距離を取った。

ネフェルの降嫁を宰相から打診された時、それがたとえネフェルにとって良い結果にならないだろうと思っていても、拒否できなかった理由がそれだ。

婚約者の家は中立を保ってくれているけれど、私達に好意的ではない。

彼らが敵に回った時に対抗できる味方を増やすため。何より、私と夫の婚儀に協力してくれた家に恩を返すため。

そう言われてしまえば、私は頷くより他なかった。

けれどそんな私に、海神・ロスマリウス様は「お前の恋の後始末を押し付けるのか？」と仰った。

海神は全て事情を知っておられるのだろう。

厳しいお言葉と眼差しに、私は思わず震えた。

私はやはり過去も今も自分が可愛い、人を愛する資格のない女なのだ、と。


「王妃？　トゥイア？」

自身の想いに沈む私に、夫の呼び声が届く。

「……私からもう一度ネフェルに確認しても？」

「ああ、もしかしたら私には遠慮したのかもしれない」

「解りました。ありがとうございます」

夫の眼差しはどこまでも優しい。

でもだからこそ、私は……。

そっと目を伏せた私に、夫の手が伸びる。

穏やかで大らかな人の、逞しい腕に抱きしめられて私はそっと身体を震わせた。

長い抱擁の後、私は彼の腕から抜け出すと、ネフェルの部屋へと足を向けた。

最近の娘は一日の大半を家庭教師と過ごしている。

海神はネフェルの思い人を、ご自身の一族に引き入れたいと仰った。

有益で、神々にすら評価されるほどの人物だからこそ、穏便に婚姻という形で彼を傍に置きたいのだと。

その候補にご自身の娘様やお孫様を考えぬでもなかったけれど、丁度ネフェルが彼に恋をしたから。加えてネフェル自身もロスマリウス様のお眼鏡にかなったからだとも。

コーサラから帰った後、海神と縁をつなげた事は本人から聞いた。勿論麒鳳帝国の少し年下の少年達に助けられた事も、嬉しそうに話してくれた。

しかし、ネフェルはその自身を助け金銀妖瞳《ヘテロクロミア》に対する負い目を解いてくれた少年に恋をしたなど一言も言いはしなくて。

国のためにその恋を殺そうとしていた事すら、私は母として気付きもしなかった。

白い扉の前で、私は立ちすくむ。

ネフェルの部屋だ。中には学んでいるネフェルがいるのだろう。

ノックを数度。

本来は侍女たちに私の来訪を告げてからくるものだから、あまり行儀のいい行いとは言えない。

出直そうかと思った時、扉が開いて中から「みぎょ?」という奇妙な鳴き声が聞こえた。

ごく小さな赤ん坊の服を着て、小さい手足のついた蕪がちょこんっとドアの前にいる。

「ネフェルに会いに来たのよ、お部屋に入れてくれるかしら？」

「みぎゃ！」

すっと二足歩行の燕が、私を部屋に招き入れる。

自身は短い手足を急いで動かして、部屋の奥へと入って行った。

暫くすると燕を抱いた娘がひょっこりと、寝室のある方から顔を出す。

「お母様、どうかなさいましたか？」

「いえ、その……」

言い淀む。

この子の恋を一度は殺そうとした私が、その行動に口出しして良いものか……。

そんな事が浮かんで言葉を出しあぐねていると、ネフェルが「もしかして」と首を捻った。

「もしかして麒鳳帝国へのお招きの件ですか？」

「ええ、そう……。そうなのです」

「それでしたらもうお父様にお断りいたしましたけれど……？」

「本当に、それでよいのですか？」

自分で思うより大きな声が出てしまい、慌てて口を噤む。

娘も少し驚いたようではあるけれど、気にしてはいないようで、ややあってにこりと微笑んだ。

「お話ししてもいいですか、お母様？」

「ええ、そのために来たのですもの」

ネフェルは私を備え付けのテーブルに招く。

呼び鈴で乳母のメサルティムを呼び出すと、私の来訪に気付いていた彼女にお茶の用意をさせた。

膝の上に蕪を抱いた娘に、私は少し緊張しながら質問を繰り返す。

「……会いたいのではないの？」

「それは、はい」

「ならば何故？」

「お父様にも言った通り、まだ資格がないからです」

資格とは、何なのだろうか。

人を愛することに資格などいらない。

かつて人をそう詰った私の、その娘が、恋する人に会う資格がないという。

その事に打ちのめされながら「資格とは？」と聞けば、娘はそっとはにかんだ。

「まだ、彼との約束を果たせていないからって言うのもあります。でも、そうですね。一番は私が彼の隣に立って良いって自分で思えないからです」

自分を卑下するような言葉を言って、でも娘の顔は曇るどころか楽しそう。

「何故？」と、気が付けば口をついていた。

「何故、そう思うの？」

「だってお母様。お母様も鳳蝶の評判は聞いているでしょう？　年の初め、とうとう鳳蝶は菊乃井家を継ぎました。それに菊乃井歌劇団に初心者冒険者への取り組みとか！　それだけでも凄いのに、今はルマーニュ王国王都の冒険者ギルドと火神教団を相手取って戦っています。それに……これは海神様からお聞きしたんですが、鳳蝶はこの度のこと火神様から直接ご神託を下され、事をなしているのだそうです。それだけじゃなく、あのお伽噺に出てくるレクス・ソムニウムの後継者に選ばれ、空飛ぶ城を得たなんて！　鳳蝶は凄いのです！」

きらきらと娘の目が輝いている。

たしかに私も件の少年の話は、立場上知っていた。

彼を支えるエルフの大英雄や、官僚たち。誰もが一目置き、そして素晴らしいとさえいう子ども。

大人でも考え付かないような仕組みで領地を盛り立てる力量もあれば、身分に拠らず虐げられた者を助けようとする慈悲の心、悪を許さぬ高潔さを持ち、そして逆らうものを決して許さない苛烈な行いをするという、ネフェルの思い人を。

『同じ立場に立たされたとして、私に同じことをする器量があるかどうか』

夫がいつか、この度の騒動を聞いて漏らした言葉だ。

あの人は、決して無能な王ではない。

私との婚姻が原因で揺らいだ、貴族の王家への信頼を、即位してから数年で取り戻してみせた人なのだから。

私も彼の隣にいて恥じないような努力はしてきた。

けれどその努力も、娘の努力を見ていれば当たり前の事をやったにすぎないと思えてくる。

あの少年の横に並び立つために、魔術は宮廷魔術師長が何処に出しても恥ずかしくないと太鼓判を捺すほどの力量を身に付け、学問も宰相と経済の話をすらすらと出来るほどになった。

お蔭で海神のなさりように、声には出さずとも不満を抱いていた宰相が、ネフェルの思い人の活躍も相まって、今は率先して「国益に適う」と後押ししている。

他にも民達のために孤児院へ月に何度も通って自ら読み書きを教え、救護院では率先して回復魔術をかけるなど、慈善事業も熱心に行っている。

それでもまだ足りないとばかりに、一国の姫に相応しい芸術や舞踊、教養なども磨いて。

親の欲目を引いても、そこにいじらしさを感じないではいられない。

それなのに、それでも足りないと娘は言うのだ。

「ぴぎゃぁ?」と、間延びした声で、蕪がネフェルの膝の上でくつろぐ。

この蕪は彼からの贈り物で、今はたった一つ、少年とネフェルを繋ぐ縁のマンドラゴラだ。

彼から貰った「奇跡」の花言葉を胸に、娘は彼に恋焦がれている。

それなのに、まだ会わない。会えないと言うのだ。

ああ、私はこれほどの想いを。

これほどの恋を、捨てさせようとしていたのだ。

「……泣かないで、お母様」

娘にぎゅっと手を取られて、初めて私は泣いていた事を知る。

「ネフェル、お母様は……！」

「解ってます。認めてくださってありがとうございます。私は、諦めません」

「ええ、ええ。そうね、必ず叶えましょうね？」

握られた手をそのままに、私は娘の手を取り固く握り合う。

「はい。なので、少しお手伝いをお願いしていいですか？」

「ええ、母に出来る事であればなんでも！」

花が開くように笑うと、娘は立ち上がり蕪を抱いたまま部屋の奥へ。

時折蕪がネフェルの言葉に合わせ「びゃ〜？」とか「びょびょ！」と賑やかに鳴く。ネフェルの話し相手をしているつもりなのだろう。

ややあって戻って来たネフェルの手には、封筒が握られていた。

「これを、鳳蝶に渡してもらえませんか？」

まだ封はされていないそれの宛名は、娘の思い人だ。

けれどこれは……。

少し悩んでいると、ネフェルが「解っています」と言った。

「外国の、それも王家の人間からの手紙です。あちらでも中は検めるでしょう。差しさわりのあることは書いていません。私の身分とどんな人間で、今何をしているか、そういう事を伝えたくて。それから貰った花からマンドラゴラがちゃんと生まれた事も……」

読んでも構わないという娘の言葉に頷いて、私は封筒から便箋を取り出す。

癖のない流麗な文字。けれどそこには本当に今の自分が何をして、どう過ごしているか、そういった当たり障りのない事だけが綴られていた。

「好き」の一言さえ書かれていない手紙に、それで良いのかと思う。

それを見透かしたように、ネフェルが薄く笑った。

「……ロスマリウス様が教えてくれたんですけど」

そう前置きされてネフェルが話してくれたのは、件の少年の生い立ちで。

彼の両親の愚かさを私は決して笑えない。

笑えないどころか、その二人が落とした影が今なお少年を傷つけ苦しめている。

それだけじゃない。ネフェルの、娘の恋心すら下手をすれば少年に重く伸し掛かってしまうだろうその心のありさまに、胸が締め付けられるほど苦しい。

「愛とか恋とか。そういうのが今の鳳蝶に負担だというなら、まずはやっぱりお友達からでいいと思っています。それは、多分拒まれないだろうから」

「そうね……貴方がそう決めたのであれば」

私はだれがどうであれ、ネフェルを応援すると決めた。

ならば娘の望むままに。

受け取った手紙を手に、私は夫の元へと麒鳳帝国へ行く旨を伝えに戻ったのだった。

娘の思い人に手紙を渡す。

それはこの外交の旅の主目的の一つになっていた。

けれど中々外国の、それも王妃という立場上、自由に動けるものでもなくて。

私と夫が滞在する迎賓館から、菊乃井歌劇団が公演を行っている空飛ぶ城までは目と鼻の先くらいの距離でしかないのに、それが非常に遠い。

まして彼は多忙だ。

此方も国賓である以上、組まれた行事にはきちんと参加せねばならない。

すれ違う日々の中、焦る私は妃殿下・エリザベート様のお茶会に招かれた。

けれど、行ってみればそれは非常にプライベートなお茶会だったようで、招待客は私以外にいないという。

長い黒髪を優雅に彩る星のような形の、輝ける布で作られたその髪飾りは、彼女の愛称を取られ「シシィの星花」と名付けられているそうだ。

庭園の美しい花々に負けぬほどの美貌の妃殿下が、音もなく紅茶のカップをテーブルへと置かれる。

「……殿方は腹の探り合いを仕事としますが、私達女は真正直に参りませんこと？」

「真正直に……？」

「はい。ご息女ネフェルティティ様のお気持ちのことです」

その言葉に虚を衝かれて一瞬惚ける。

一国の王妃が、何たる無様を晒したものだろう。

しかし私の動揺を他所に、エリザベート様は言葉を続けられた。

「縁談の話から色々と聞き及んでおります」

「それは……」

たしかに、去年一度そんな話を外交ルートで持ち込んだことはある。

けれどそれは、彼に加護をお与えになっている複数の神々を慮って、今は答えが出せないと、やんわりと断られてしまった。

それが今なぜここでの話になるのか。

おずおずと紅茶に口をつけると、妃殿下が困ったようにも戸惑ったようにも見える表情を浮かべられた。

「実は艶陽公主様がロスマリウス様より、菊乃井伯に片思いする乙女がいるというお話をお聞きになったようで」

「まあ」

思わず出した声に驚いて、私は自分の口に手を当てる。

エリザベート様も頰に片手をあてて、ことりと小首を傾げた。

「艶陽公主様としてはお友達に家族が増えれば、私達麒鳳の一族のように代々縁を繫ぐことが出来るのではと思し召しておられるようなのです。なので『良い娘であれば反対はせぬぞよ』と仰っておられるのですが……。氷輪公主様や百華公主様がご反対なされているらしいのです」

思わぬ言葉に声を失っていると、美貌の妃殿下が大きなため息を吐く。

百華公主様が元から御難色を示されている事は知っていた。しかし氷輪公主様までとは……。

氷輪公主様は我ら月の下でこそ強くなる魔族にとって、主神とも言うべきお方。その方に反対された婚儀など、魔族である我らに出来ようはずもない。

娘の恋の困難さに戦いている私に、エリザベート様は慌てられる。

「誤解なさいませんよう。氷輪公主様に於かれましては反対というよりも、案じられておられるのです」

「それは……？」

「菊乃井伯はその……婚姻云々以前に、心を寄せられるという状況からして、受け入れがたい心の状況にあるようで……。そんな状態ではどちらも不幸になるだけです。そういうご心配をなさっておられるからこその反対と申しましょうか……」

「そう、だったのですね……」

今度は私が大きな息を吐く。とは言っても安堵の意味で。

その私にエリザベート様は、案ずるような表情を見せた。

「……前途多難な恋と存じますわ」

「然様ですね」

それでも娘はきっと諦めない。

それは予感でもなんでもなく、確信だ。

諦めるくらいなら、あの子はロスマリウス様の手を取りはしなかったろう。そうして静々と私たち家族のために、自身の気持ちを殺して公爵家に降嫁したはずだ。

諦める気はない、私は娘のために出来る事をしなければ。

「真正直にというお言葉、嬉しく思います。では、私の心を聞いていただけますか？」

エリザベート様を真っ直ぐ見つめれば、彼女は花が咲くに似た笑みを浮かべる。

その彼女にネフェルからの手紙を渡し、中を検めてもらう。

全て読み終えた彼女に、去年の夏から起こったこの恋にまつわる全てと、かつて私がしでかした愚かな恋の顛末を話して。

「……難儀な恋をなさったのですね、貴方様も」

「『貴方様も』とは……？」

「私もなのです。私は姉の恋人に恋をした愚か者だったのです」

「⁉」

「姉は自身が長く生きられない事を悟っていて、だからこそ私に夫と我が子を託すという形で、私の愚かな恋を認め叶えてくれました。その私が、こんなに真っ直ぐに恋を貫こうとしている乙女を、知らぬ存ぜぬなどできませんわ」

泣き笑いのようなエリザベート様に、私は手を伸ばす。

すると彼女も私の方に手を伸ばし、私達はお互いの手を固く握り合った。

「お力を、お借りしても？　公の席で私のような立場の者が、手紙を渡すというのは……」

「ええ。この手紙、必ずや菊乃井伯に渡しましょう。殿方に言えば止められてしまうかもしれませんが、ええ、私ならば……！」

此処に一つの友誼《ゆうぎ》が結ばれた。

私達は国や夫がどうあっても、よき友人でいられるだろう。

そんな予感がした。


それから数日は公務で実に多忙な日々を過ごした。

そしてこの記念祭の目玉である武闘会での最終日、やはり観戦が公務に組まれていた。

菊乃井伯とルマーニュ王国王都の冒険者ギルド、そして古の邪教と繋がり世を乱す火神教団の戦いに終止符が打たれる。

国賓の観戦席は、すり鉢状の観客席の中央で、土埃や砂を避けつつリングの様子がよく解るような細工がされていた。

眼下には頭部に銀の狼の耳が生えた青年と、緑の髪の俊敏そうな格闘家の青年、そして黒髪も艶やかな眼差しに強い力を持つ稚い少年が、屈強そうな格闘家の土色の肌をした男達と向かい合っている。

菊乃井伯鳳蝶。

聞きしに勝る美貌と、その不思議な——レクス・ソムニウムがかつて着ていたという装束に目を奪われていると、夫が「あれが……」と感嘆のため息を漏らした。

「何というか、複雑だな。娘は父に似た男を好きになると聞いた事があったが……あれは迷信ではないか？」

「まあ……、内面の事かもしれませんのに？」

「内面ならば良いが……。私はあの頃には勉強嫌いで家庭教師からきつく叱られてばっかりだった」

苦く笑う夫に寄り添う。

それでも彼は国や民に対してなすべき事を、日々なしている。

そんな話をしているうちに、リングは混戦の様相を呈してきた。

土気色の男性の中に魔物使いがいたのか、キマイラが飛び出し、かと思えばそれを贄に新たな獣が召喚される。

しかしその召喚獣も菊乃井伯の力の前に、何も出来ずにひれ伏した。

強い。そしてやはり苛烈だ。

それだけを見ていると、この怜悧な少年に対して、ほんの少し恐怖心が起こる。けれど、彼はモンスターに襲われたネフェルを助け、その瞳を「美しい」と言い、前髪をあげる勇気を与えた子だ。

息を呑んで見守っていると、菊乃井伯がいつの間にか持っていた杖で、こつりとリングの地面を打つ。

そして膝を折って祈りを捧げたその時、空は割れ、大地が轟き、圧倒的な魔力の渦が逆巻き、神聖な気配と共に美しい銀の龍が地上へと現れた。

我らが崇める氷輪公主様の慈悲の具現である神龍・嫦娥《じょうが》。

龍が操られていた者達を解き放ち、天に昇って行く。その光景は奇跡としか言いようのないもので。

試合が終わった事にも気付けない程の衝撃にとらわれた私の手を、夫が強く握る。

「私達の娘は、とんでもない人物に恋をしたようだ……」

「そう、ですわね……」

ネフェル。

貴方の言っていたことを、私はようやく理解した。

たしかにこれでは、生半可な覚悟で彼の側に立てるはずもない。

だからこそ、私は貴方を応援します。

彼に近づくために幾千幾万の努力の出来る娘である、貴方を。

翌日、菊乃井歌劇団の大千穐楽。

この日が、私達夫婦が彼に直接会えて、僅かに言葉を交わせる可能性が一番ある日。

手紙はエリザベート様から「園遊会で必ず渡します」と頼もしいお言葉をいただいた。

であれば、私がすることは……。

けれど私達が菊乃井伯と接触したいことを知っている帝国の、その守りはとても堅い。

それはそうだろう。

最早彼の有能さ有益さも何もかも、国内外に知れ渡ってしまった。

コーサラ以外の国、例えば海の向こうの大陸からも、彼の婚約者の有無に問い合わせがあるのだと、それとなくエリザベート様が教えてくださった。

娘の目の高さに感心すると同時に、少し誇らしくなる。

そんな彼を最初に見つけたのは、そして彼の隣に立つ資格があると海神より目されているのは、私の愛する娘なのだ。

全世界に自慢してやりたいと思うのは、私が偏に親ばかなのだろうけれど。

けれど入場に際してはやはり周りの目が厳しく、頭を垂れて私達を迎える姿しか見られず。

がっかりして席に着いていると、帝国の梅渓宰相から薄い手触りのいい布切れを渡された。

それになんの意味があるかを知ったのは、菊乃井歌劇団の演目の最後の方の事。

男装した少女たちの勇壮なダンスに花を添えるべく、美しく雄大な歌が流れだした。その歌声が耳に届いた途端に、手元の布が淡く輝きだして、中央に人の姿が映し出される。

「こ、これは……」

「菊乃井伯では……？」

夫と共に手元の布を覗き込めば、宝石で出来たような蝶々の細工物が周りで飛ぶのも鮮やかに、穏やかな表情で歌を歌う菊乃井伯の姿がそこに。

昨日闘技場のリングで観たような険しい表情ではなく、和やかに白磁の肌を少し上気させて、薄く微笑みを浮かべて彼は歌う。

ダンスも素敵だったけれど、それを支える菊乃井伯の声の美しさが、より華やかさを演出していた。

その後の男役の役者と娘役の役者が二人、手に手を取って踊る場面。

愛の無慈悲さも、孤独に負ける人の弱さも、それは全て自身の心から生まれ来るもの。

そう歌う彼の表情は、決して誰かを責めるのではなく。さりとて甘えに溺れる事も許さない、厳しい優しさを持つ、そういうもので。

涙がとめどなく溢れる。

愚かな私の苦悩も、いつか花咲く時が来るのだろうか。

私が悩ませ苦しめた人の上にも、優しさと愛は降り注ぐのだろうか。

今はまだ、答えは出ない。

はらはらと涙を流す私の手を、夫が優しく握り、肩を抱いてくれる。

私は幸せなのだ。

ああ、だからネフェル、願わくば貴方にも……。


一国の王妃が泣いていていては示しがつかない。

魔力で用意した氷で目元を少し冷やして、私達は促されるまま劇場を退席した。

すると、前方でルマーニュ王国の王太子が、菊乃井伯に絡んでいるのが見えて。

ここでは一言、菊乃井伯と言葉を交わす機会が設けられている。その時間を浪費したくはない。

そう思ったのは夫も同じなのか、先に行くと二、三の皮肉で王太子を追い払った。

夫が彼を激励するように声をかける。

それはとても温かな眼差しで、だからこそ菊乃井伯はとても困惑した雰囲気があった。

私が近づくと件の少年は、その顔に少しの驚きと、そして懐かしい物を見たというような感慨を浮かべる。

それは一つの希望を私に抱かせた。

「我が国にも、貴方を知り、志をともにしたいという娘がいます。時々思い出してあげて?」

だって、その娘は貴方の事がとても好きなの。

出そうになった言葉を呑み込んでいると、菊乃井伯が少し落ち着かないといった風を見せる。

そして目元を和らげほんの少し笑うと「ネフェル嬢」と呟いた。

この子の中にもしっかりと娘の存在は息づいている。

喜びを胸に頷いて、もう少し話をと思ったところで、夫から呼ばれてしまった。

長く話し過ぎたのだろう。

このことは、帰ったらすぐにネフェルに伝えてあげなくては。

貴方の事を、彼は忘れてはいない。

すぐに思い出されるほど心の程近くにいる存在なのだ、と。


翌日、私達が国へと帰る日。

私は帰るまでの一時、エリザベート様とお茶の時間を過ごすことに。

「お手紙、渡せましてよ!」

「ありがとうございます!」

手を取り合って喜ぶ。

今この時間は皇子殿下方が主催するお茶会の時間だから、彼がネフェルの手紙を読んだかは解らない。

けれど、きっと悪いようにはならないだろう。

「お手紙の橋渡し役など学生時代ぶりで、少しときめきましたわ」

「まあ！」

少女のようにはしゃぐ私達を咎められるものはどこにもいない。

もう一度お礼を言って手を握ると、エリザベート様からも固く握り返される。

少しだけでも、ネフェルのためになれただろうか。

そう呟けば、エリザベート様は力強く「ええ」と請け負ってくださった。

まずは一歩。

少しずつ歩んで、やがてネフェルは菊乃井伯、いや侯爵になったという、彼のもとにネフェルは辿り着くだろう。

その時、娘の想いが彼に受け入れられることを、母である私は願って止まない。

祈るように目を伏せた私に、エリザベート様は温かな笑みとともに、二つの布を差し出した。

「これは……」

「昨日の歌劇団の公演で、菊乃井侯爵の姿が映し出された布がありましたでしょ？」

「ええ」

「これはその魔術を応用して作られたものです。春に菊乃井家で行われた公演の映像と、昨日の大千穐楽公演の映像が記録されておりますの。昨日の映像の方は希望された国賓の方々にはお土産として手配しているのですが、この春の映像に関しては特別に私からネフェルティティ様へのお土産として差し上げたくて」

「まあ！　娘に成り代わりお礼申し上げます！」

腰を折ろうとする私を押し止め、エリザベート様はまた私の手をきゅっと握られる。

そうして泣きそうな顔をされると、ゆるりと首を振られた。

「私達は愚かな恋をして、報われぬ筈のものが報われてしまいました。幸せであることを喜びつつも、どこかで後ろめたさがある」

「それは……」

その尻拭いを、私はネフェルに危うく背負わせて、取り返しのつかない事になるところだった。

彼女もそんな事を思った事があったのだろうか。

疑問はあるけれど、胸に秘める。

エリザベート様が頷いた。それが答えなのだろう。

そして、彼女は作りの良い唇で言葉を紡ぐ。

「愚かな私達が報われたのです。真正面から頑張っているネフェルティティ様が報われないなど、そんな悲しい事にはなってほしくはないのです」

独善というならそうなのだろうし、それは代償行為に他ならないと言われても頷くしかない。

けれど。

「頑張りましょうね、私達」

「はい。ありがとうございます……！」

娘の味方は私や夫だけではない。
帝国にも娘を想ってくださる方が、私と同じ思いを抱えた方がいた。
一人耐える夜も、涙にくれる朝もあるだろう。
けれどネフェルは、娘は、真っすぐに恋を抱えて歩いて行くのだ。
辿り着く場所は約束の少年の隣だと信じて。
母として、かつて愛ゆえに人を傷つけた愚か者として、私はあの子の恋を応援する。
エリザベート様と抱きあい、私はその決意を新たにした。

あとがき

この度は「白豚貴族ですが前世の記憶が生えたのでひよこな弟育てます　Ⅸ」をお手に取っていただき、ありがとうございます。

大台まで後一冊となったのに、それでも名状しがたきナニかなやしろです。這い寄るナニかにそろそろなっても良い頃じゃないかと思うんですけどね。

さて、九巻です。

今回は冒頭の話をしましょう。

毎巻の事ですが、前巻のあらすじというか置かれた状況の説明を入れています。それは前からのエピソードを思い起こしていただいて、それからの事が今から始まりますよっていう説明なんですよね。で、ですよ。

今回の冒頭、読んでいただいてるのでお分かりかと思いますがTwitterでバズッたテンプレ「いっけなーい！　遅刻遅刻！」のパロディーを取り入れてみました。

暑かったじゃないですか、今年。

おまけに前巻のエピソードとか、客観的に結構ハードだったじゃないですか。でも鳳蝶本人は「まぁ、そういうこともありますよねー」くらいの受け止めなんですよね。

そういうものを混ぜると、ああいうちょっとどころか大分白目剥きそうな冒頭の方が面白いかなって……。

いえ、はい。全て暑さで私がおかしかったせいです（笑）

だって私関西人なんで、そんな長くシリアスばっかりやってられないんですよ！　No laugh,NO life！

次に、菊乃井に謎の生物現る。

モンスター・リュウモドキの事なんですが、ネットの感想では「オオサンショウウオ？」と言われていましたが、残念。ウナギ犬です。

しかし可食部位判定は牛に準拠し、内臓は鶏やら豚、生殖については鮭という。しかも皮や骨は爬虫類をモデルにしているので、捨てる部位が少ないというお得な生き物なのです。

だってファンタジーですよ。このくらいおかしい生き物がゴロゴロ生息してても不思議はないと思うんです。

そしてその何だかよく解らない生き物を研究する人だって、絶対いる筈なんですよ。

それが八巻で仲間に加わった大根先生とフェーリクスで、彼の背を追う弟子・菫子がこの九巻で加わりました。

彼女の研究テーマは生の根本にある「食」です。

かつて「ひもじい思いをしている人に、パンの一切れを差し出す行為を『正義』と呼ぶのです」とお話になった方がいます。彼女の研究はそういう行為に近づく事です。

彼女もいずれ菊乃井に無くてはならない人材へと、成長することでしょう。

成長と言えば、菊乃井にやって来た皇子兄弟もですね。

彼らはやがてその肩に沢山の人間の人生を背負うことになるでしょう。責任や大きな物から一歩引いて過ごせた菊乃井の夏は、生涯にわたって彼らを支える。そんな夏になるように書いていきたいと思っています。

菊乃井兄弟も、これからも大きなことに巻き込まれ、立ち向かい、時に涙を流す事もあるでしょう。それでも自分達と同じく、頑張っている人がいる。それを支えにこれからも歩み続けていきます。

どうぞこれからも兄弟たちの歩みを見守ってくださいますようお願い申し上げます。

謝辞

この度は「白豚貴族ですが前世の記憶が生えたのでひよこな弟育てます　Ⅸ」をお手にとっていただき、ありがとうございます。

まだまだ落ち着かない日々が続く中、皆様方のお蔭をもちまして無事に九巻刊行となりました。


しろひよシリーズ全巻の素敵な挿絵をご担当くださる一人目の神様・keepout 様。

今回のカバーイラストのダンジョン見てくださいよ！　無茶苦茶神秘的！

人物だけでなく空間も世界観が凄く美しく表現されていて、まさに「ええモン見たわ！」です。


しろひよの素晴らしいコミカライズをご担当くださる二人目の神様・よこわけ様。

レグルスの頬っぺた！　もちりたい！

あと、皆顔が良すぎます。ラーラのコマは光り輝いて見えました！


そしてしろひよをご担当くださる扶川様・太田様。

ちょいちょい連絡事項に紛れて、感想や色々なお話を入れてくださってありがとうございます。

遠慮なくネタになりそうな事はネタにしていきたいと思います。

「菊乃井は変な人が多い」という私の言葉に「私もその一員かなって思って」とお返事にありましたが、大丈夫です。立派に菊乃井の人です（笑）

この様に「しろひよ」は沢山の方に支えられて出来ております。

多くの方々に数多のご縁をいただき、また携わっていただいた事、感謝してもしきれない程です。

そんな皆さんと、この本をお手にとってくださった読者の皆様のご多幸をお祈り申し上げます。

本当にありがとうございました。

コミカライズ第十六話試し読み

白豚貴族ですが前世の記憶が生えたのでひよこな弟育てます

@comic

shirobuta
kizokudesuga
zensenokiokugahaetanode
hiyokonaotouto
sodatemasu@comic

第16話

帝都で知り合った歌姫
マリアさんのお披露目
コンサートの翌日
私は寝不足で
ふらついていた
妾は健康に気を付けよと
言ったはずだが？
申しわけございません
ちょっといろいろ
ありまして
昨日
私を出迎えてくれたのは
泣き腫らした顔の
レグルスくんだった
ぎゅーっ
あるぇ？
出かける時は
平気だったのに
やっぱり帰った時に
私がいないと
ダメだったみたいで
そのあとは前回同様
私から離れなくて
なんと夜は
一緒に寝るとまで
言い出したのだった…
？？
？
あれぇ!?
レグルスくんを
潰したらどうしようって心配で
あんまり眠れなかったんです
……そなた
見た目によらず
神経が細いのじゃなあ
ううう
まあよい
それで昨日は
どうであった？
え？

娘に髪飾りを贈るとかなんとか言っていたであろう
やはり何か進展があったのではないか？包み隠さず話してみよ
本当に何もありませんってば
それに昨日はコンサート前に事件があったんですそれどころじゃなくて
事件とな？
マリアさんが毒を盛られてしまい喉が焼き爛れてしまったんです…
幸い姫君からいただいた桃を分けて差し上げたのですぐに治ったんですが
妾がやった桃を分けた……？
はい
とてもおいしかったのでソルベにしてお土産に持って行ってたんです
ヴィクトルさんもおいしいって——
………
あれ？

何か
まずかったんだろうか…
そなたは
あの桃が真に何であるか
もしやわかっておらぬのか
え…っと…
食べたら怪我とかが治る
凄い桃ですよね？
滋養強壮に
よく効くっていう…
ふぅ…
……うむ…
そうじゃな
前の世界の「記憶」や
「知識」があるとはいえ
そなたはまだ5歳の童
こちらの世界では
知らぬこともあろうに…
これは妾が抜けておったわ
鳳蝶よ

あれは仙桃といって人界では不老不死をもたらすとされておる
実際は少しばかり若返るだけなのじゃがひと口食べれば瀕死の重傷ですら治し
人の秘められた力を引き出すことができる
故に人界ではこの桃を巡って親子や友人が殺しおうたりする
そういう〝貴重な〟代物なのじゃ
それをそなたは他者に分け与えたという……
怒っていらっしゃる…？
も…申しわけありませ
ちがう咎める気はないのじゃ

そなたは危うい
時折大人でも舌を巻くような智者ぶりを見せるのに
その知識は欠けることが多い
もしそなたの周りに「あさましき者」がおったとしたら……
わかるであろう？
物を知らないことは危うい

悪い人がいたら簡単につけ込まれ
〝貴重な〟仙桃を手に入れるために私や私の周りの人たちが利用されていたかもしれない
そういうことを姫君様は心配して教えてくださっているんだ
申しわけございませんそうならないようもっと勉強します
うむ
——あれ
そういえばロマノフ先生に仙桃のソルベをお出しした時ちょっと反応がおかしかった…
もしかして先生は仙桃のことを知っていた……?
勉強することも重要じゃ
しかしそれだけでは片手落ちじゃぞ
ハッ
えっ
勉強するだけじゃだめ?じゃあ他にどうしたら…
じーっ…
……
え——「自分で考えろ」ってこと?

ぐるぐる…
えと…
ええと…
つん
のばし
のばし
え…
何……？
ぱっ
あ
顔しかめてたから…？
!
ミョーン
とれた!
ホ…
和む……
じゃなくて!
ハッ

だめだ
わからん!!
逃避してる場合じゃなかった
姫君様
私はどうすれば
よいのでしょう?
ニッコリ
それじゃ
そのようにすればよい
は?
わからぬことは
周りの大人たちに聞き
童ではできぬことは
大人に丸投げするのじゃ
ま
丸投げ…?
遠慮することは
なかろう
そなたはまだ
童なのだから
でも………
悪いような…

もっと周りの大人たちを頼れ
そなたは他者と分かち合うことを知っているし
こうして妾と毎日会うても騒ぎにならず静かに暮らせておる
そなたが善良な大人たちに囲まれておる証拠じゃ
大事にするがよいぞ
………

…うーん
どうしよ…
今日はお休みの日だしお邪魔かも……
うろうろ
ガチャ
どうしたんです？私の部屋の前でうろうろして
あ、えと…ロマノフ先生と少しお話ししたくて…
もじもじー
いいですか？
もちろん

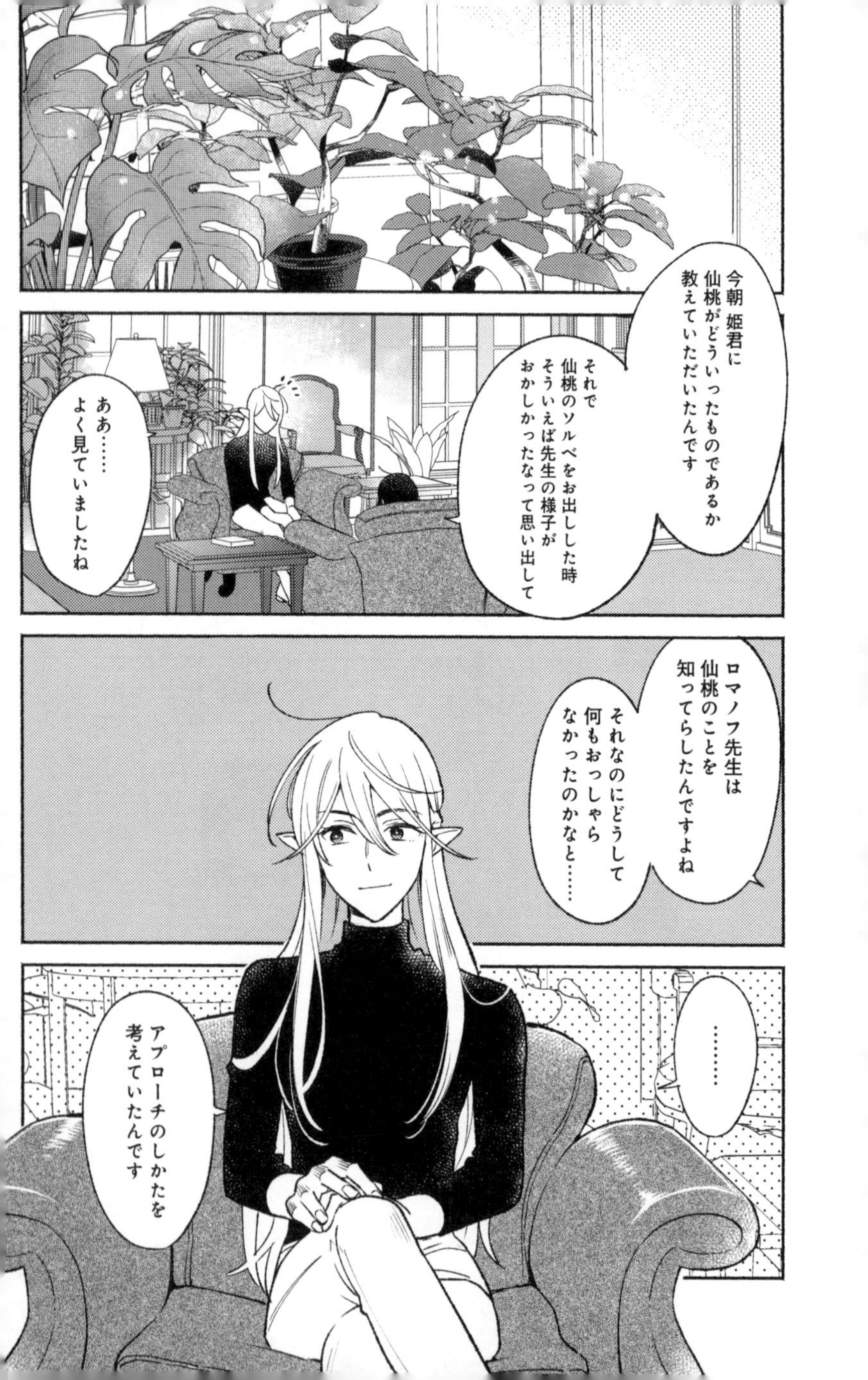
今朝 姫君に仙桃がどういったものであるか教えていただいたんです
それで仙桃のソルベをお出しした時そういえば先生の様子がおかしかったなって思い出して
ああ……よく見ていましたね
ロマノフ先生は仙桃のことを知ってらしたんですよね
それなのにどうして何もおっしゃらなかったのかなと……
………
アプローチのしかたを考えていたんです

アプローチですか?
ええ
君にどうやって外の世界に興味を持ってもらおうかと思って
外の世界……
出会った頃の君は屋敷の外にほとんど興味を示さない子どもでした
はじめまして
私は君にとって初めて家の外から来た存在だったのに
君は屋敷内のことばかりで私に外の様子を尋ねたことはなかった
ワーッ

かと思えば大きな意味での世界国政がどうのとか宗教がどうの……
そんな話には食いついてくる
それがちょっと不思議だったんです
ああ…その頃はこの世界がなんなのか理解することを優先させていたからかな…
前世の知識と今の私の中の知識のズレを噛み合わせることに必死だったんだよね
でもそれだけでした
聞けばあなたは大病で死の淵に立つ前は外に出たいと癇癪を起したこともあったそうですね
他にも我儘ばかりで暴れたり物を投げたり問題の多い子だったと聞いています
う
でもそれがほとんどなくなってしまった

それで思ったんです
大病をしたとき
君は一度死んでしまったのかも
しれないなと
な
なんですって!?
ピシャァーン
泣き喚いたりするのって
すごく体力がいるんです
我儘というものも
「欲」ですから
それは生きるための
力にもなります
つまり
そういうエネルギーを
すべて使い切らなければ
君は病に勝てなかった
だから君は一度
死んでしまったんじゃないか
と

えっと……
じゃあ今の私は……？
小さな君が
命のかぎり戦って守った
君という剥き出しの魂
……でしょうか？
し、詩的……
でも少しわかるな
たしかにあの時——
熱が下がったあと
「自分は生まれ変わったんだな」
って感じたし
ロッテンマイヤーさんも
同意しておられましたよ
というか
泣いておられました
「神様は私たちに
やり直す機会を
お与えくださったのです」って
やり直す？

あなたの境遇に
真に寄り添うのであれば
我儘に唯々諾々と従うのではなく
誠実に諭し叱るべき
だったのではないかと
君が死にかけてから
随分後悔したそうですよ
ぎゅう…
──ロッテンマイヤーさん……
続きは コロナEX にて
お楽しみ下さい!

その恋、
お兄ちゃんが
次巻予告
5月20日発売!!!!

応援します！
菊乃井で弟・レグルスとともに、
皇子兄弟をもてなす鳳蝶。
そこへやってきたのは、
弟が一目惚れした少女で——？
にぃに、れー、かっこいい？
レグルスくんはいつもカッコいいよ？
幼き兄弟の領地経営
ファンタジー第⑩巻！
予約はコチラ！
白豚貴族ですが前世の記憶が生えたのでひよこな弟育てます
やしろ
illust. keepout
X
2023年

白豚貴族ですが前世の記憶が生えたので ひよこな弟育てますⅨ

2023年4月1日　第1刷発行

著　者　やしろ

発行者　本田武市

発行所　TOブックス
〒150-0002
東京都渋谷区渋谷三丁目1番1号　PMO渋谷Ⅱ　11階
TEL 0120-933-772（営業フリーダイヤル）
FAX 050-3156-0508

印刷・製本　中央精版印刷株式会社

ISBN978-4-86699-797-1